KB274931

진실한 고백

진실한 고백

조두진 소설집

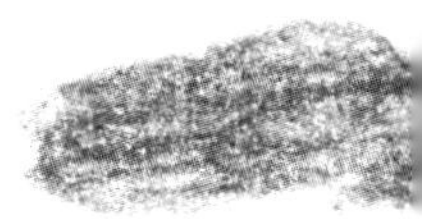

차례

/끼끗한 여자/

절정의 인기가 한풀 꺾이기는 했지만 걸 그룹 '마녀'의 멤버였던 윤희주가 갑자기 잠적했을 때 여러 가지 소문이 나돌았다. 마약에 중독됐다, 치매에 걸렸다, 신내림을 받았다, 심지어 잠적하기 얼마 전 한국을 방문했던 아프리카 국가의 대통령을 접대했는데, 덜컥 임신을 했고, 흑인 아이를 출산했다는 낭설도 퍼졌다. 여중생이나 여고생도 아니고, 원치 않은 임신을 했는데 낙태 수술을 받지 않았다는 것은 이상하다, 그러니 '흑인 아이 출산설'은 거짓말이라는 이야기도 나왔다. 그러나 당시는 윤희주가 아이돌 출신 톱스타 H군과 열애 중이었고, 그의 아이를 임신한 것으로 알았는데, 낳고 보니 흑인 아이였다는 주장도 나왔다. 부산 해운대에서 새까만 아이를 안고 바닷가로 산책 나온 윤희주를 보았다는 이야기도 있었다.

괴상한 소문이 일파만파로 퍼졌지만 윤희주는 나타나지 않았다. 간접적인 해명이나 변명도 없었다.

사람들은 수군거렸다. 한 문화평론가는 윤희주가 에이즈에 걸렸을 가능성이 있다고 했다. 평론가의 그처럼 위험한 발언에도 윤희주 측은 항의를 하거나 법적 조치를 취하지 않았다. 그런 점이 오히려 의문을 증폭시켰다.

윤희주가 데뷔하던 시절부터 줄곧 호의적인 기사를 실었던 한 신문은 윤희주 측근의 말을 인용해 '그녀가 치매나 매독에 걸린 것이 아니라, 교통사고로 얼굴이 심하게 일그러져 바깥출입을 자제하고 있다'는 기사를 내보냈다. 그러나 그 신문 기사는 금세 또 다른 소문의 단초가 되고 말았다. 데뷔 무렵, 그러니까 윤희주가 아직 인기라고 할 것도 없었던 걸 그룹 초기 시절부터 그 신문사의 실질적인 오너인 강모 씨의 후원을 받았다는 둥, 숨은 애인이라는 둥, 그의 아이를 낳았다는 둥 또 그렇고 그런 이야기가 나왔던 것이다. 함께 데뷔했던 걸 그룹 '마녀'의 여덟 멤버 중에 유독 그녀만이 그 신문사로부터 특별한 대접을 받았다는 것이 소문을 더욱 그럴듯하게 꾸며주었다.

그럭저럭 7년 가까운 세월이 흐르는 동안 그녀는 잊힌 존재가 되었다. 그녀가 흑인 아이를 낳았든, 에이즈에 걸렸든, 교통사고로 얼굴이 일그러졌든 더 이상 회자되지 않는 듯했다.

윤희주가 주검으로 발견되자 세상은 다시 수군거렸다. 사고도 아니고, 지병도 아니고, 타살도 아니었다. 경찰은 그녀의 죽음을 자살로 결론짓고 수사를 종결했다. 경찰은 '타살로 볼 근거가 조금도 없다'며 수사 종결을 발표했는데, 네티즌들은 '경찰이 서둘러 수사를 종결한 데는 다른 이유가 있는 것 같다'며 의혹을 제기했다. 경찰은 타살로 볼 근거가 없다는 입장이었고, 네티즌들과 한때 그녀에게 열광했던 팬들은 그녀가 자살할 이유가 없다는 데 주목했던 것이다.

어쨌든 그녀가 죽자 세간의 이목이 다시 집중했고, 잠잠하던 소문들도 새삼 주목받기 시작했다. 그러나 여전히 소문은 소문이었고, 속 시원하게 답을 줄 수 있는 사람은 없었다. 그녀가 자살할 만한 이유에 관해서는 더더구나 확인할 길이 없었다. 윤희주의 죽음으로 이미지 훼손을 염려한 이전 소속사는 모른다는 말로 분명하게 선을 그었다.

"희주에 관해 온갖 소문이 있었지만, 모두 틀렸어요. 희주는 소문과는 전혀 다른 상황에 처해 있었어요. 누구에게도 밝히지 않았지만 제게는 이야기한 적이 있었어요. 글쎄, 그걸 이야기라고 해야 하나, 상황이라고 해야 하나. 아무튼 난 그날 희주를 만나고 나서 짐작할 수 있었어요. 아, 물론 저더러 근거를 대라고 하면 할 말이 없네요. 나는 뭐, 그런 것에 대해서는 잘 몰라요. 하지만 그날, 희주를 만난 뒤로 희주가 어떻게 지냈는지, 어떤 고통 속에 살았는지, 어째서 사람들 앞에 더 이상 모습을 나타내지 않았는지 짐작할 수 있었다는 거예요."

윤희주와 함께 걸 그룹 '마녀'의 멤버로 활동했던 손서현은 검

지와 중지 사이에 담배를 낀 왼손을 테이블 위에 올려놓았다. 담배
가 다 타들어가 꽁초가 되면 이내 새 담배에 불을 붙였지만, 담배
를 피우지는 않았다. 파란 연기는 그녀의 손가락 사이에서 피어올
라 가뭇없이 사라졌다. 그녀는 담배를 피운다기보다, 담뱃불이 꺼
지지 않도록 관리하는 사람 같았다. 담뱃불을 붙여놓지 않으면 불
안한 듯했다. 새로 담뱃불을 붙이는 그녀의 손은 가늘게 떨렸지만
불붙은 담배를 손가락 사이에 끼우고, 테이블 위에 손을 얹어놓았
을 때는 마음이 편안한 듯 미동조차 없었다.

"윤희주 씨를 가장 최근에 만난 것은 언제죠?"

"한 4년 됐을까요?"

"그러니까 그녀가 잠적하고 3년쯤 지난 뒤로군요?"

"그런가요?"

"그 뒤로는 못 만났습니까?"

손서현은 박동기를 물끄러미 바라보았다. 수첩에 무엇을 적느
라 고개를 숙이고 있던 박동기가 고개를 들었을 때 두 사람의 눈이
마주쳤다. 손서현은 박동기의 눈을 피했다. '황급히'라고 해도 좋을
것 같았다.

"못 만났어요."

"4년 전에 만났을 때는 어느 쪽에서 연락하셨나요?"

"희주가 연락했어요. 그전에 제가 몇 번 연락을 했는데 닿지 않
았어요. 휴대폰 번호도 바꿔버리고, 다른 연락처는 모두 없애버렸
거든요. 소속사에서도 연락이 안 된다고 난리였어요. 잘 아시겠지

만 그때는 아직 계약 기간이 좀 남아 있었고, 그걸 갖고 소속사에서 소송을 하느니 마느니 하는 이야기도 잠시 나왔지만 흐지부지 됐잖아요. 하긴 계약 기간이 얼마 남지 않은 마당에 복귀한다고 해도 이렇다 할 흥행을 거두기는 어렵다고 판단한 것이겠죠. 그 사람들이 손해 볼 짓을 했을 리는 없으니까요. 아마 희주한테 주기로 했던 돈을 상당히 떼어먹었을 거예요. 아, 이건 확실한 물증을 갖고 있는 말은 아니니까, 기사에 쓰지는 마세요. 제 말은 흔히 알려진 것처럼 소속사가 일방적으로 손해를 본 것은 아닐 거라는 말이에요.”

“아무튼 그러니까 윤희주 씨가 먼저 연락을 해온 거로군요? 3년 만에 처음이자 마지막으로?”

“한 3년 연락 없이 지냈다고 해도 희주에게 가장 친한 친구는 저였죠. 그건 저도 마찬가지였어요. 마녀 멤버 중에서도 우리 두 사람은 특별히 친했거든요.”

“두 사람이 가까워질 만한 특별한 공통점이라도 있었나요?”

손서현은 또다시 박동기의 눈을 물끄러미 바라보았다. ‘공통점이라니? 어째서 하필 그런 식으로 묻는 거지?’라고 되묻는 듯한 표정이었다. 이윽고 담배를 한 모금 피웠는데, 마른기침이 터져 나왔다. 담배를 오랫동안 피우지 않았거나 몸에 안 맞는 것 같았다. 손서현은 기침을 하면서도 담뱃불을 끄지는 않았다.

걸 그룹 ‘마녀’가 출현했을 때 언론은 혜성처럼 나타난 댄스 그룹이라고 호들갑을 떨었다. 기획사의 철저한 홍보와 마케팅 덕분이었다.

알 만한 사람은 다 아는 사실이지만 걸 그룹 '마녀'는 세상에 공개되기에 앞서 2년 동안 죽을 고생을 하며 훈련을 받았다. 재능이 뛰어난 아이들이 어느 날 갑자기 나타난 것이 아니라, 오디션을 통해 일단의 인원을 선발하고, 혹독한 훈련 과정을 거쳐 아홉 명이 최종 선발됐던 것이다. 그러나 이후 훈련 과정에서 멤버 한 명이 도저히 견딜 수 없다며 하차하는 바람에 여덟 명이 됐다.

손서현은 합숙 훈련을 받던 시절 지리산으로 등산했던 날을 떠올렸다. 잊고 싶었지만 잊히지 않는 기억이었다. 해가 질 무렵 시작된 등산은 말이 등산이지 목숨을 건 지옥훈련이었다. 어두워진 산은 생각했던 것보다 훨씬 난폭하고 무서웠다.

멤버들보다 조금 뒤처졌다고 생각했는데, 어둠이 내리자 지척을 분간할 수 없었다. 게다가 비까지 부슬부슬 내리기 시작했다. 중간에 산장이 있다고 했는데, 얼마나 가야 할지 몰랐다. 빨리 올라오라고 위에서 부르는 소리, 사람들이 수군거리는 소리도 들렸다. 소리는 들리는데, 어디쯤인지 감을 잡을 수 없었다. 소리를 따라왔다고 생각했는데, 나중에는 앞선 사람들의 소리조차 들리지 않았다. 그제야 손서현과 윤희주는 예정된 등산로가 아닌 엉뚱한 길로 빠졌다는 걸 알았다.

"길을 잘못 들었나봐."

윤희주가 그렇게 말하는 순간 손서현이 발을 잘못 디디면서 미끄러졌다. 다행히 아래로 많이 떨어진 것은 아니었다. 서현은 이러다가 죽을지도 모른다는 두려움에 휩싸였지만, 입에서 나온 말은 엉뚱하게도 '하하, 이거 재미있네'라는 뜬금없는 소리였다. 어둠 속에서 손으로 더듬어가며 겨우 아래로 내려온 희주는 괜찮냐고, 어디 부러진 데는 없느냐고 몇 번이나 물었다.

두 사람은 움직이지 않기로 했다. 사람들이 찾으러 올 때까지 기다리는 편이 낫겠다고 판단했던 것이다. 얼마 지나지 않아 위에서 두 사람을 찾는 소리가 들렸다. 소리는 점점 가까워졌지만 두 사람이 일행과 다시 만나기까지는 거의 한 시간이나 걸렸다. 미끄러져 떨어지는 바람에 길에서 벗어난 때문이었다. 산장에 도착해 밝은 불 아래 섰을 때, 서현은 산에서는 쉽게 죽을 수도 있다는 생각에 몸을 부르르 떨었다.

그날 밤 서현과 희주는 같은 방을 썼다. 평소에는 남녀 등산객이 함께 쓰는 방이지만, 기획사에서 미리 예약을 해둔 덕분에 여성 멤버들만 쓸 수 있도록 배려해준 방이었다.

비와 땀에 젖은 몸을 깨끗이 씻은 다음 두 사람은 곧바로 잠자리에 들었다. 다른 멤버들은 밖에서 노는 중이었다. 노랫소리, 건배 소리, 아자 아자 아자 파이팅을 외치는 소리도 들렸다. 산을 오르느라 땀을 많이 흘린 데다가 긴장이 풀린 탓에 서현은 금방 잠이 들었다. 다시 눈을 떴을 때는 노랫소리도 건배 소리도 파이팅을 외치는 소리도 나지 않았다. 밖은 고요했다. 서현은 눈을 떴지만 몸을 뒤척이지는 않았다. 옆에서 잠든 멤버들의 고른 숨소리도 들렸다. 이를 가는 사람도 있었다. 누가 몸부림을 치는지 이불이 들썩이는 소리도 났다. 불과 몇 시간 전에 죽음의 공포와 추위에 떨었는데, 아늑하고 평화로운 잠자리에 누워 있다는 사실이 다행스럽기도 하고 얄궂기도 했다.

서현은 자신이 어째서 잠에서 깼는지 그제야 알았다. 자신의 가슴을 파고든 것은 윤희주의 가느다란 손이었다. 희주는 서현의 웃옷 안으로 손을 넣어 젖가슴을 만지작거리는 중이었다. 낯설었고 좀 놀랐지만 느낌이 나쁘지는 않았다. 희주의 손은 천천히 서현의 젖가슴을 애무했다. 젖무덤과 젖꼭지를 천천히 반복적으로 쓰다듬었다. 간지러운 듯하면서도 묘한 쾌감을 주는 손길이었다. 이윽고 희주의 손가락은 아래로 내려가 아랫배를 쓰다듬었다. 그 손길은 마치 '더 내려가도 되겠니?'라고 묻는 것 같았다. 서현은 가늘게 몸을 떨었을 뿐 무슨 짓이냐고 묻거나 몸을 뒤채지 않았다. 허락을 얻은 희주의 손은 트레이닝 바지 안으로 미끌어지듯 내려갔다. 고무줄 끈 안으로 내려온 희주의 손은 위에서와 마찬가지로 천천히 반복적으로 희주의 두덩을 쓸었다. 정성껏 두덩을 쓸던 희주의 손은 그 아래로 내려갔다. 이미 젖어 있다는 걸 희주도 서현도 알고 있었다. 서현이 짧은 신음을 토하자 희주는 서현의 트레이닝 바지를 살며시 내렸다. 서현은 기다리고 있었다는 듯 엉덩이를 살짝 들어 희주가 트레이닝 바지를 쉽게 내릴 수 있도록 도와주었다. 희주의 입술이 서현의 거뭇한 두덩에 닿았고, 곧이어 혀가 그 아래로 미끄러져 내려왔다.

그날 밤의 일을 입 밖에 낸 적은 없었다. 이튿날 아침 일찍 일어나 예정대로 정상에 올랐고, 일출도 보았다. 다시 산장으로 내려와 아침을 먹고, 맑은 공기를 마시며 하산했다. 설거지를 할 때 두 사람이 나란히 수돗가 앞에 쪼그리고 앉았지만 서현도 희주도 지난 밤 일을 꺼내지 않았다. 그날 이후로 두 사람은 더 친해지지도 멀어지지도 않았다. 가끔 눈이 마주치면 희주는 하얀 이를 드러내며 화사하게 웃었다. 그녀가 애교 가득한 미소를 지을 때는 그 미소가 부럽기도 했고, 싫기도 했다. 가끔은 희주가 멤버에서 탈퇴했으면 좋겠다는 생각도 했다. 그것이 꼭 그날 밤의 일 때문만은 아니었다. 어쨌거나 희주는 탈퇴하지 않았다.

석 달 뒤 걸 그룹 '마녀'가 출범했고, 1집 앨범은 '마녀'의 멤버들조차 기대하지 않았던 폭발적인 인기를 끌었다. 기자들은 유난히 귀여운 희주를 국민 여동생이라고 치켜세웠고, 서현을 보이시한 매력이 넘치는 가수라고 포장했다. 사람들이 희주를 두고 국민 여동생이라고 하거나, 자신을 보이시한 매력이 넘치는 가수라고 말할 때마다 서현은 희주가 죽어버렸으면 좋겠다고 생각했다. 그러나 입 밖으로 그런 말을 뱉은 적은 없었다.

"글쎄요. 그냥, 우리 둘 다 '마녀'의 다른 멤버들과 별로 친하지 않았다고 할까요? 다른 멤버들은 저희끼리 잘 어울렸는데, 우리는 늘 따로 지냈어요. 말하자면 둘 다 외톨이라서 친했던 거죠."

"4년 전에 단 한 번 만났던 것만으로도 7년 동안의 은둔과 죽음을 이해할 수 있다는 말씀인가요?”

박동기 기자는 그것 참 모를 일이네요, 라는 듯 의심스럽다는 목소리로 물었다.

“내 쪽에서 먼저 연락한 거 아니잖아요? 왜 따지듯 물으세요? 기자님이 저를 만나고 싶어 했던 것 아닌가요? 나는 하도 그쪽에서 조르니까, 어쩔 수 없이 나온 거라고요. 사실, 난 별로 할 말이 없어요. 지금이라도 그만하시겠다면 저로서는 고맙겠네요.”

“그런 뜻으로 드린 말씀은 아닌데, 죄송합니다. 제 말은 4년 전 윤희주 양의 모습에서 어떻게 그녀의 죽음을 예감했을 수 있었을까, 하는 것이죠.”

“결과적으로 자살했잖아요?”

“그렇죠. 자살했다는 결과를 놓고 보자면 그런데, 그녀의 죽음은 석연치 않은 데가 많아요. 물론 타살이라고 볼 만한 근거가 나오지 않았으니 현재로서는 자살이 분명한데…….”

“현재로서는?”

“아, 아닙니다. 무슨 다른 근거가 있다는 뜻은 아니고, 윤희주 양이 자살했다고 경찰이 발표했을 때 말들이 많았잖아요. 자살했다면 왜 자살했느냐, 혹시 자살이 아닌 건 아니냐 하는 뭐 그런 소문들요.”

메모를 하던 박동기는 고개를 들어 손서현을 보았다. 손서현은 박동기의 얼굴을 빤히 노려보고 있었다. 언제부터 그렇게 노려보고 있었는지 알 수 없었지만, 그 눈빛에 귀기가 느껴져 박동기는 무엇인가 갑자기 생각났다는 듯 눈을 취재 수첩에 붙박고 열심히 끼적거렸다. 어색한 침묵 뒤에 먼저 말문을 연 쪽은 손서현이었다.

"우리는 닮은 구석이 많았어요."

"이를테면?"

손서현은 이제는 거의 꽁초가 돼버린 담배를 재떨이에 비벼 끄고 다시 새 담배에 불을 붙였다. 길게 한 모금을 빨고, 후우 뱉은 다음에 이전과 꼭 같은 자세로 검지와 중지 사이에 담배를 끼우고 손을 테이블 위에 올려놓았다. 파란 담배 연기가 위로 흐느적거리며 올라갔다.

"뭐라고 할까, 우리는 둘 다 좀 예민했어요. 걱정이 많았다고 할까요. 글쎄, 어릴 때 저는 잠들기 전에 숫자를 세는 버릇이 있었어요. 그때는 동생과 한방을 썼는데, 잠자리에 누워서 숫자를 1부터 11일까지 세고, 숫자를 셀 때마다 간단한 주문을 외웠어요. 그러니까, '하나' 하고 센 다음에는 '아쌈마 뿌자 형아 씨'라고 주문을 읊는 거죠. 그리고 다시 '둘' 하고는 '아쌈마 뿌자 형아 씨'라고 외웠어요. 그렇게 열하나까지 반복하는 겁니다. 그렇게 하고 잠이 들어야 마음이 편했어요. 무사히 밤을 보내기 위한 일종의 의식이라고 할까요."

"아쌈마 뿌자 뭐라고 하셨죠?"

"형아 씨."

"무슨 뜻이죠?"

"뜻 없어요. 그냥 저 나름의 주술 언어라고 보면 돼요."

"일종의 기도문 같은 것이로군요. 그래서요?"

"내가 열하나까지 숫자를 세고 주문을 외우는 동안 동생이 말을 걸어와도 대꾸를 하지 않았어요. 똑같은 주문을 열한 번 외우는 동안 말을 하거나, 중간에 멈추기라도 하면 다시 처음부터 시작해야 했거든요. 그렇게 쉬지 않고 주문을 열한 번 외우는 데 시간이 꽤 걸렸어요. 한 1분쯤 걸렸을 거예요. 근데 그동안 말을 걸어도 대답이 없으니까 동생이 벌컥 화를 냈어요. 저는 또 저대로 화가 났어요. 중간에 멈추면 처음부터 다시 해야 하니까요. 그 바람에 잠자리에서 치고받고 싸운 적도 있다니까요. 여자애들이 우습죠? 크크. 그런데 그뿐이 아니에요. 중학교 때는 하루에 열세 번씩 샤워를 한 적도 있어요. 가족들한테 아무 일도 생기지 않게 하려면 하루에 열세 번 샤워를 해야 한다고 믿었거든요. 왜 하필 열세 번이었는지는 몰라요. 그냥 그랬어요. 하루에 열세 번 샤워를 하지 않으면 가족 중에 누군가가 죽을 거라는 걱정에 휩싸여 있었죠. 한번은 샤워 중에 더운물이 끊기는 바람에, 밖으로 나가서 보일러를 살펴보고 다시 샤워를 시작했어요. 중간에 끊어졌으니까, 그 샤워를 숫자에 포함시킬 것인가 말 것인가 한참 고민했어요. 그런데 결론은 그 샤워를 빼야 한다는 거였어요. 그래서 다시 샤워를 한 적도 있어요. 그렇게 해서 그날 모두 열네 번 샤워를 한 거죠. 그런데 막상 열네 번 샤워를 하고 보니까, 어쩌면 물이 끊기거나 말거나 간에 하루에 꼭 열세 번만 했어야 하는데, 잘못한 게 아닐까 걱정이 돼 밤새 잠을 못 잤어요. 그때는 어른 주먹만 한 알뜨랑 비누를 이틀에 한 개씩

썼어요. 엄마는 수도세 많이 나온다고, 얘가 미쳤냐고 야단도 아니
었죠.”

“네에.”

박동기는 미간을 찌푸렸다. 이해가 된다는 얼굴 같기도 하고, 안
쓰럽다는 표정 같기도 하고, 기가 막힌다는 표정 같기도 했다.

“내가 그 이야기를 했더니 희주도 그랬다는 거예요. 자기도 어
린 시절 잠자리에 누워서 매일 주문을 외웠대요. 천장에 매달린 형
광등이 떨어지지 않을까 걱정돼 형광등을 바라보며 주문을 외우
고, 혹시 형광등이 떨어지더라도 자기 머리 쪽으로 떨어지지 않도
록 머리 위치를 바꾸고 또 주문을 외웠다는 거죠. 저랑 정말 엇비
슷한 방식이었어요. 그 아이도 나름대로 주술 언어를 갖고 있었는
데, 기억이 나지는 않아요.”

“강박관념이죠. 사람은 누구나 그런 면이 조금씩 있어요. 정도의
차이가 있겠지만요.”

“누구나 그런 면이 있다?”

“네에.”

서현은 박동기를 뚫어지게 바라보았다. 그 눈에서는 분노라고
해야 할까, 절망이라고 해야 할까, 혹은 그 두 가지 모두를 포함한
듯한 감정이 스치고 지나갔다. 서현의 눈빛이 일상적이지 않다고
생각한 박동기는 윤희주의 이야기에만 초점을 맞춰야겠다고 생각
했다.

“아무튼, 은둔 생활 3년 만에 윤희주 씨가 전화를 했고, 두 사람

이 오랜만에 만난 것이로군요?"

"네에. 그 애 전화를 받고 좀 놀랐어요. 하도 오랫동안 연락이 없었기 때문에, 나는 우리 인연이 이렇게 끝나는구나, 생각했거든요. 하긴 그렇게 끊어진다고 해도 별로 아쉽고 말 것은 없었어요. 어차피 우리가 어린 시절부터 친구는 아니니까요. 걸 그룹을 만들기 위해 기획사가 오디션을 했고, 우리는 모두 오디션을 통해서 선발됐을 뿐이죠. 말하자면 직장 동료 같은 관계였다고나 할까요. 아무튼 그날 전화기 저쪽에서 희주는 울고 있었어요."

"왜 울었나요?"

"사람을 친 것 같다고 하더군요."

"때렸다고요?"

"아니요. 운전을 하다가 사람을 치었다는 거예요. 아마 죽었을 거라고 하더군요."

"교통사고 인가요? 하지만 윤희주 씨가 교통사고를 냈다는 이야기는 없었잖아요."

"글쎄요. 모르겠어요. 아무튼 전화를 받고 곧장 집으로 달려갔어요. 아파트는 강남에 있더군요. 한강이 잘 보이는 곳이었어요. 같은 서울 하늘 아래에 살면서도 연락 한번 못했던 거죠. 파출부 아줌마가 문을 열어줘서 들어갔는데, 희주는 소파에 무릎을 세우고 앉아 있었어요. 얼굴을 두 무릎 위에 묻고 있다가 내가 들어가자 울어서 벌게진 눈으로 나를 바라보더군요. 트레이닝의 무릎 부분이 다 젖어 있었어요. 한참 동안 울었나봐요."

"네에."

"희주는 울기만 했어요. 제가 아파트에 도착하고도 한참 울었어요. 파출부 아줌마는 자기 방으로 들어가서 꼼짝도 하지 않았고요. 희주는 울다가 한숨을 쉬다가 또 울다가 그랬어요. 저녁 시간이 됐을 때 파출부 아줌마가 저녁을 어떻게 할까 물었지만 희주는 고개를 절레절레 저었어요. 한참 있다가 다시 파출부 아줌마가 저녁을 어떻게 할 거냐고 물었는데, 희주가 '내버려두라고 했잖아!'라면서 소리를 빽 지르더군요. 그 뒤로 파출부 아줌마는 방에 들어가서 꼼짝도 하지 않았어요."

"파출부 아주머니도 많이 놀랐겠군요."

"그렇겠죠. 암튼 그날 밤 열두 시가 넘어서 둘이서 라면을 끓여 먹었어요. 그날 희주가 보여준 모습은 평범한 일상일 수도 있고, 특별한 이야기일 수도 있어요. 기자님이 듣고 싶어 하는 게 바로 그날 이야기 아닌가요?"

　　　　　4년 전 어느 늦은 봄날 단 하루 동안 윤희주에게 벌어졌던 사건으로 그녀의 오랜 은둔과 갑작스러운 죽음을 모두 설명하기는 어렵다. 어쩌면 이번 인터뷰 또한 윤희주를 돌리싸고 나돈 여러 가지 소문과 억측 중에 하나로 치부될는지도 모른다. 그러나 윤희주가 죽기 전에 마지막으로 만난 사람이 손서현인 것은 틀림없다. 윤희주가 죽었을 때 손서현 앞으로 작별을 암시하는 메모를 남긴 것 역시 사실이다. 그런 점에서 손서현과 인터뷰는 베일에 가려져 있던 윤희주의 은둔과 자살 원인을 추측하는 데는 조금이나마 도움이 될 것으로 기대된다.

저녁 무렵 사무실로 돌아온 박동기 기자는 취재 수첩을 펴놓고 빠른 속도로 자판을 두들겼다. 손서현과의 인터뷰는 마지막까지 성사 여부가 불투명했다. 창간 30주년이라 각 부문별로 굵직굵직한 사건들을 다루었는데, 대중 가수 부문만 이렇다 할 '거리'를 찾지 못했다. 진작부터 윤희주의 마지막 7년을 조명해보자는 아이디어가 나왔지만 손서현으로부터 좀처럼 인터뷰 약속을 받아낼 수 없었다. 손서현의 인터뷰를 싣는다는 것을 원칙으로 하되, 혹시 인터뷰가 안 될지도 모르는 만큼 다른 기획 기사를 마감해둔 상태였다. 결국 인쇄 직전 손서현과 인터뷰가 성사됐고, 최종 필름까지 인쇄소로 넘어간 상태에서 다섯 시간만 인쇄를 미루어달라고 요청했던 것이다.

월간 〈한국연예〉는 창간 30주년 기획 특집으로 4년 전 어느 날 하루(더 정확히 말하면 만 24시간이 아니라 기껏해야 열두 시간 안팎) 동안 윤희주에게 발생한 사건을 손서현의 진술을 바탕으로 현장 르포 형태로 전한다. 르포 '윤희주 은둔 7년과 그날 하루'가 윤희주의 잠적과 죽음을 조명하는 데 도움이 되기를 기대한다.

편집자 주(註)를 다 쓴 박동기는 담뱃불을 붙였다. 아무리 급하

더라도 담배 한 개비는 피워야겠다. 그러나 담뱃불을 붙였을 때 손
서현의 깡마르고 긴 손가락과 좀처럼 담배를 빨지 않던 모습, 귀기
어린 듯한 눈빛이 떠올라 신경질적으로 비벼 껐다.

'완전히 맛이 간 년이야.'

손서현의 기분 나쁜 눈빛이 떠올라 박동기는 속으로 욕을 뱉었
다. 걸 그룹 '마녀'가 한창일 때는 그렇게도 보이시한 매력을 자랑
하던 여자인데, 낮에 만난 손서현은 얼굴 살이 지나치게 빠져 보기
흉했다. 게다가 흐리멍덩한 눈에서 이따금 이상한 광채가 뿜어져
나오는 게 정상이 아닌 것 같았다.

'하긴, 요즘 세상에 뭐가 정상이고, 뭐가 비정상이겠냐.'

박동기는 인터뷰 당시 마구 써내려간 취재 수첩을 앞뒤로 뒤적
거리며, 손서현의 이야기를 시간대별로 재구성했다.

"어떻게 된 거야?"

소파에 무릎을 세우고 앉은 윤희주는 한참 동안 떨기만 했다.
오래 울었는지 눈두덩은 벌겋게 부어 있었고, 트레이닝의 무릎 자
리는 젖어 있었다. 손서현은 떨고 있는 윤희주의 두 어깨를 부드럽
게 감싸주었다. 윤희주는 조금씩 안성을 찾았고, 결국 코를 훌쩍기
리며 고개를 들었다.

"경찰에 신고는 했니?"

"어떻게 해. 바로 잡혀가려고?"

"그래도, 사고가 났으면 신고를 해야지? 신고 안 했다가 나중에

빵소니로 몰리면 어쩌려고 그래?"

"빵소니? 내가 빵소니를 친 거야?"

"아니, 빵소니를 친 게 아니라, 교통사고를 냈는데 가해자가 허락 없이 현장을 떠나거나, 부상자를 입원시키지 않거나, 뭐 아무튼 구호 조치를 취하지 않으면 법적으로 빵소니로 몰릴 수도 있다는 거야."

"그래? 그런 법이 있었어? 어쩌면 좋지?"

"우선 어떻게 된 건지 이야기를 해봐. 어디서 사고가 난 거야?"

윤희주는 코를 훌쩍였다. 금방이라도 다시 울음을 터뜨릴 것 같아 손서현은 윤희주의 관심을 다른 곳으로 돌리려고 애썼다. 커다란 와이드 텔레비전에서는 수목 드라마가 방영되고 있었지만 희주는 텔레비전을 보지는 않았다. 그녀는 이전에도 좀처럼 텔레비전을 시청하지 않았다. 그렇지만 아침에 눈을 뜨면 맨 처음 하는 일이 텔레비전을 켜는 일이고, 텔레비전을 켜둔 채 청소를 하고, 샤워를 하고, 잡지를 읽고 요리를 했다.

'글쎄, 텔레비전을 켜두지 않으면 불안해. 세상과 동떨어진 곳에 혼자 있다는 느낌이랄까. 무엇인가 나쁜 일이 생길 것 같기도 하고, 텔레비전에서 나오는 소리가 아니라 다른 소리가 들리면 불안하기도 해.'

보지도 않는 텔레비전을 왜 켜 두느냐고 물었을 때 희주는 그렇게 대답했다. 그러고 보니 서현 자신도 그런 때가 있기는 했다. 보지도 않으면서 텔레비전을 켜두고, 보이지도 않는 먼지를 제거하기 위해 진공청소기를 하루에도 서너 번이나 돌리고, 그것도 부족해 나중에는 로봇 청소기를 사들여 종일 있지도 않은 먼지를 빨아들이곤 했다.

수목 드라마가 한창인 텔레비전 옆에는 품위 있어 보이는 반닫이가 놓여 있고, 그 위에 놓인 꽃병이 눈에 들어왔다. 꽃그림이 그려진 꽃병이었지만, 정작 꽃은 없었다.

"꽃병이 참 예쁘네."

윤희주는 울어서 벌게진 눈으로 꽃병을 보았다. 꽃병을 바라보던 희주는 벌떡 일어나 꽃병 앞으로 가더니 꽃병을 살짝 움직여 자리를 다시 잡았다. 잠시 뒤로 물러났던 희주는 다시 꽃병의 위치를 원래대로 옮겨놓았다. 소파로 돌아온 뒤에도 희주는 꽃병에서 눈을 떼지 못했다. 희주는 다시 일어나 꽃병으로 다가갔고, 꽃병의 위치를 조정했다. 보다 못한 손서현이 윤희주를 위로했다.

"괜찮아. 보기 좋아."

"괜찮아?"

"어."

윤희주는 다시 꽃병 앞으로 다가서서 꽃병의 위치를 바로잡고는 소파로 돌아와 앉았다.

"걱정 마. 보기 좋으니까."

"어, 보기 좋아. 근데 너 들어올 때 현관문 잠갔어?"

"어?"

아파트 현관문은 번호 키였다. 문이 열리고 닫히면 자동으로 잠금장치가 가동되는 제품이었다. 희주는 서현의 대답을 기다리지 않고 쪼르르 현관으로 달려갔다. 현관문이 열리는 소리, 닫히는 소리가 들렸다. 이윽고 덜컥덜컥 소리도 났다. 현관문 손잡이를 눌렀다가 뗐다가 하면서 현관문 잠금장치가 제대로 작동했는지 확인하는 모양이었다. 소파로 돌아온 윤희주는 한결 기분이 나아진 듯, 살짝 미소까지 지었다. 잠시 소파에 앉아 있던 그녀는 또 금방 일어나 와이드 텔레비전의 각도를 다시 잡았다. 살짝.

"그 버릇 여전하구나?"

"뭐?"

"뭐든 정확하게 정리하는 버릇 말이야."

"내가 그랬어?"

"마녀 때도 너랑 내가 좀 깔끔을 떨었지. 그래서 애들한테 잔소리도 들었고."

"그랬니?"

"그래."

희주는 소파에 앉아 깊은 한숨을 쉬었다. 눈두덩은 여전히 벌겠지만 눈물은 말끔히 마른 듯했다.

"이제, 좀 괜찮아졌어?"

"어."

손서현은 윤희주가 먼저 말을 꺼낼 때까지 기다리기로 작정했다. 공연히 재촉했다가 또 울음보를 터뜨리기라도 하면 상황을 정리할 수 없을 것 같았다.

"낮에 마트에 가서 장을 보고 오는 길이었어. 사실, 나, 마트도 잘 안 가는데, 오늘은 정말 오랜만에 나가봤어. 마스크 쓰고 선글라스 쓰고, 모자도 썼어. 아무 일도 없었는데, 아니 아무 일도 없었다고 생각했는데, 그게 아니었나봐. 지하 주차장에 도착해서 후진 주차를 하다가 깜짝 놀랐어. 룸미러에 아이가 비치는 거야. 예닐곱 살쯤 돼 보이는 사내아이였어. 주차장에서 숨바꼭질이라도 하고 있었던 걸까. 깜짝 놀라서 차를 세우고 아이가 지나갈 때까지 기다렸어. 한참 기다렸는데도 아이가 지나가는 모습이 안 보이는 거야. 어디로 숨었는지 사이드미러에 보이지도 않아. 그래서 내릴까 하다가 그냥 클랙슨을 빠앙 눌렀어. 그러면 차 뒤에 숨어 있던 아이가 나와서 다른 곳으로 갈 거라고 생각했지."

희주는 거기까지 말하고 한숨을 쉬었다.

"그런데?"

"그래도 아이가 안 나오는 거야. 보이지를 않아. 뭐 이런 맹랑한 녀석이 있나 싶었지. 그래서 내려서 쫓아내야겠다고 생각했는데, 덜컥 겁이 나는 거야. 어쩌면 내가 아이를 친 것은 아닐까. 아이가 자동차 밑에 깔린 것은 아닐까. 그래서 얼른 내려가서 봤지. 자동차 뒤에도 없고, 자동차 밑에도 없었어. 분명히 사내아이를 보았는데, 아이가 떠나는 것을 못 봤는데, 아이가 없는 거야."

"어디로 갔는데, 네가 못 봤겠지."

"그럴까?"

"아무 문제없어, 걱정 마."

"아니야, 아니야, 그게 아니야. 그때 깨달았어."

이번에는 소리를 내지 않았지만, 눈물이 주르륵 뺨을 타고 턱까지 흘러 뚝 뚝 떨어졌다.

"무슨 다른 일이 있었어?"

"마트에서 오는 길에 사람을 친 거 같아. 그걸 그때까지 잊어버리고 있었던 거야. 주차를 하다가, 뒤에 서 있는 아이를 발견하고 나서야 내가 마트 갔다가 오는 길에 사람을 쳤다는 것을 알았어."

"어디서? 누구를 치었어?"

"몰라, 기억이 안 나."

"사람을 친 것 같은데, 기억이 안 난다고?"

"어, 안 나. 정말 안 나. 아파트 주차장에서 내가 마트 갔던 길을 그대로, 왔던 길을 그대로 곰곰이 되짚어 생각해봤어. 그런데 기억이 안 나. 분명히 누군가를 치었는데, 기억이 안 나는 거야. 차에 피가 묻었는지도 샅샅이 살펴봤는데, 피는 없었어. 차 안에 한참 앉아 있다가 다시 자동차를 타고 마트로 나갔어. 갔던 길과 왔던 길을 오고가면서 살펴봤어. 그런데 길에 쓰러진 사람은 없었어. 몇 번이나 살펴봤는데도 쓰러진 사람이 안 보이는 거야."

"당연히 없겠지. 사고가 났으면 누군가가 신고를 했을 것이고, 구급차가 와서 다친 사람을 병원으로 옮겼을 거 아냐?"

"그래서 혹시 경찰이 나와 있나, 구급차라도 나와 있나 싶어서 몇 번이나 마트 가는 길을 오르락내리락했어. 그런데 없는 거야. 아무도 없었어. 나 정말 두려워. 대체 내가 친 사람은 어디로 가버린 걸까?"

"일단, 신고를 하자. 경찰에 신고를 한 뒤에 생각해보자. 신고를 하면, 치인 사람이 어느 병원으로 후송됐는지, 얼마나 다쳤는지 금방 알 수 있을 거야."

"어떡해……."

희주는 다시 고개를 무릎 사이에 묻었다. 서현은 이번에는 그녀의 어깨를 감싸며 다독거리지 않았다. 이럴 때일수록 한 사람이라도 정신을 바짝 차려야 했다. 일단 경찰에 신고를 해야 한다. 머뭇거릴수록 사건은 커진다. 지금이라도 경찰이 들이닥쳐 희주를 잡아간다면, 영락없이 뺑소니가 되고 만다. 자수한다면 적어도 뺑소니 혐의는 피할 수 있다. 설령 뺑소니 혐의를 입더라도, 재판에서 받을 형량이나 벌금은 달라질 것이다.

"야. 윤희주 정신 차려!"

손서현은 윤희주의 어깨를 꽉 잡고 흔들었다. 윤희주는 벌건 눈으로 그녀를 올려다볼 뿐 넋이 나간 사람 같았다.

"자수해야 해. 일단 자수해서, 수습해야 한다고. 이렇게 있다가 경찰이 들이닥치면 넌 끝장이야. 자수하는 게 살길이야. 내 말대로 해. 정신 차려, 윤희주!"

손서현의 우악스러운 손길에 윤희주는 이리저리 흔들릴 뿐 결심을 하지 못했다.

"네가 못 하겠다면 내가 할게. 걱정 마. 내가 대신 경찰에 전화할게. 걱정하지 마, 나만 믿어."

넋이 나간 사람처럼 멍하게 앉아 있던 윤희주는 손서현이 휴대폰을 꺼내 경찰에 전화를 내려 하자, 무서운 힘으로 휴대폰을 빼앗았다. 손아귀 힘은 예상외로 억셌고, 눈빛이 너무나 사나워 손서현은 움찔 물러났다. 휴대폰을 빼앗은 윤희주는 그러나, 사나운 기세와 달리 차분한 목소리로 말했다.

"내가 할 거야. 자수를 해도 내가 해. 걱정 마. 나 자수할게."

윤희주는 자신의 휴대폰을 꺼내 번호를 꾹꾹 눌렀다. 차분한 목소리와 달리 휴대폰 번호를 누르는 그녀의 손가락은 부들부들 떨렸다. 신호가 가자마자 저쪽은 곧바로 전화를 받았다. 저쪽에서 '여보세요, 여보세요, 말씀을 하세요'라고 말하는 소리가 들렸지만 윤희주는 대답하지 못했다. 희주는 입을 달싹거렸지만, 끝내 말을 하지 못하고 휴대폰 플립을 닫아버렸다. 손서현은 윤희주를 바라보았고, 윤희주는 자신의 휴대폰을 보았다.

"이 바보야, 자수해! 자수해야 한다고!"

"알아! 안다고! 나도 안다고!"

윤희주가 새된 고함을 질러대는 순간 윤희주의 휴대폰이 빨간빛을 발하며 울었다. 경찰이었다. 희주가 서현을 보았고, 서현은 고개를 끄덕였다.

"여보세요."

"경찰입니다. 방금 신고 전화를 하셨는데, 무슨 일이십니까? 지금 위급한 상태인가요?"

"아뇨, 아뇨. 아무것도."

"걱정하지 마세요. 지금 전화하시기 곤란하신가요? 누가 선생님을 위협하고 있습니까? 그렇다면 네, 하고 대답만 하십시오."

"아뇨, 그게 아니라. 그게 아니라."

"말씀하세요. 지금 댁입니까? 말씀하기 곤란하시면 바로 출동할 수 있습니다."

"아뇨, 그게 아니라."

"진정하시고, 말씀을 하세요."

"제가…… 사람을 치었어요. 죽었나봐요."

"교통사고인가요?"

"네에. 교통사고…… 제가 사람을."

"거기 어디죠?"

"집입니다, 제 집요."

"사고가 난 현장은 어디인가요? 피해자는요?"

"모르겠어요. 어디서 치었는지 모르겠어요."

"여보세요. 지금 뭐 하는 겁니까? 장난 전화한 겁니까?"

"아니에요. 정말 아니에요. 사람을 치었어요."

"어디서 사고를 내셨습니까?"

"모르겠어요, 정말."

"이봐요. 지금 바쁜 사람들 붙잡고 장난하는 겁니까? 공무집행 방해로 처벌받을 수 있어요."

"아니요, 정말."

그때 손서현이 전화를 빼앗았다. 서현은 자초지종을 이야기했고, 경찰은 주소와 전화번호, 이름을 물은 뒤 기다리라고 했다. 경찰에서 곧 연락이 왔는데, 교통사고가 접수된 게 없다고 했다. 영문을 알 수 없는 서현은 관할 경찰서 전화번호를 알아내 다시 전화를 냈고, 역시 그런 사건이 접수된 게 없다는 확인을 받았다. 급기야 두 사람은 가까운 지구대를 방문했다. 밤 열두 시가 다 돼 집으로 돌아오는 길에 서현은 희주에게 벌컥 화를 냈다.

"너 뭐니? 지금까지 나 붙잡고 장난한 거니?"

"아니야, 정말 아니야. 나도 모르겠어. 경찰들이 전부 짜고 모른 척하는 것일까?"

"미쳤어? 경찰이 뭐가 답답해서, 내가 범인이요, 하는데 그런 사건 없었소, 하겠어? 너 요새 어디 아픈 거 아니니?"

"경찰들이 전부 모른 척하고 있다가 며칠 뒤에 나를 뺑소니로 잡아가려는 거 아닐까? 더 큰 처벌을 하기 위해서 말이야."

"내 참. 소설을 써라, 소설을. 너 어쩌다가 이 지경이 됐니? 너 교통사고 냈다고 생각하는 거 오늘 처음이니? 이전에는 그런 저 없어?"

"없어."

　　　　　　윤희주와 손서현은 그날 밤 새벽이 밝아올 때까지 이야기를 나누었다. 윤희주는 자신에 관해 떠도는 소문을 모두 들었다고 한다. 흑인 아이를 낳았다는 소문, 에이즈에 걸렸을지도 모른다는 이야기, 교통사고를 당했다는 소문도 들었다고 손서현은 인터뷰에서 전했다. 손서현에 따르면 그 소문은 전혀 근거 없는 것이 아니었다. 윤희주는 실제로 아프리카 대통령을 접대했고, 그의 아이를 임신했을지도 모른다는 불안에 몇 차례 자가 임신 테스트를 했다. 그러고도 불안한 마음에 산부인과 진료를 받았다고 했다. 물론 임신은 아니었다. 임신이 아닌 것으로 판명돼 안도했지만, 이내 아프리카 남자와 잠자리를 했다는 사실이 께름칙해 에이즈 검사를 받은 적도 있다고 했다. 가짜 이름을 대고 싶었지만, 가짜 이름과 주민번호로는 에이즈 검사를 받을 수 없어서 실명 검사를 받았다는 것이다. 산부인과 검사와 에이즈 검사만 해도 열 차례 이상 받았기 때문에 소문이 났을 때 어느 병원을 상대로 소송을 해야 할지 알 수 없었다고 한다.

정신과 전문의들은 이런 현상을 '강박증'으로 진단한다. 강박증이 윤희주를 자살까지 몰아갔는지는 지금 우리가 확인할 길은 없다. 그러나 윤희주가 강박증으로 오랫동안 고통 받은 것은 분명해 보인다.

정신과 전문의들은 강박증의 일반적인 증상으로, '질서 혹은 대칭에 대한 지나친 집착, 숫자에 대한 혐오, 숫자 세기, 앞에 가는 자동차 넘버 덧셈하기, 과도한 청결, 문단속, 터무니없는 의심, 특정한 숫자가 행운 혹은 불운을 가져올지 모른다는 생각' 등을 꼽는다. 또 경우에 따라서는 고속도로 주행 중에 나타나는 도로표지판 숫자를 끊임없이 세기도 한다. 세균 감염을 우려해 종일 장갑을 끼고 생활하거나, 외부와 격리된 채 생활하는 사람도 있다. 심지어 햇빛을 통해 세균이 전염된다고 생각해 낮 동안 모든 창문을 차광 커튼으로 가리는 사람도 있다. 그들이 창문을 열거나 바깥 풍경을 볼 때는 밤중이거나 비가 내리는 날뿐이라고 한다. 완전히 격리된 상태가 아니면 불안해서 견딜 수 없는 것이다.

톱스타 윤희주를 은둔과 사망에 이르게 한 강박증은 지금 이 순간에도 스트레스로 지친 현대인을 노리며 뒤를 밟고 있다.

손서현은 검지와 중지 사이에 담배를 끼운 왼손을 테이블 위에 다소곳이 올려놓고 월간 〈한국연예〉 창간 30주년 기념 특집호를 펼쳤다. 그녀는 한 글자, 한 글자를 씹어 먹듯이 읽었고, 앞으로 돌아가서 처음부터 또 읽었다. 원고지 60여 장짜리 기사를 읽는 동안 생담배를 일곱 개비나 태웠다. 두 번째 읽을 때는 속도가 더 느렸고, 담배를 여덟 개비나 태웠다. 이제 그만 읽어도 되겠다고 생각했지만 손서현은 마지막으로 한 번만 더 읽어보기로 했다. 혹시 자신이 쓸데없는 소리를 한 것은 아닐까, 싶었지만 실수는 없었다.

윤희주의 죽음에 타살이 의심된다는 내용은 없었다. 수사가 잘못됐다는 의혹 제기도, 미진했다는 불만도 없었다. 유희주가 죽기 직전 손서현을 마지막으로 한 번 더 만났다는 내용 역시 없었다. 두 사람이 다시 만난 사실은 아무도 모른다. 아무도 모르는 일을 박동기 기자가 알 리 없다.

서현은 4년 전 희주를 다시 만난 뒤부터 자신이 희주를 죽이게 될지도 모른다고 생각했다. 그녀를 죽인다면 죽이는 방식은 얼마든지 다양할 것이라고 생각했다. 아파트 베란다에서 밀어버릴 수도 있었고, 윤희주가 잠든 사이에 집에 불을 질러버릴 수도 있었

다. 밀어서 떨어뜨리거나 희주가 잠자는 방에 불을 지르는 상상을
백 번도 더 했던 것 같다.

손서현은 월간 '한국연예 편집부 차장 박동기'라고 찍힌 명함을
눈앞으로 들어 올려 물끄러미 바라보았다. 손서현의 얼굴이 점점
차갑게 굳어갔다. 박동기, 박동기. 어디서 많이 들어본 이름이었다.

월간 한국연예 편집부 차장 박동기.

이 사람은 어째서 나를 찾아왔을까. 대체 무엇을 알고 있는 것
일까? 손서현은 어쩌면 박동기가 기사 안에 숨겨놓았을지 모를 행
간의 의미를 찾아 다시 '월간 〈한국연예〉 창간 30주년 기념호'를
펼쳤다. 그녀의 왼손 검지와 중지 사이에서 파란 담배 연기가 피어
올랐다.

/시인의 탄생 /

정경숙은 만 가지 사연을 품은 얼굴로 앉아 있었다. 그녀 말고도 세 사람의 시인이 강의실 앞쪽에 따로 마련된 의자에 앉아 소개를 기다리는 중이었다. 정경숙을 뺀 나머지 세 사람은 문학동인지 〈시와 시인〉의 원로들이다. 그들의 시적 업적이 얼마나 대단한 것인지 나 같은 초보자들은 알 수 없다. 어쨌거나 내가 참석했던 몇 안 되는 문학 행사 때마다 그들은 따로 소개되는 사람들이었다.

문학동인지 〈시와 시인〉 주간을 맡고 있는 정필호 선생에 이어 머리가 희끗희끗한 엄치월 시인이 자리에서 일어나 허리를 90도로 꺾으며 인사했다. 그는 외모나 몸짓이 대단히 점잖아 보이는 사람이지만 신인 작가의 등단과 관련해 잡음이 많았다. 문단협회장에 출마하기 위해 자기 사람을 무더기로 협회에 가입시킨다는 소문도 있었다. 또 전국적으로 이름난 문인들을 초대해 상다리 부러

지게 술자리를 마련하고 인사를 시킨다며 생활이 유복한 신인들을
불러 그날 술값을 치르게 하는 일도 잦았다.

그렇게 힘깨나 쓰는 문인들을 대접한 덕분인지는 몰라도 엄치
월은 전국 규모의 꽤 유명한 계간지에 시답잖은 작품을 몇 차례 발
표하기도 했다. 전국 규모의 계간지에 작품이 발표됐다는 사실만
으로 엄치월은 지방의 그렇고 그런 시인들 사이에서 명망이 높았
다. 문단협회 활동이 뜸한 선배 시인들 중에는 엄치월의 행태를 문
제 삼는 사람들도 있었다. 그러나 올망졸망 모여 앉아 술잔을 돌리
며 시인의 낭만에 대해 이야기하기 좋아하는 여류 시인들은 시도
안 쓰는 뒷방 노인들이 괜히 시기한다며 핀잔을 퍼붓기 일쑤였다.
그녀들 대부분 엄치월의 추천으로 등단한 사람들이었다. 어쨌거나
엄치월 시인이 아니면 이름이 짜르르한 서울의 시인을 모실 기회
가 없었던 탓에 그가 하는 짓이 못마땅하지만 대놓고 싫은 소리를
하는 사람은 드물었다. 문학은 이런저런 것들을 모두 껴안는 것이
라고, 그런 것들도 모두 낭만이라며 허허 웃는 사람들도 있었다.

오른쪽 끝에 앉은 허정애 시인은 오십이 넘었다고 들었는데 머
리를 까맣게 물들이고 있어 삼십 대 후반이라고 해도 어색할 게 없
었다. 오늘 행사의 사회를 맡은 곽애연 시인의 소개에 따라 그녀는
꼿꼿하게 일어서서 살짝 목례했다.

오늘의 초청 시인인 정경숙은 두 손으로 자신의 신작 시집을 다
소곳이 든 채 일어나 인사했다. 입가에 살짝 미소를 띠고 있었지만
그 얼굴이 왠지 웃음과는 거리가 멀어 보였다. 어쩌면 그녀의 시들

이 우울함을 넘어 처절한 삶의 기록인 탓에 그렇게 보이는 것인지도 몰랐다.

"한국 시문학을 대표하는 정경숙 시인입니다. 아시다시피 정 시인은 우리 문학회 〈시와 시인〉의 11기 선배님으로 '문학의 문학' 오늘의 작가상, '현대의 문학' 시인상 등을 수상했으며, 지난해에는 한국 최고의 시문학상인 완당 문학상을 수상했습니다. 최근, 시집 〈시인의 탄생〉을 출간해 독자들의 폭발적인 관심을 끌고 있습니다."

정경숙은 다시 한 번 고개를 숙여 인사하고 자리에 앉았다. 나는 그녀를 알아보지 못했다. 그 유명한 정경숙 시인이 바로 그 아이일 것이라고는 꿈에서조차 상상해본 적이 없었다. 그녀가 유명세로 한창 바쁜 일정임에도 지방의 시 전문 계간지 주최의 특강에 참석한 것은 그녀 자신이 〈시와 시인〉 창작 과정 수강생 출신이기 때문이었다.

〈시와 시인〉 창작 과정에 가입해 공부를 시작한 것이 석 달이 넘었지만 내 출석률은 낮았다. 이런저런 외부 인사 초청 특강에도 좀처럼 참석하지 않았다. 박 형사가 고집을 부리는 바람에 어쩔 수 없이 시 창작 교실에 수강 신청을 했지만 시 쓰기에도 나는 심드렁했다. 학창 시절 시를 좋아하는 편이었다는 것 외에 시를 쓰겠다는 생각을 해본 적은 없었다.

고등학교 동창인 박 형사는 학창 시절 시집을 끼고 다녔던 나를 시인을 꿈꾸는 문학청년으로 단정했다. 시인이 될 생각은 없다는 내 손사래를 그는 겸손함 정도로 여겼다. 학교를 졸업하고, 결혼을 하고 직장에 매여 아등바등하는 동안에도 박 형사는 내가 언젠가는 시인이 될 것이라고 확신하는 듯했다. 그가 굳이 나를 시 창작 교실로 이끈 것은 자기 혼자 가기 쑥스럽다는 이유 외에, 내가 내심 억지로 끌고 가주기를 바라고 있다는 확신 때문이었다.

이미 잡아놓은 약속을 취소하면서까지 특강에 참석한 것은 오직 정경숙 시인을 만날 수 있다는 기대 때문이었다. 뭐랄까, 그녀의 시는 시인의 사유가 아니라 살아 있는 사연, 인생 같은 느낌이었다. 시적 상상력으로 꾸며낸 시가 아니라 살아오면서 체득한 무엇을 토해내는 듯했다. 그래서 그녀의 시가 비록 시적 아름다움과는 좀 거리가 있었지만 사람살이와 아주 가깝게 붙어 있다는 느낌을 받곤 했다. 내 어설픈 평가만 그랬던 게 아니라 대중의 평가도 그랬고, 전문가들의 평가도 비슷했다. 몇몇 평론가들은 그녀의 시를 두고 매우 성긴 시라고 혹평하곤 했는데, 그런 점이 오히려 평범한 대중에게는 가깝게 와 닿는 시라는 말이기도 했다.

박 형사는 특강 말미에 정경숙 시인과 수강생들의 대화 시간도 마련돼 있다며 참가를 권했다. 시집으로는 극히 드물게 4주째 한국문학 전체 베스트셀러 1위를 지키고 있는 시인과 이야기를 나눌 수 있다는 말에 다소 설렌 것도 사실이다.

정경숙의 시가 그렇듯 이번 강의도 대체로 상처와 시의 상관관계에 관한 내용이었다. 요컨대 그녀는 자신은 운명적으로 시인이 됐으며, 시인으로 거듭나고 나서야 상처를 극복할 수 있었다고 했다. 더불어 그녀 안에는 아직도 치료해야 할 깊은 상처가 남아 있고, 그 상처가 아무는 순간까지 시를 쓸 것이라고 했다. 그녀는 시인 지망생이거나 초보 시인인 참석자들을 향해 이렇게 말했다.

'저는 여기 앉아 계신 한 분 한 분이 모두 좋은 시인이 될 것이라고는 생각하지 않습니다. 그러나 적어도 여러분은 시를 쓰는 동안 자기 안의 상처를 치유하는 좋은 의사를 만날 것입니다. 좋은 시를 쓰거나 못 쓰거나에 집착하기보다 내 안의 상처를 정면으로 바라보고, 그 상처를 치유한다는 마음으로 한 작품 한 작품 끊임없이 써나가시기 바랍니다.'

그녀가 '여러분 한 분 한 분이 모두 좋은 시인이 될 것이라고 생각하지는 않는다'라고 말했을 때 살짝 기분이 상했지만, 상처에 관한 말은 맞는 말이었다. 구르는 돌에도, 말라비틀어진 나무껍질에도 상처가 있는 법이다. 그러니 나처럼 친구 손에 끌려 시 창작 교실에 참가한 사람은 물론이고 다른 수강생들 역시 자기만의 상처가 있을 것이다. 그리고 그 상처를 어느 정도 시로 승화시킬 수도 있을 것이다. 누구라도 말이다. 그러나 정경숙처럼 깊은 상처를 가진 사람은 드물 것이다. 게다가 그 상처를 온전히 시로 승화시키기는 더욱 어려울 것이다. 누구나 상처를 가지고 있겠지만 상처를 시 작품으로 승화시킬 수 있는 것은 재능이니까 말이다.

정경숙은 자신의 시는 한 편 한 편이 모두 피를 토하는 진실의 고백이라고 말했다. 그리고 그 견딜 수 없는 진실의 고백을 하나씩 토해낼 때마다 조금씩 마음과 육신의 평화를 얻는다고 했다. 그녀는, 하도 억눌러서 자신의 기억 속에 그 상처들이 똬리를 틀고 있다는 사실조차 몰랐다고 했다. 시 창작을 통해 억눌린 기억과 감정을 드러냄으로써 비로소 눈물을 흘릴 수 있는 사람이 됐다고 했다. 그녀는 자신이 이십 수년을 눈물 한 방울 흘리지 않고 살았으며 언젠가 눈물이 펑펑 쏟아지는 날, 〈눈물〉이라는 제목의 시집을 내는 날이 자신의 상처가 아무는 날이며, 자신의 시작(詩作)이 끝나는 날이라고 했다.

　우리가 이전에 만난 적이 있음을 알아본 쪽은 그녀였다. 특강이 끝나고 사람들이 자유롭게 자리를 옮겨 다니며 인사와 이야기를 나누는 시간이었다. 놀랍게도 정경숙은 내가 앉아 있는 테이블로 다가와 '요즘도 곤충채집을 다니느냐?'고 물었다. 나는 이 사람이 무슨 뚱딴지같은 소리를 하는가, 싶었다.

"저, 모르시겠어요?"

정경숙은 우리가 언제 어디서 어떻게 만났는지 자세하게 이야기했다. 놀랍게도 우리는 오래 전에 강원도 산속의 오두막에서 하룻밤을 함께 보낸 적이 있었다. 내게도 그날이 평범한 날은 아니었지만 굳이 잊지 못할 날은 아니었다. 힘들고 바쁘게 살아가느라 나는 그날의 일을 까맣게 잊고 지냈다. 그러나 정경숙에게 그날은 그때까지 살아온 익숙한 세상과 작별하는 날이었다.

정경숙은 그날 밤 우리가 나누었던 이야기를 하나하나 분명하게 기억했다. 하지만 곤충채집이라니? 당시 나는 식물채집을 다니는 중이었다. 정경숙은 나를 채집 다니던 청년으로 기억했지만 내가 찾아 헤맨 것이 식물인지 곤충인지는 기억하지 못했다. 하기야, 그게 지금 내게, 그리고 당시 그녀에게 중요한 문제는 아니었다.

20년쯤 전 나는 홀로 등산을 다니곤 했다. 등산이라기보다 식물 채집 여행이라고 해야 적절하다. 그 시절 나는 희귀 식물, 그러니까 아직 발견되지 않은 우리나라 고유의 식물을 발견하고 채집하려는 욕망에 사로잡혀 있었다. 나무와 풀에 대한 관심이야 진작부터 있었지만 굳이 채집까지 나설 정도는 아니었다. 처음엔 식물도감을 읽었고, 나중엔 수목원엘 들락거렸고, 급기야는 새로운 식물, 우리나라 오지 어딘가에만 자생하는 식물을 찾아내고 싶다는 열망에 사로잡혔다. 그것은 내 아이디어라기보다 학교 도서관에서 읽었던 소설 때문이었다. 일본 작가 아베코보가 쓴 《모래의 여자》라는 소설이었다. 소설은 자신의 학명을 갖고 싶었던 한 남자의 실종에 관한 내용이었다.

소설 속 남자는 돌연변이 곤충을 찾아다니는 중이었다. 아직 아무도 발견한 적이 없는, 그래서 어떤 학명도 부여된 바 없는 곤충을 찾아서 자신의 이름을 딴 학명을 붙이고 싶어 했다. 나중에 안 사실이지만 학자들 사이에서는 자신이 새로 발견한 농불의 화석이나 돌연변이에 자기 이름보다는 스승이나 가까운 동료 연구인의 이름을 붙이는 것이 관례라고 했다. 그러니까 작가 아베코보의 소설적 설정에 다소 오해가 있었거나 한국과 일본 간 학명 붙이기 관행에 다소 차이가 있었던 모양이다. 어쨌거나 당시 내 채집 여행을 연구라고까지 할 것은 없었고, 그런 관행 자체에 대해 아는 바도 없었다. 또 설령 스승이나 동료의 이름을 붙이는 것이 관행이라고 하더라도 발견자 본인의 이름을 붙인다고 법적으로 문제될 것도 없었다.

아무튼 나는 아베코보의 소설에서 발견한 인물의 삶을, 내 삶의 전형으로 삼았고 그 인물과 같은 욕망에 사로잡혀 대학 시절을 보내는 중이었다. 말하자면 돌연변이 식물을 찾아 내 이름을 학명으로 붙이고 싶었던 것이다.

그러나 나는 아베코보의 소설 속 그 남자처럼 납치되어 세상으로부터 실종되고 싶은 마음은 없었다. 그래서 늘 목적지를 부모님께 밝혔고, 친구들에게도 안부 전화를 핑계로 내 여행 일정에 대해 이야기했다. 시골 마을에 도착해 버스에서 내리면 공중전화부터 찾았고, 공중전화가 없는 마을이면 정류장 근처의 구멍가게의 전화를 빌려 쓰기도 했다. 공짜로 남의 전화를 빌려 쓰기 미안해 목이 타지 않았음에도 음료수를 사서 마시거나 과자나 껌을 사기도 했다. 납치가 아니라 순전히 내 실수로 실족해서 죽더라도 내 시신이 인적 드문 벌판이나 사람이 찾지 않는 숲 속에 오랫동안 방치되도록 할 마음은 없었다.

사실 우리나라는 실종되기에는 좁고 분명한 땅이다. 납치당하지 않는 한 말이다. 그렇더라도 나는 잠시라도 실종되고 싶은 마음은 없었다. 이름을 남기고 싶어 희귀 식물 채집에 나서는 사람이 이름은커녕 시신조차 남길 수 없다고 생각하면 견딜 수 없었다. 그래서 전화통을 붙잡고 목적지와 이동 경로, 다음 도착지, 예정 시간을 넌지시 알려두곤 했다.

그 시절 내가 전화를 걸었던 사람들은 대부분 대학 동창들이었고, 그래서 종종 내 전화가 여학생들 사이에는 오해를 불러일으키기도 했다. 잦은 내 전화에 어떤 여학생은 내게 이성적 호감을 가졌고, 어떤 여학생은 나를 멀리했다. 별로 마음에 들지 않는 남자가 무시로 해대는 전화가 그녀들에게는 불쾌했던 모양이었다. 어떤 여학생은 '하고 싶은 말이 있으면 분명하게, 자신이 알아들을 수 있도록 말하라'고 채근하기도 했다. 나중에 내가 수많은 남녀 친구들에게 행선지를 알리는 전화를 냈음이 드러나자, 내게 은근히 호감을 표시했던 여학생 중에는 나를 행실 비뚠 남자로 규정하는 경우도 있었다. 이른바 바람둥이거나 여성관이 비뚠 녀석이라는 것이었다. 나중에 이런저런 설명을 붙인 게 오히려 구차하게 들려 여자 동창들 사이에 내 평판은 더욱 나빠졌다.

버스 정류장 앞 구멍가게 주인의 설명에 따라 마을 뒷산으로 올라갔다. 20여 호 남짓한 마을의 집들은 대부분 고랭지 농사를 짓는 농가들이었다. 촌마을답지 않게 동네에는 개 짓는 소리조차 기의 나지 않았다. 내가 평상에 걸터앉아 희귀 식물을 찾고 있다고 말했을 때 구멍가게 주인의 반응은 예상 밖이었다. 노인은 희귀 식물이라는 말 자체를 알지 못했다. 말하자면 그는 '희귀하다'는 낱말과 '식물'이라는 낱말을 알고 있었지만, '희귀 식물'이라는 말이 가지는 의미를 몰랐다. 그래서 한참 설명했던 기억이 난다.

나는 희귀 식물이 무척 귀해서 단순히 비싼 값에 팔리는 식물이 아니라, 새로운 발견이라고 이야기했다. 노인은 무슨 말인지 알겠다, 그런데 돈이 되지도 않을 식물을 왜 찾아다니느냐고 물었다. 한참을 설명한 뒤에야 노인은 고개를 끄덕였다. 그리고 자신만의 비밀을 들어줄 사람을 만났다는 듯 기뻐했다. 비밀이란 혼자 간직하는 한 아무런 재미도 가치도 없는 것임을 나는 그때 노인의 그 검고 주름진 얼굴에 도는 화사한 빛을 보며 깨달았다.

지금이라면 노인의 말을 대수롭지 않게 여겼을 것이다. 산골 마을에서 태어나 줄곧 거기서 살았으며 책이나 신문을 한 번도 읽어본 적이 없는 노인이 말하는 희귀한 식물이란 게 과연 발견된 적이 없는 식물일까. 아마 그 노인에게는 희귀한 식물일 수 있겠지만 평생을 연구에만 몰두해온 학자들에게는 이미 잘 알려진 식물일 가능성이 높았다. 그러나 그 시절 나는 이십대 초중반의 세상모르는 학생이었다.

구멍가게 노인은 태어나서 딱 한 번 그 식물을 보았으며 두 번 다시 그 식물을 본 적이 없다고 말했다. 자신이 어릴 때 이 마을에는 50여 호 가까운 집이 있었고, 마을 사람들은 함께 농사를 짓고 함께 추수를 했다고 했다. 또 마을 조무래기 중 서너 명이 마을의 소 스무 마리쯤을 한꺼번에 몰고 산으로 가서 풀을 뜯어 먹게 했다고 했다. 말하자면 아이들이 공동으로 마을 소를 먹이러 다녔던 것이다.

열 살 안팎이던 노인은 동네 아이들 두 명과 함께 소를 먹이러 나갔고 그날 소 두 마리를 잃어버렸다고 했다. 아직 소년이었던 노인은 잃어버린 소를 찾아 산으로 깊숙이 들어갔고, 지쳐서 철퍼덕 주저앉은 자리에서 바로 그 식물을 보았다고 했다. 그날 본 것이 처음이자 마지막이며 마을 어른들 중에서도 그 식물에 대해서 아는 사람은 없었다고 했다. 노인의 설명은 이랬다.

'그때가 아마 칠월이나 팔월쯤일 거야. 무척 더울 때였으니까. 꽃줄기 키가 아이들 허리까지 오는 식물이었는데 붉은빛과 자줏빛이 섞인 꽃이 피고, 꽃잎은 뒤로 벗겨지듯 열려 있었어. 수술과 암술이 길게 밑으로 뻗어 나와 있었지. 잎도 무척 컸어. 손바닥만 했을 거야. 아무튼 그런 꽃은 그때 처음 봤어.'

'칠, 팔월에 꽃이 핀다면 바로 지금이군요?'

'그럴 거야. 여름에 붉은빛이 도는 꽃은 드무니까, 아직도 기억하고 있지.'

노인의 설명만으로 꽃을 짐작할 수는 없었다. 사진으로 몇 번이나 확인한 식물도 실제로 보면 그게 그건지 헷갈리는 경우는 많았다. 그러나 여름에 붉은빛과 자줏빛이 섞인 꽃이 핀다면 드문 꽃인 것은 분명했다. 그 시절 들고 다니던 흑백 식물도감에서는 그런 꽃에 대한 정보를 찾을 수 없었다. 큰 기대를 한 것은 아니지만, 확인해볼 가치는 충분히 있다고 생각했다. 노인 말의 신빙성을 떠나 그 시절 나는 희귀 식물을 찾아내고야 말겠다는 열망에 사로잡혀 있었다.

마을의 집들은 산자락에서 산등성을 향해 기어오르는 듯 점점이 박혀 있었다. 멀리서 마을의 집과 산 전체를 본다면 집들이 마을 뒷산을 거대한 짐처럼 짊어진 모양이었다. 노인의 설명을 따라 나는 마을 맨 뒤쪽이자 산 중턱에 자리 잡은 마지막 집을 지나 왼쪽으로 난 희미한 길을 따라 산속으로 들어갔다. 그리고 한 시간 가까이 걸어 그 산을 넘었고, 반대쪽 사면을 따라 내려가고 있었다. 노인은 반대쯤 사면의 자락 어디쯤에서 바로 그 식물을 보았다고 말했다.

산은 별로 높아 보이지 않았지만 반대편 사면에는 길이 없었고 길 없는 숲 속을 헤매느라 시간은 생각보다 훨씬 많이 걸렸다. 내가 반대편 산자락에 도착했을 때는 이미 해가 길고 붉은 빛살을 쏘아대며 지고 있었다. 야트막한 산이라는 생각과 노인의 실감나는 희귀 식물 이야기에 젖어 앞뒤 가리지 않고 달려들었던 나는 낭패감에 젖었다. 왔던 길을 급하게 돌아간다고 해도 산을 다시 넘으려면 산 속에서 밤을 만날 게 뷰명했다 하지만 일단 산꼭대기에 올라서기만 하면 아래 마을의 불빛이 보일 것이고, 그쪽으로는 희미하게나마 길이 나 있어 조난 가능성은 낮았다. 그러나 산은 산이었다. 어둠 속에서 발이라도 접질린다면 큰일이었다. 낮이라 산에 맹수가 있을 것 같지는 않았다. 멧돼지를 만날 수는 있겠지만 이쪽에서 위협하지 않는 한 위험하지 않았다. 그러나 산 속에서 발목을 다쳤다가는 탈진할 수도 있었다. 늦여름이라고 하지만 탈진한 상태에서 비라도 만나면 동사하지 않으리란 보장이 없었다.

이제 식물을 찾는 일은 고사하고 살길을 찾는 게 급했다. 다시 산을 넘어 마을로 돌아가야 할지, 이쪽 편 어딘가에 있을지 모를 집을 찾아야 할지 분간할 수 없었다. 바로 그때 산자락 아래 평지에 자리 잡은 굴피집 한 채가 눈에 들어왔다. 저무는 햇살을 받아 나무껍질 지붕이 따뜻하게 익어가는 것처럼 보였다. 나는 안도의 한숨을 쉬었다. 그 집 외에 주변에 인가라고는 없었다. 나는 일부러 천천히 걸어서 다가갔는데 길 잃은 사람처럼, 해질 무렵에 오갈 데 없는 사람처럼 보이고 싶지는 않았기 때문이다.

내가 집 앞으로 다가갔을 때 마당에 만들어놓은 진흙 아궁이 앞에 앉아 불을 때던 여자아이가 고개를 들고 나를 보았다. 열 서너 살쯤 됐을까? 웃옷을 걸치기는 했지만 제법 도톰해지기 시작한 젖가슴이 그대로 드러나는, 반쯤은 벗은 옷차림이었다. 늘 그렇게 옷을 풀어헤치고 다니는지 까만 얼굴과 마찬가지로 작은 젖가슴 역시 까맣게 그을어 있었다. 아이는 나를 빤히 올려다보았을 뿐 누구냐고 묻거나 도망치거나 굴피집 안 혹은 그 뒤편에 있을 제 부모를 부르지 않았다. 아이가 분명히 나를 보고도 못 본 척했으므로 나는 짐짓 헛기침을 했다.

"흠흠. 얘…… 집에 어른들 계시니?"

아이는 대꾸하지 않았다.

"아버지나 어머니는 어디 계시니?"

무표정하던 아이의 얼굴이 불안과 불신, 의구심이 가득한 얼굴로 변했다. 이윽고 아이는 도전적인 자세로 일어섰다. 풀어헤쳐져 열린 젖가슴은 그대로였다.

정경숙, 그녀는 그때 땟물이 줄줄 흐르는 계집아이였다. 아이의 긴 머리카락에는 흙먼지와 마른 나뭇잎, 재의 찌꺼기가 뒤엉켜 있었고 몸에서는 세상의 모든 악취를 고루 섞어놓은 듯한 냄새가 났다. 그 순간 나는 희귀 식물을 찾지는 못했지만 희귀한 인간은 찾았구나, 싶은 다소 웃기는 생각을 했었다.

아이는 초등학교 고학년이나 중학교에 다녀야 할 나이였지만 학교에 다니지는 않는 듯했다. 이 척박한 산골 집에서 가장 가까운 마을은 내가 낮에 지나온 산 너머의 마을로 10리나 떨어져 있었다. 학교는 거기서도 20리는 더 나가야 할 읍내에 있었다.

"애, 너 이름이 뭐니?"

소녀는 여전히 불신과 불안이 뒤섞인 눈으로 나를 보았을 뿐 대꾸하지 않았다. 조금 간격을 두고 다시 물었다.

"이름이 뭐니? 어른들은 집에 안 계시니?"

소녀는 이번에도 답이 없었다.

"애! 사람들이 너를 뭐라고 부르니?"

답답함 때문에 내 목소리가 다소 격앙됐던 모양이다. 그제야 소녀는 나를 바라보며 입을 열었다.

"나?"

외마디 말이었지만 그 목소리는 음산했다. 뭐랄까. 굶주리고 상처 입은, 그래서 불안과 분노에 찬 짐승의 목소리 같았다. 게다가 나를 바라보는 소녀의 눈이 왠지 퀭하다는 느낌을 주었다. 슬슬 기분이 언짢은 데다가 무엇인가 잘못되어가고 있는 게 아닌가 하는 으슬으슬한 느낌마저 들었다. 그래서 내가 구멍가게를 떠날 때 친구들에게 따로 전화를 하지 않았음을 후회했다. 사실 그 구멍가게에는 전화가 없었다. 그래서 일부러 내 행적을 소상히 밝힐 마음에 구멍가게 노인과 이야기를 나눈 것이 화근이었다.

내가 무엇을 찾아, 어디서 왔으며 어디로 갈 예정이라고 굳이 구멍가게 노인에게 이야기했던 것은 거기 전화기가 없었기 때문이다. 그런 이야기를 주고받은 덕분에 노인이 어린 시절 보았다는 희귀 식물 이야기까지 듣게 됐다. 그리고 인적 없는 산을 넘고 이제 해가 저무는 산골에서 불쾌하고 불길한 소녀와 마주 서게 된 것이다. 그 순간 나는 어쩌면 이 모든 것이 나를 불행으로 안내하기 위한 이상한 우연, 혹은 교묘하게 짜인 시나리오가 아닌가 하는 생각도 했다. 불안한 마음을 숨기기 위해 나는 짐짓 힘찬 목소리로 대꾸했다. 힘차게 소리를 뱉었지만 내 목소리에 배인 불안한 떨림은 어쩔 수 없었다.

"그래, 너"

"너."

"아니, 나 말고, 너 말이야. 사람들이 너를 뭐라고 부르니?"

"너."

"아니, 나 말고! 네 부모님이 널 어떻게 부르냐고?"

"너!"

소녀는 이름이 없었다. 소녀는 너, 아니면 야, 이년 혹은 저년으로 불렀다. 소녀는 이름이라는 말 자체를 몰랐다. 이름이 없었기에 아이는 누구와 구별되지 않았지만 문제될 것은 없었다. 나는 우선 소녀와 좀 친해지기로 했다. 친해진 다음 음식을 좀 얻고 아무래도 하룻밤 잠자리도 얻어야 했다. 그렇다고 척 보기에도 궁벽한 이 산골 집 아이에게 공짜로 얻어먹을 생각은 없었다. 내가 먹은 음식 값을, 점심 때 읍내 식당에서 먹었을 때보다 비싸게 치를 용의가 있었다.

"내가 불 때는 걸 좀 도와줄까?"

"아니."

"불에 감자를 구워먹으면 맛있을 텐데……."

"……."

"근처에 다른 집은 없어? 마을 말이야?"

소녀는 내 뒤쪽의 산꼭대기를 가리켰다. 그 꼭대기 너머 내가 지나온 마을을 가리키는 게 분명했다. 나는 반대 방향을 가리키며 물었다.

"저쪽으로는 마을이 없어?"

"몰라."

"집에 어른들은 안 계셔?"

해가 지고 사위는 어둑어둑해지고 있었다. 누구든 어른이 빨리 나타나야 음식을 얻어먹든 잠자리를 구하든, 이도저도 아니면 떠나든 판단할 수 있었다.

"아버지가 올 거야."

"어디, 멀리 가셨어?"

소녀는 고개를 들지 않은 채 불쏘시개로 쓰던 막대기를 들어 해가 넘어간 산을 가리켰다. 소녀가 알고 그랬는지, 우연의 일치였는지 바로 그때 망태기를 진 남자가 이쪽으로 걸어왔다. 남자는 왜소한 체구에 다리를 약간 저는 듯했다. 나는 얼른 일어서서 가능한 상냥한 태도로 남자가 걸어오는 쪽을 바라보며 기다렸다. 소녀는 여전히 활활 타오르는 장작불을 바라볼 뿐 고개를 돌리지 않았다.

초로의 노인이었다. 나를 발견한 그는 잠시 멈칫했지만 이내 별일 아니라는 듯 망태기를 뒤집어 그 안에 든 것들을 쏟아냈다. 산에서 캐온 뿌리 식물들이었다. 노인은 망태기를 굴피집 벽에 걸고 호미를 그 아래 세웠다. 굴피 지붕 처마 아래에는 나무로 짠 상자가 여러 개 있었다. 그는 산에서 캐온 뿌리를 여러 개의 통에 구분해서 정리했다.

노인은 뿌리들을 다 정리하고 느릿느릿 세수를 하고 손을 씻었다. 세수를 마치고도 그는 내가 누구이며 어디서 무슨 일로 왔는지 묻지 않았다. 소녀는 노인의 움직임이 벽시계라도 되는 듯 그에 맞춰 쌀을 씻어 안치고 감자 껍질을 벗겨 냄비 안에 집어넣었다. 아이의 손놀림이 무척 익숙했다. 노인은 어떤 지시도 내리지 않았고 아이 역시 어떤 것도 묻지 않았다. 아이는 노인의 움직임을 기준으로 제 할 일을 해냈다. 좋게 보면 손발이 척척 맞았고 나쁘게 말하자면 아이는 노인의 눈치를 세심하게 살핀다고 할 수 있었다.

내 눈에 어떻게 비치거나 간에 두 사람이 그런 생활에 익숙해 있음은 분명했다. 두 사람이 한마디도 하지 않았기 때문에 내가 먼저 말문을 열어야 했다. 저녁도 얻어먹고 잠자리도 구하자면 그래야 했다.

"저어…… 어르신 안녕하십니까?"

노인은 고개를 들었을 뿐 대꾸하지는 않았다. 하고 싶은 말이 있으면 괜히 인사치레 같은 거 하지 말고 줄줄 지껄여보라는 얼굴이었다. 그래서 나는 헛기침을 두어 번 하고 여기로 오게 된 사정을 설명했다. 희귀 식물을 채집하고 있다는 말에 노인은 '별 희한한 인간을 다 보겠네' 하는 표정을 지었다. 희귀 식물이란 것이 그저 귀해서 비싼 값에 팔리는 식물이 아니라, 아직 사람들한테 발견되지 않은 것이어서 책에 올려야 하는 식물이라는 내 말이 그에게는 뜬구름 잡는 이야기처럼 들린 모양이었다.

이미 사위는 칠흑처럼 어두웠고 아궁이에 때는 장작불이 아니면 지척을 분간할 수 없었다. 그러니 장작불에 비친 노인의 야릇한 표정은 내 오해일 수도 있었다. 어쩌면 그는 어떤 표정도 짓지 않았는지도 모른다. 집에는 전기도 수도도 없었고, 당연히 텔레비전도 라디오도 없었다. 소녀가 발딱 일어나 집 뒤로 돌아가 장작 대여섯 개를 들고 나와 아궁이 옆에 놓았다. 일렁거리는 불길에 따라 언뜻언뜻 밝아졌다가 어두워지는 노인의 주름진 얼굴은 기괴했다.

늙은이와 소녀의 관계를 알 수 없었다. 소녀의 아비라면 사십대 중반쯤 되어야 평범할 테지만 그는 육십 노인이라고 해도 좋을 만큼 늙은 얼굴이었다. 손녀일 수도 있었지만 알 수 없었다. 노인의 늙고 주름진 얼굴에는 나이와 함께 도착하기 마련인 지혜와 여유 대신 불안과 교활함이 묻어 있었다. 우리는 장작불을 가운데 두고 둘러앉아 감자와 밥을 먹었다. 노인은 마르고 갈라진 목소리로 말했다.

"세상에 공짜는 없어!"

"밥과 감자 값, 오늘 밤 숙박료로 만 원을 드리겠습니다."

당시 만 원이면 큰돈이었다. 서울 도심에서도 500시시 생맥주 한 잔에 600원, 한 끼 식사는 2,000원 혹은 3,000원이면 충분한 시절이었다. 아주 좋은 대기업에 막 취직한 대졸 사원의 월급이 30만 원 안팎이던 시절이었다. 노인은 좋다거나 싫다고 말하지 않았다. 그러나 이미 나는 감자를 씹고 있었다. 이미 흥정은 다 된 거나 마찬가지였다. 그렇다고 안심할 수는 없었다. 밤새 이 작자가 무슨 짓을 할지 알 수 없었다. 오가는 사람이 아무도 없는 산 속 굴피집이었다. 설령 이 부녀가 잠자는 나를 살해하고 어딘가 파묻어버린다고 해도 알 만한 사람이 없었다. 나는 소리 한번 못 지르고 세상에 없는 사람이 될 지경이었다. '전설의 고향' 따위의 으슬으슬한 텔레비전 프로그램을 너무 많이 본 탓에 쓸데없는 걱정이 많아진 것인지도 몰랐다.

나는 내가 여기에 온 사실을 많은 사람들이 알고 있으며, 내일 떠나더라도 다시 올 사람임을 강조했다. 또 노인에게 좀 더 많은 돈을 벌 수 있는 기회가 있으며, 내게 바가지를 씌우거나 푸대접해서 좋을 것은 없다는 점도 넌지시 알렸다.

"더 많은 돈을 드리고 싶지만 지금은 곤란합니다. 제 마음대로 쓰는 게 아니라, 일정에 따라 정해진 비용만 쓰면서 움직이거든요. 어제는 저희 답사팀들과 양구 읍내에서 머물렀지요. 오늘 낮에 몇 개로 방향을 나누어 뿔뿔이 흩어졌고, 내일 다시 양구 읍내에서 만나기로 돼 있습니다."

노인은 고개를 들어 나를 노려보았다. 장작불 빛 탓이었으리라. 그의 눈동자에서 장작불이 이글이글 타오르는 모습이 마치 나를 태울 것처럼 뜨거웠다. 그는 언뜻 웃는 듯한 인상을 지었는데 그 인상이 오히려 싸늘했다. 나는 서둘러 내가 찾는 식물을 설명했다. 설명이라고 해봐야 산을 넘기 전 구멍가게 노인에게 들은 게 전부여서 내 스스로도 확신은 없었다.

"만약 어르신께서 제가 찾는 식물이 있는 장소를 알려주신다면 내일 아침 일찍 양구로 나가 일행들과 다시 들어오겠습니다. 그때는 사례비로 10만 원을 드릴 수도 있습니다. 희귀 식물의 장소만 알려주신다면 말이죠."

물론 내게 일행 따위는 없었다. 당시 내게 급한 것은 희귀 식물이 아니라 그날 하룻밤의 안전이었다.

"나는 그런 거 본 적 없어."

노인은 밥알을 씹으며 차갑고 간단히 뱉었다. 내가 지금까지 나름대로 작전을 세우고 지껄인 말들을 단번에 무시하는 말투였다.

'이 작자가 지금 어쩌자는 거야!'

분위기에 질리기는 했지만 갑자기 화가 치밀기도 했다. 내 쪽에서 먼저 이 작자를 제압하자면 못 이길 것도 없다는 생각도 들었다. 상대는 적게 잡아도 오십을 훨씬 넘긴 노인네였다. 게다가 산에서 제대로 먹지 못했을 테니 힘을 쓰기도 어려울 것이다. 내가 먼저 잠들지만 않는다면, 아니 잠들기 전에 미리 이 작자를 묶어놓기라도 하면 훨씬 안전할 것이라는 생각도 들었다. 평화롭게 잘 사는 남의 집에 침입해 이 무슨 말도 안 되는 생각인가, 싶은 마음에 쓴웃음도 나왔다. 어쩌면 상대는 전혀 나를 공격할 의사가 없는지도 몰랐다.

"그래, 얼마를 드리면 될까요?"

더 이상 노인의 생각을 머릿속으로 떠보고 싶지 않았다. 만약 영감이 터무니없는 소리를 한다면 배를 충분히 채운 후 넘어온 산을 다시 넘어가리라. 밤새 불안하게 잠을 청하느니 산 속으로 들어가 어디 안전한 잠자리를 찾는 게 낫다는 생각이 들었다. 그렇게 마음을 다지고 나니 오히려 마음이 편했다.

"내일 양구 읍내로 나간다고?"

"그렇습니다. 어르신이 희귀 식물이 있는 곳을 알려주시겠다면 일행들과 함께 들어와 10만 원을 드리겠습니다."

영감이 10만 원에 미련이 있다는 것은 나를 해칠 가능성이 낮다는 것을 의미했다. 불안한 마음이 한꺼번에 가라앉았다. 게다가 영감이 희귀 식물 서식지를 알려주기라도 한다면 나로서는 굉장한 수확이었다. 내가 혼자 공포와 걱정을 키우는 사이 저쪽에서는 행운이 자라고 있었는지도 몰랐다.

"제가 말씀드린 식물을 보신 적 있습니까? 집단 서식지가 아니라도 상관없습니다."

"난 그런 풀이나 꽃을 본 적이 없다니까!"

"그럼……."

"밥값 대신 내일 이 아이를 양구 읍내에 데려다줘."

"네에?"

"양구 읍내에 가면 금용식당이라고 있어. 읍내에 가서 물으면 다 알아. 휴가 나온 군인들 상대로 술 팔고 밥 파는 집이야. 아이를 식당에 데려다주기만 하면 돼. 이야기는 다 해뒀으니까."

"이 아이는……."

이 아이가 영감님의 손녀인가요, 라고 묻고 싶었지만 영감이 눈을 치켜뜨고 나를 노려보았기에 입을 다물었다. 영감은 내 말허리를 자르고도 어떤 대답을 주지 않았다. 그래서 다시 물었다.

"아이는 영감님의 손녑니까?"

"딸이야."

그날 밤은 고요했다. 그들 부녀는 한방에서 잠을 잤고 나는 부엌이라고 하기도 민망한 부엌에서 잠을 잤다. 나뭇가지와 수숫대를 얹어 만든 성긴 지붕 위로 별들이 왁자지껄 아우성치며 쏟아졌다. 불빛 하나 없는 곳에서 총총히 흐르는 별을 보고 있자니, 마치 오래 전, 내가 태어나기도 전인 먼 세상으로 와 있는 듯한 착각마저 들었다. 이별을 앞둔 아버지와 딸이었지만 밤새 부녀는 한마디 이야기도 나누지 않는 것 같았다. 미리 딸에게 이야기를 해둔 것인지, 아니면 소녀가 영문을 모르기 때문인지 알 수 없었다.

이튿날 나는 늦잠을 잤다. 불안한 마음과 이런저런 상념으로 새벽까지 잠들지 못한 탓이었다. 일단 잠이 든 후로는 단 한 번도 깨지 않았고 악몽에 시달리지도 않았다. 밤새 모기들에게 뜯겼는지 반소매 티셔츠 아래 드러난 팔은 온통 붉은 반점 투성이었다. 부스럭거리는 소리에 잠에서 깼을 때 소녀는 세수를 마치고 옷까지 갈아입은 상태였다. 여전히 남루한 데다 좀 커 보이고 유행에 뒤떨어지는 옷이기는 했지만, 젖가슴이 드러날 정도로 헤진 옷도 빛바랜 옷도 아니었다. 아이 옷이 아니라 어른 여자가 입는 옷이었다. 어쩌면 그 아이의 언니나 어머니가 입던 옷일 것이라고 짐작했다.

삶은 감자와 소금으로 아침식사를 마치고 아이와 나는 곧 일어섰다. 망태기를 들고 우리와 반대 방향을 향해 집을 나서던 노인은 아이에게 나를 따라가라고 눈짓을 했을 뿐 '잘 가거라' 혹은 '조심해라'는 말조차 건네지 않았다. 아이 역시 가기 싫다며 울지 않았고, 아버지에게 인사하지도 않았다. 노인은 내게 딸을 '잘 부탁한다'라거나 '가는 길에 무엇이라도 좀 사 먹이라'는 말도 하지 않았다.

"금용식당. 읍내에 가서 물어보면 다 알아."

그 말을 남기고 노인은 우리가 집을 나서기도 전에 우리가 넘어가야 할 산과 반대쪽 개활지를 향해 총총히 걸어갔다. 어깨에 망태기를 걸친 노인의 모습이 키 큰 수풀 사이로 사라질 즈음 소녀와 나는 집을 나섰다. 허덕거리며 산을 넘어 건너편 마을에 도착할 때까지 소녀와 내가 주고받았던 말은 별로 없었다.

"아버지와 헤어지는 게 슬프지 않니?"

소녀는 대답하지 않았다.

"힘들지 않아? 너무 덥지?"

소녀는 역시 대답하지 않았다.

"거기, 금용식당에서 네가 하게 될 일은 어떤 거니?"

아이는 이번에도 대답하지 않았다. 나는 더 이상 묻기를 포기하고 왔던 길을 돌아가며 어제 마을 구멍가게에서 만났던 노인이 설명한 희귀 식물이 있는가를 두리번거렸다. 노인이 설명한 식물은 없었다. 방향을 잘못 든 탓일 수도 있겠지만 그 산골짜기에 달랑 한 포기만 자라는 식물은 아닐 것이다. 그러나 오고가는 길 어디에도 구멍가게 노인이 설명한 붉은빛과 자줏빛이 섞인 키 큰 꽃은 없었다.

산 너머 마을에 도착한 다음 나는 일부러 전날 들렀던 구멍가게에 다시 들렀다. 가게 노인에게 희귀 식물을 찾지는 못했으며 대신 심부름을 맡게 됐다고 밀해주었다. 아이를 데리고 산을 넘어오는 동안 어떤 오해를 받을 만한 짓을 하지 않았으며, 내가 아이를 데리고 도망친 것도 아니라는 증거를 남기고 싶었다. 그래서 일부러 아이에게 이런저런 말을 걸었지만 여전히 묵묵부답이었다.

"이 아이의 아버지가 제게 아이를 읍내 금용식당에 데려다 주라고 하네요."

"……."

"제가 하룻밤 묵은 대가로, 말하자면 심부름을 시킨 것이지요."

64

구멍가게 노인은 대꾸하지 않았다. 대신 소녀에게 물 한 그릇을 건넸고 소녀는 큰 대접에 든 물을 단숨에 비웠다. 내심 이 아이의 아버지는 어떤 사람인지, 묻고 싶었지만 그만두었다. 더 이상 어떤 식으로든 이들 부녀와 엮이고 싶지 않았다. 구멍가게를 나서기 전에 나는 우리가 가는 곳을 한 번 더 알려놓겠다는 마음에서 노인에게 물었다.

"그런데, 어르신 금용식당은 어디쯤 있나요? 이 아이의 아버지 말로는 읍내에 나가면 쉽게 찾는다고 하지만 아무래도 저는 초행이라……."

"나가면 금방 찾을 거요. 읍내에 식당이 별로 없으니까."

양구 읍내에서 금용식당을 찾는 일은 쉬웠다. 누구에게 물어볼 것도 없었다. 한쪽으로 길쭉하게 난 길을 따라 걷는 동안 부지런히 주변을 살폈더니 금방 황금색 페인트로 그린 어설픈 용 그림과 그 옆에 '금용식당'이라고 큼지막하게 써놓은 글씨를 찾을 수 있었다. 말하자면 금용 식당은 금색으로 그린 용이었다.

금용식당 주인과 소녀는 아는 사이였다. 주인은 앞머리가 많이 벗거진 데다 희고 살집도 많아 얼굴이 커 보였다.

"많이 컸구나……."

소녀는 금용식당 주인에게도 인사하지 않았다. 식당에서 우리는 함께 점심을 먹었다. 식당 주인은 내게 어떻게 그 집에 가게 됐느냐고 물었지만, 내가 설명하는 희귀 식물에 대해서는 관심을 보이지 않았다. 그는 파리채를 들고 손님 없는 식당 안을 돌아다니며 파리를 쫓았다. 식사를 마치고 보리차 잔을 드는 내게 주인은 '수고했소'라고 짧게 말했다. 그것이 마지막이었다. 내가 '잘 있어라'는 인사를 남기고 열린 식당 문을 나설 때까지 소녀는 점심을 먹던 자리에 그대로 앉아 물끄러미 나를 바라보았을 뿐 인사조차 하지 않았다.

그녀의 시를 읽어보면, 당시 정경숙은 돈에 팔려 금용식당으로 갔다. 그 아버지란 작자가 빌린 돈 대신 딸을 맡긴 것인지, 따로 얼마를 받은 것인지 알 수 없었지만 돈 때문인 것만은 분명했다. 7년만 열심히 일하면 집으로 보내준다는 말을 식당 주인이 했던 것 같다. 그때 그 아이는 아무런 표정도 짓지 않았다. 아무런 표정도 짓지 않았기에 나는 아이가 아무것도 모르거나 어떤 생각도 없다고 생각했다. 그러나 지금 생각해보면 아이는 어떤 말도 하지 않고 어떤 표정도 짓지 않음으로써 만 가지 이야기를 한 셈이었다.

정경숙은 당시 자신이 돈에 팔려가고 있음을 알고 있었다. 만약 그때 아이가 울부짖었다면 그것은 고통만을 드러낸 것이리라. 아이가 안도의 한숨을 뱉었다면 무서운 아버지에게서 벗어나는 마음만 드러낸 것이리라. 만약 아이가 다소라도 웃는 낯빛이었다면 미래에 대한 어떤 기대를 가지고 있었기 때문이리라. 그러나 그때 정경숙은 어떤 표정도 짓지 않았다. 그래서 그 아이의 얼굴은 세상의 모든 이야기를 다 담은 얼굴이었다.

정경숙의 시집 〈시인의 탄생〉에 묶인 시는 50여 편이다. 시의 공간적 배경은 내가 희귀 식물을 찾아 헤매던 강원도 양구의 산골짜기, 바로 그녀를 만났던 그 굴피집과 그 인근의 산이었다. 시간적으로는 내가 그녀를 만나기 전에 이미 죽은 자기 어머니의 삶과 죽음을 배경으로 하고 있었다. 한 여인이 어떻게 한 남자를 만났으며, 어떻게 살고 죽었는지에 대해 시인은 고통스러운 목격담 형식으로 진술하고 있었다. 그리고 매 시편마다 '어떻든, 나는 내 안의 상처를 핥고 있다'라는 후렴구를 붙이고 있었다. '핥고 있다'는 말에서 나는 그녀가 상처를 핥는 짐승의 처지에 있었음을 알았다. 치명적인 상처를 입었음에도 부지런히 혀로 핥을 뿐 달리 치료할 도리가 없는 가련한 짐승 말이다. 그 가련한 짐승이 내가 만났던 바로 그 아이라는 생각이 들자 가슴이 아렸다. 의도했든 안 했든 어쩌면 나도 그 나약한 짐승에게 상처를 준 것은 아닐까, 라는 생각에 불편하고 고통스럽기까지 했다.

나중에 나와 정경숙 사이에 그런 인연이 있었고 그래서 내가 죄인 같다고 하자 박 형사는 너그러운 표정을 지으며 웃었다.

"시인에게 삶은 시적 재료야. 고통은 시를 만들어내는 마법이지. 그러니까 삶이 남루할수록, 삶이 고통스러울수록 빛나는 시가 탄생하는 법이야. 낭만적이고 안정된 삶은 결코 시가 될 수 없는 법이니까 말이야."

"그럴까……."

"그럼! 정경숙을 오늘의 대단한 시인으로 만든 것은 슬픈 삶이니까."

"말 되네."

"말 되지. 정경숙도 그렇게 말했잖아."

나는 한숨을 쉬었다. 그렇다하더라도 시인이 되기 위해 삶을 남루하고 슬프게 꾸미고 싶은 사람이 어디에 있을까. 삶이 슬프고 남루하다보니 시인이 된 것을 감사해야 할 일일까. 하루하루 행복해서 시는커녕 일기 따위도 쓰지 않고 살아갈 수만 있다면 그 편이 훨씬 낫지 않을까. 예술 작품이 고통을 재료로 해야 한다면 야박하기 그지없는 계약 같았다.

정경숙 시인의 특강에 참가하기 위해 박 형사와 나는 그녀의 최근 시집 〈시인의 탄생〉을 미리 읽어야 했다. 주최 측이 특강 참가자들에게 미리 정경숙의 시를 읽고 특강 후에는 질문도 하라고 당부했기 때문이다.

박 형사는 고등학교를 졸업하고 곧 순경의 길로 들어선 친구로 만년 경사에 머물고 있었다. 그는 진급을 포기한 듯 서너 해 전부터 진급에는 별 도움이 안 될 시 나부랭이를 끼적거리는 중이었다. 그에게 시적 재능이 있어 보이지는 않았다. 그는 그저 심심해 보였다. 그리고 경찰로 성공할 수 없다면 시인이라는 이름이라도 갖고 싶은 눈치였다. 자기 돈을 들여 지방의 작은 인쇄소에서 얇은 시집을 내기도 했다. 친구들에게 그 시집을 나눠주기도 했지만 읽은 사람은 없는 듯했다. 여섯 달에 한 번 만나는 동창 모임에서도 그의 시에 대해 이야기하는 사람은 없었다. 박 형사가 그토록 듣고 싶어 했지만, 그를 박 시인이라고 불러주는 친구는 없었다. 동창 모임 때마다 그는 필사적으로 자신의 시 창작 작업과 시인으로서의 삶에 대한 이야기를 끄집어내고 싶어 했지만, 말을 시작하자마자 외면과 봉쇄에 부딪히고 말았다.

박은 이 지역 문단협회에 가입하려고 무던히 애를 썼지만 공식 등단 작가가 아니라는 점 때문에 거절당하곤 했다. 문단협회 회원 중에 명망 있는 두 사람 정도가 추천해주면 가능했지만, 그를 추천하겠다고 나서는 사람은 없었다. 추천 장사를 한다는 말이 돌 정도로 사람 추천이 헤픈 엄치월 시인마저도 박의 시에 대해서는 데면데면했다. 이 지방 문단협회에 가입한 시인들 거개가 그렇고 그런 시들을 쓰는 사람들이고, 자비를 들여 시집을 낸 사람들임에도 유독 박의 경우에만 푸대접이 심했다. 아마도 그가 형사랍시고 술자리에서 거드름을 피우거나 술에 취해 가벼운 소리를 늘어놓았기 때문일 것이다. 이따위 소리 말이다.

'시인, 뭐 그게 별겁니까?'

등단이 어렵고 문단협회 가입이 서너 차례 거절당하자 박 형사는 술기운에 그런 말을 종종했다. 남들은 다 하는 등단, 남들은 다 하는 문단협회 가입, 왜 나만 안 된다는 거냐는 푸념이었다. 그럴수록 기성 문단의 푸대접은 심해졌고 박의 문단에 대한 욕망은 강해졌다. 시인들과 친분을 유지하기 위해 문단협회장이나 간사, 선배 시인들의 술자리에서 술시중을 들거나 술을 사는 일도 잦았다. 고등학교 동창들과 술을 마시다가도 문단협회 관계자들이 모여 있다는 연락이 오면 망설임 없이 일어나 달려갔다. 도저히 갈 수 없는 경우에는 근처에 자신이 아는 식당을 소개해 시인들이 술값 걱정 없이 마시도록 배려하기도 했다. 그러나 그런 점이 오히려 까칠한 시인들 사이에서 나쁜 평판의 원인이 됐다.

'아무리 시인이 싸구려가 됐다고 하지만 일자무식꾼이 술 사고, 밥 사고 시인들 편리 몇 번 봐줬다고 모두 문단협회 가입시키면 질 떨어져요. 우리 협회가 무슨 명함 새겨주는 인쇄소도 아니고…….'

'맞아요. 지금도 회원이 너무 많아요. 회장님은 어떻게 생각하실지 몰라도, 개나 소나 문단협회 회원으로 가입시키니 사람들이 시인 알기를 우습게 아는 거 아닙니까? 저는 오히려 회원을 더 줄여야 할 때라고 봅니다.'

박 형사가 특별히 공을 들인 두세 사람도 그를 추천하는 데는 미온적이었다. 박의 간절한 부탁을 받은 자리에서 그들은 말했다.

'문단협회 가입이야 어려울 게 없지만, 가입한 뒤가 더 문제죠. 내가 박 시인을 협회에 추천하면 사람들이 뭐라고 하겠어요. 둘이 친하니까, 친한 사람끼리 짜고 친다고 하지 않겠어요? 첫 단추가 중요해요. 괜히 내가 추천하면 박 시인이나 나나 모양새가 안 좋아요. 자칫 하다간 협회 가입하고도 주변인 취급을 받을 수 있다니까요. 회장님이나 이사님들 중에서도 박 시인님의 시를 제대로 평가해주실 분이 계실 텐데…….'

시인들은 박이 사는 술을 잘 얻어 마시고도 막상 신규 회원 심사 때가 오면 딴소리를 했다. 그렇다고 박 형사가 시의 시자도 모르는 일자무식은 아니었다. 그는 공무원 문예공모에서 장려상을 받았다. '내 자랑 같지만……'으로 시작해 주변에서 문단협회에 가입하라는 사람들이 많다며, 저렇게 성화들을 해대니 아무래도 문단협회에 가입해야겠다고 말하던 그였다. 그러나 그의 문협 가입은 차일피일 미루어졌고 그는 급기야 '내, 더러워서……'라고 상황을 설명했다.

사실 공무원 문예공모에는 시와 소설, 수필 등 각 분야마다 대상, 금상, 은상, 동상, 장려상이 있고, 시 분야 장려상 수상자만 해도 한 해에 스무 명이 넘는 모양이었다. 그러니 그가 '내 자랑 같지만……'으로 말문을 열곤 하던 업적, 그러니까 공무원 문예공모 장려상 입상 경력 정도로는 문단협회 가입이 녹록치 않은 게 분명했다.

박 형사가 시문학 동인지 〈시와 시인〉의 시 강좌를 수강한 첫 번째 목표는 물론 문예지를 통한 등단이었다. 또 설령 등단이 늦어진다고 해도 문단협회 가입은 가능할 것이라는 계산도 있었다. 그는 혼자 그런 강좌에 나가기도 거북하고, 혹시 자신이 결석하는 날엔 나라도 참석하라며 기어코 나를 끌어들였다. 그러나 내 출석률은 저조했고, 그는 만날 때마다 '일생 도움이 안 된다'고 핀잔을 주곤 했다.

박 형사는 정경숙 시인의 특강 당일까지도 그녀의 신작 시집 〈시인의 탄생〉을 펴보지도 않았다. 그러나 특강 중에 건성으로 시집을 넘기던 박 형사의 눈빛이 야릇하게 빛났다. 형사의 눈빛이 그런 것인지 모르지만, 경찰로서 의욕을 상실한 것처럼 보이는 박 형사에게 그런 살벌한 느낌의 눈빛을 발견한 것은 그때가 처음이었다.

"이거, 이상한데?"

박 형사가 소곤거렸다.

"뭐가?"

"이 사건 실화 같은데?"

"시인 스스로 실화라고, 자기 안의 상처라고 하잖아."

"그런 이야기가 아니라, 이거 아무래도 좀……."

박 형사는 그날 특강과 뒤풀이로 계속된 저자와 대화 시간 내내 시집을 읽느라 입도 뻥긋하지 않았다. 그가 워낙 정경숙의 시에 심취한 모습을 보였기 때문에 나는 그가 이제야말로 진정 시의 맛을 느끼는 사람이 된 것은 아닐까 생각했다.

정경숙은 특강 뒤풀이 자리에서 내게 많은 이야기를 했다. 불릴 이름도 없었던 자신이 양구의 금용식당에서 어떤 일을 했으며, 어떻게 글을 배웠고, 어떤 사람을 만났는지, 어떻게 이름을 얻게 된 것인지에 대해서 이야기했다. 그녀는 말했다.

'내가 당신을 만났을 때까지 이름이 없었다는 사실이 믿어지지 않지요? 세상에는 믿어지지 않는 일들이 많답니다. 나는 그때까지 정말로 이름이 없었어요. 이름이 없다는 게 무엇을 의미하는지 생각해본 적 있어요? 내게 이름이 없다는 것은 나와 타인을 구별할 방법이 없다는 말이지요. 이름이 없다는 것은 타인이 나를 아무런 거리낌 없이, 아무런 제약 없이 자기 내키는 대로 마구 부를 수 있다는 말이기도 해요. 가까이 있을 땐 이년, 조금 떨어져 있을 때 저

년, 눈앞에 보이지 않을 땐 그년이지요. 내게 이름이 없다는 것은
타인이 내게 어떤 짓을 해도 좋다는 말이기도 해요. 이름이 없다는
것은 내가 세상에 없다는 말이에요. 내가 당장 죽어서 사라져도 아
무로 모른다는 말이에요. 아시겠어요? 이름이 없다는 것은 모든 비
극의 출발이에요. 알겠어요? 나는 세컨드가 돼도 좋고 서드가 되어
도 좋아요. 아니 백 번째 여자가 되더라도 참을 수 있어요. 하지만
백 번째라고 불리는 것은 참을 수 없었어요. 내가 강원도 산골짜기
우리 집에서 당신을 처음 만났을 때나, 산을 넘어 금용식당에 갔을
때나 이름이 없었어요. 그래서 사람들은 이름 없는 나를 함부로 불
렀고 함부로 대접했어요. 아직 다 크지도 않은 나를 품고 밤새 별
미친 짓을 다 하던 군인들은 나를 아무렇지도 않게 잊었어요. 그들
잘못이 아니에요. 왜냐고요? 내게 이름이 없으니까요. 그들은 나를
기억할 수도 없었으니까요. 설령 기억하고 싶었다고 해도 기억할
방법이 없었다고요. 나는 세상에 없는 여자였으니까요. 아시겠어
요? 그게 바로 내 시예요.'

　정경숙은 자신의 촌스러운 이름 정경숙의 유래에도 대해서도
이야기해주었다. 외박 나온 군인이 술집에 들렀고, 그 군인이 직접
지어주고 음부에 새겨준 이름이라고 했다. 경숙은 그 군인이 입대
하기 전에 고향에 두고 온 애인의 이름이며 이제는 다른 남자의 아
내가 돼버린 여자의 이름이라고 했다. 술 취한 군인이 바늘로 음부
를 한 땀 한 땀 찌를 때마다 찢어질 듯 아팠지만 소리 내지 않았다
고 했다. 이름이 지어지고 새겨지는 순간에 그쯤 고통이야 못 참을

게 없었다고 했다. 자신에게 처음으로 선물을 준 사람도 그 군인이라고 했다.

"제대하던 날 우리 가게에 들러 시집 한 권을 건네주고 갔어요. 그가 늘 읽어서 손때가 묻은 시집이었지요."

정경숙은 베스트셀러 작가가 됐지만 필명 대신 촌스러운 이름 '경숙'을 고집하는 것도 처음으로 가진 이름에 대한 감사와 존중의 표시라고 했다.

"이름을 다시 짓는 것은 새로 태어나는 것을 의미하잖아요? 나는 새로 이름을 지을 필요가 없었어요. 그 군인이 바늘로 한 자 한 자 내 몸에 이름을 새길 때 나는 새로 태어났으니까요."

지금은 거뭇한 음모에 가려져 잘 보이지도 않지만 아직도 그녀의 음부에는 경숙이라는 먹물이 새겨져 있다고 했다. 정경숙이 부끄러움도 없이 그런 이야기를 털어놓았을 때 나는 깊은 한숨을 쉬었고, 같은 테이블에 앉아 있던 여자 수강생들은 손수건을 꺼내 눈물을 닦았다.

"내 음부에 새겨진 이름, 이제는 거뭇한 음모에 가려진 이름, 내게도 이름이 있음을 내가 어떻게 증명할까요? 그걸 드러내서 사람들에게 공개할까요? 나는 내 삶을, 내게도 이름이 있음을 증명할 수 있는 방법은 시밖에 없다고 생각했어요. 그렇게 나는 내 삶의 날들을 꾸밈없이 시로 드러냈어요. 하지만 오늘 당신을 만나고 보니 내 과거를 조금쯤은 증명해줄 사람이 있다는 생각도 드네요, 하하하(이 부분에서 정경숙은 눈물을 거두고 깨나 대범한 사람처럼 웃었는데,

74

그런 표정이 오히려 그 자리에 있던 사람들을 더 슬프게 했다)."

　디지털 카메라를 갖고 왔던 수강생들 중에는 정경숙과 나를 번 갈아 촬영하는 사람도 있었고, 정경숙과 나를 동시에 화면에 넣기 위해 이리저리 자리를 옮겨 다니는 사람도 있었다. 이튿날 인터넷 포털 사이트 블로그에는 정경숙 시인과 만남에 관한 이야기들이 서른 편 넘게 올라왔다. 정경숙 시인의 처참했던 어린 시절을 알고 있는 사람이 있다는 사실과 함께 아직 시인으로 등단하지도 못한 내 이름과 사진도 각 포털 사이트를 도배질했다. 덕분에 나는 언론 사 기자들의 전화와 인터뷰 요청을 받느라 며칠 동안 전화통에서 벗어날 수 없었다. 유명한 작가의 처참했던 어린 시절과 작품의 배 경을 아는 실제 인물이라는 점 때문에 나는 거의 스타에 가까운 대 접을 받았다.

　우리 회사 지하 커피숍으로 찾아온 박 형사는 정경숙의 시집과 신문 기사를 복사한 종이를 여러 장 꺼냈다. 정경숙의 특강이 있던 날로부터 거의 보름 만이었다. 이틀이 멀다하고 전화를 내거나 만 나서 술이라도 마시자던 박 형사가 그동안 무엇을 하느라 바빴는 지 통 연락이 없었다. 나 또한 정경숙의 어린 시절과 관련해 기자 들의 질문 공세에 시달리느라 여유가 없었다. 박 형사가 복사해온 기사의 내용은 신문사가 다를 뿐 엇비슷했다. 박은 여러 장의 종이 를 테이블 위에 꺼내놓고 말했다.
　"그만! 그만하자. 이제 너까지 그러냐?"

"내가 뭘?"

"정경숙 시인 때문에 내가 요즘 일을 못 한다. 일을 못 해. 종일 기자들 전화받는 게 일이다. 이러다가 회사에서 쫓겨나겠다."

"그러니까 더욱 봐야지!"

"스타도 못 할 짓이다 싶다."

"지랄하지 말고 이것 좀 봐봐."

내 아버지/ 강도, 강간, 절도범/ 합쳐서 흉악범 /착한 여자를 만났네 /내 어머니 /남편 있는 여자 /합쳐서 착한 년 /흉악범을 만났네

정경숙의 신작 시집에 묶인 시 '내 아비와 어미' 중 한 부분이었다. 정경숙이 낸 세 권의 시는 자신의 아버지와 어머니의 만남과 삶, 이별 등을 주제로 하고 있었다. 워낙 충격적인 내용인 데다 모두 내용이 실화라는 주킹에 힘입어 첫 시집 줄간 때부터 세간의 비상한 관심을 끌었다. 최근에 낸 시집 〈시인의 탄생〉 역시 아버지와 어머니를 주제로 하고 있지만, 이번 시집에는 특히 어머니의 삶과 죽음에 관한 부분이 많았다.

정경숙이 낸 세 권의 시는 하나의 서사로 묶을 수 있을 만큼 사실적인 데가 많았다. 비록 첫 시집과 두 번째, 세 번째 시집이 시간적 순서에 따라 묶인 것은 아니지만, 내용으로 보면 충분히 앞뒤를 옮겨가며 서사 구조에 집어넣을 수 있었고, 앞뒤가 딱 맞았다. 이

를 두고 시인의 시적 상상력이 빈약함을 지적하는 평론가도 있었다. 하지만 시인의 체험을 곧 작품으로 승화하는 것이야말로 진정한 시인의 태도라는 반론이 강했다.

정경숙이 낸 세 권의 시집을 연대기적 이야기로 재구성한다면 불행한 한 여자의 인생이었다. 더불어 만남, 이별, 관계의 서글픔 등 삶의 속성을 날카롭게 담아낸 하나의 신화 혹은 전설처럼 읽히기도 했다.

나는 그녀의 시를 모두 사실로 인정할 수는 없었다. 그것이 사실인지 아닌지 확인할 길이 없었기 때문이다. 신문과 잡지, 인터넷 블로그들은 나를 정경숙의 어린 시절을 확인해주는 실제 인물이라고 대서특필했지만 내가 아는 부분은 극히 일부에 불과했다. 일이 점점 커지는 것 같아 나는 인터뷰 때마다 명확하게 내 입장을 밝혔다.

"내가 정경숙 시인의 어린 시절을 목격한 것은 사실입니다. 그렇다고 그녀의 시에 묘사된 모든 상황을 사실이라고 증명할 수는 없습니다. 내가 아는 부분은 일부고 그 일부는 틀림없이 사실입니다. 그러나 내가 확인하지 못하는 부분에 대해서는 뭐라고 할 말이 없습니다."

내가 명확한 입장을 밝혔음에도 신문이나 잡지, 텔레비전 기자들은 제 입맛대로 편집했고, 내가 그녀의 삶을 모두 증명할 수 없다는 부분은 아예 실리지도 않았다. 어떤 잡지사 기자는 한술 더 떠 '이종기 씨는 자신이 기억하는 한 정경숙 시인의 시와 삶이 다른 점이 하나도 없다고 밝힘으로써, 자신이 목격하지 못한 부분 역시 한 치의 오차도 없을 것이라는 점을 확인해주었다'라고 쓰기도 했다.

일이 점점 이상해진다는 생각에 나는 가능하면 정경숙과 관련된 일에서 좀 멀어지고 싶었다. 게다가 처음 한두 번과 달리 회사에서도 연일 이어지는 기자들의 방문과 인터뷰를 성가시게 여겼다. 이제는 박 형사까지 이런저런 기사를 꺼내놓고 흥분하는 모습을 보자 짜증이 났다. 나는 말도 안 된다는 투로 물었다.

"여덟 살 이전의 삶을 어떻게 이렇게 구체적으로 기억할 수 있어? 게다가 제 아버지와 어머니가 처음 만났을 때는 정경숙이 태어나지도 않았을 땐데."

"엄마한테 들었겠지."

"엄마가 아직 코흘리개한테 이런 이야기를 다 해?"

"일부러 말해줬다기보다 푸념했을 수는 있겠지. 아무도 없는 산골에서 매일 두들겨 맞으며 사니까, 누구한테든 푸념하고 싶었을 것이고……."

"글쎄……."

정경숙의 시집을 종합해보면 아버지 정태식과 어머니 이미옥의 만남은 한편의 하드보일드 영화 같았다. 아버지 정태식은 사기, 절도, 강도범으로 교도소에 수감 중인 흉악범이었다. 어머니 이미옥은 가난한 가톨릭 신자였으며, 선한 마음으로 봉사 활동을 펼치던 여자였다. 양로원, 고아원, 입양 시설뿐만 아니라 혼자 사는 노인들

집을 찾아다니며 목욕도 시켜주었고, 밥 짓고 빨래도 해주었다. 그런 그녀가 교도소 면회 봉사 중에 정경숙의 아버지 정태식을 만났다. 봉사단을 이끄는 단장은 재소자와 봉사자 간에 개인 면담을 금했다. 그러나 사람이 적은 날이면 자연스럽게 개인적 대화가 이어지곤 했다. 정경숙의 어머니 이미옥은 그렇게 정태식과 대면했던 모양이다.

흉악범 정태식은 처음 이미옥을 면담하던 날 '생까지 마라! 지랄하지 마라! 시간 낭비하지 마라!'고 고래고래 고함을 질렀다. 그 서슬에 놀란 이미옥은 교도소 면회 봉사를 중단할까도 생각했다. 그러나 봉사단장의 권유로 두 번 세 번 교도소 면회를 이어갔다.

'괜히 사기 치고 지랄하지 말라'던 정태식도 이미옥의 따뜻하고 순박한 태도에 조금씩 마음을 열었다. 이미옥을 만나지도 않겠다던 정태식은 어느 때부터인가 이미옥의 면회를 기다리는 사람으로 변해갔다. 교도관은 정태식이 교도소 내 재소자들의 가톨릭 신자 모임에도 나오기 시작했다고 전해주었다. 이 모든 변화는 이미옥에게 감동을 주었다. 고래고래 고함을 치던 정태식은 면회 온 이미옥에게 감사의 인사를 건넬 만큼 다른 사람이 돼 있었다.

'고맙습니다. 나 같은 잡놈에게 아무런 대가없이 이렇게 대해주셔서 참말로 고맙습니다. 그 멀리서 여기까지 이렇게 와주셔서 참말로 고맙습니다. 지금껏 누구도 누님처럼 나를 살갑게 대해주신 분은 없었습니다. 교도소에 들어오기 전에도 그랬고 교도소에 들어온 이후에도 면회 한번 온 사람이 없었어요. 어쩌다가 교회나 불교 단체에서 왔다가 가곤 했지만 모두 거짓말이었어요. 저는 압니다. 그 사람들 전부, 자기만족을 위해서 그저 왔다가 가는 사람들이었어요. 심지어는 어떤 사람은 저를 면회하고도 두 번째 만났을 때 저를 처음 만난 사람인 줄 아는 사람도 있었어요. 지난번에 실컷 설교해놓고도 두 번째 만났을 때 나를 못 알아보는 겁니다. 그래서 모두 거짓말이라고 생각했어요. 누님 같은 분은 없었어요(실제로 이미옥은 정태식보다 네 살이나 위였다). 고마워요. 감사해요. 죗값 다 치르고 사회로 나가면 정말 착한 사람이 될게요. 다시는 죄짓는 인생이 되지 않을게요. 그리고 누님도 형편이 넉넉지 않으실 텐데 괜히 사식이나 돈 같은 건 넣지 마세요. 교도소에도 입을 옷 충분하고 먹을 것 충분해요. 그저 이렇게 와주시는 것만으로도 제게는 하늘 같은 은혜예요.'

정태식은 굵은 눈물을 흘렸다. 이미옥은 정태식의 떨리는 손목을 붙잡고 다독거렸다. 정태식은 교도소 내에서도 모범수로 평가받았다. 이미옥의 잦은 면회와 따뜻한 보살핌 덕분이었다.

그러던 어느 날 교도소를 방문했던 이미옥은 헛걸음쳐야 했다. 면회를 신청했지만 정태식이 거절한 것이다. 정태식의 갑작스러운 태도 변화에 이미옥은 의아하고 서운했다. 다시 한 번 교도관에게 사정했지만 정태식이 면회를 완강히 거부한다는 대답이 돌아왔다.

한동안 면회를 중단했던 이미옥은 추운 겨울날 다시 정태식에게 면회를 갔다. 이번에도 면회를 거절하면 그만둘 생각이었다. 그녀는 교도관에게 부탁했다.

"바깥이 얼마나 추운 날이며, 오는 길에 버스가 미끄러지는 바람에 큰 사고가 날 뻔했다고 전해주세요. 제가 목숨을 걸고 면회 왔노라고 꼭 좀 전해주세요. 다시는 나를 만나지 않아도 좋으니 그 이유나 좀 가르쳐 달라고 전해주세요."

버스가 눈길에 미끄러진 것은 사실이지만 위험할 정도는 아니었다. 정태식이 면회를 거부할 수 없도록 하기 위해 이미옥이 나름대로 낸 꾀였다. 착한 그녀는 정태식을 다시 만나지 못하더라도 그 이유라도 알고 싶었다.

초췌한 모습으로 교도관의 손에 끌려나온 정태식은 대뜸 화를 냈다. 걱정과 분노가 배인 목소리였다.

"그러게 누가 오라고 했어요! 그러다가 큰 사고라도 당하면 어쩌려고……."

그때 정태식의 목소리에 울음이 배여 있었을까. 정태식의 울음 섞인 목소리를 듣는 순간 이미옥은 그녀가 알 수 없는, 그러나 정태식이 겪고 있을 아픔을 이해할 수 있을 것 같았다. 세상 사람이 모두 정태식을 흉악범이라고 손가락질해도 자신만큼 정태식의 서럽고 아픈 속내를 알 수 있다고 믿었다. 이미옥은 정태식의 손을 잡고 말했다.

"그깟 추운 날씨가 무슨 문제야. 버스가 미끄러져 사고 날 뻔한 게 무슨 대수야. 이렇게 착한 사람을 다시 만나는 데 그런 날씨가 무슨 상관이야. 그런데 태식이는 대체 무슨 일이 있었던 거야? 무엇 때문에 나를 안 만나려고 했던 거야? 내가 태식이한테 서운하게 했던 거야? 무엇이든 내가 잘못한 게 있으면 말해줘."

정태식은 대답 대신 화를 냈다.

"이따위 세상은 살 필요가 없어요!"

이미옥은 울먹이는 정태식을 달래느라 애를 먹었다. 한참을 울먹이던 정태식은 겨우 입을 열어 말했다.

"대장에 혹이 생겼대요. 수술하지 않으면 죽을지도 모른대요. 하지만 어떻게 수술해요. 교도소에서 그런 수술까지 해주지는 않아요. 누님, 저 정말 잘 살아보려고 했어요. 하지만 이제 확실히 알았어요(이 부분에서 정태식은 굵은 눈물을 펑펑 흘렸다고 정경숙의 시는 밝히고 있다). 나는 안 되는 인생입니다. 하느님도 포기한 놈이다, 이 말입니다. 안 되는 놈은 그저 죽어야 해요. 지금까지는 날 믿어주는 사람이 없었는데, 이제 나 같은 놈도 인간이라고 믿어주는 사람이 생겼는데…… 몸이 더 이상 나를 지탱해주지 않겠다고 하네요. 빌어먹을……. 운명은 나를 더 처참하게 만들려고, 더 괴롭히려고 누님 같은 사람을 만나게 했나 봅니다. 괜한 기대를 하게 만들고, 이렇게 처참하게 꺾어버리네요. 흑. 그러니 누님, 이제 더 이상…… 오지 마세요. 누님 얼굴 보는 것도 힘들어요. 나는 누님한테 해드릴 게 하나도 없어요. 착하게 사는 모습 보여드릴 기회도 이제 없어요. 그러니 가세요. 다시는 오지 마세요."

"수술비가 얼마나 되는데?"

"몰라요. 한 200만 원쯤 드나봐요. 죽었다 깨나도 나는 그런 돈 만져볼 일 없어요. 쳇, 차라리 잘됐어요. 나 같은 놈이 살아봐야 뭘

82

더 하겠어요. 이렇게 죽는 편이 나아요. 가세요. 다시는 오지 마세요. 나 같은 놈 때문에 누님이 이 추위에 오시는 것 싫습니다. 버스 미끄러져 죽을 뻔하셨다는 거 들었어요. 나 같은 쓰레기 때문에 그런 짓 하시지 마세요. 누님은 고귀하고 아름답게 살아가세요. 이제 다시는 안 만나요. 절대 오지 마세요. 절대!"

이미옥은 어떤 약속도 없이 교도소를 떠났다. 3주가 채 되지 않아 이미옥은 200만 원을 구해 정태식 앞으로 넣었다. 가난한 그녀가 돈이 있을 리 만무했다. 여러 사람에게 사정해서 곗돈 타는 순서를 바꾸고, 함께 봉사하는 사람들, 식당 일하는 사람들에게 몇 푼 씩 빌린 돈이었다.

한 달 보름이 지나고 봉사단장이 이미옥에게 반가운 소식을 전했다. 정태식이 만나고 싶다는 연락을 해온 것이다. 이미옥이 다시 교도소를 찾았을 때 정태식은 반가운 얼굴로 그녀를 맞이했다.

"누님, 누님 덕분에 저 살았어요. 누님의 정성 덕분에 살았다고요. 혹 같은 건 없대요. 잘못 진단한 건가 봐요. 수술 안 해도 된대요. 누님이 그 돈 모으시느라 뛰어다니며 저를 위해 기도해주신 덕분이에요. 그렇지 않고서야 있던 혹이 갑자기 없어질 리 없잖아요? 정말 고마워요. 정말 고마워요. 누님 기도 덕분에 제가 다시 살아났다고요. 이제 정말 제대로 한번 살아볼게요. 그리고 계좌번호 알려주세요. 누님이 주신 돈 고스란히 통장에 넣어뒀어요. 돌려드릴게요. 어서요. 계좌번호 알려주세요."

정태식의 들뜬 목소리, 희망에 찬 목소리를 들으며 이미옥은 뜨

거운 눈물을 흘렸다. 그리고 무릎을 꿇고 기도를 올렸다. 오! 하느
님 감사합니다. 하느님 정말 감사합니다. 감사합니다, 하느님!

"동생, 괜찮아. 동생이 살아났는데 돈이 대수겠어? 그 돈으로 맛
있는 것도 좀 사먹고, 이불도 좀 사서 덮어. 나야 이미 다 썼다고
생각한 돈이야. 그 돈으로 동생 목숨 구하고, 또 이렇게 밝은 얼굴
보니 더 바랄 게 없다."

"누님!"

정태식은 그날 펑펑 울었다.

"그 돈이 어떤 돈인데, 저를 주시겠다니요. 이 추운 날씨를 추운
줄도 모르고 이렇게 저를 위해 찾아주시는데 제가 지금 죽어도 한
이 없어요. 누님, 저 정말 잘 살게요. 이제 저 곧 출소해요. 그 돈 나
가서 꼭 갚을게요. 누님이 주신 돈으로 여기 교도소에서 사식 한번
못 먹는 사람들, 면회 오는 사람 하나 없는 사람들, 두툼한 옷 한
벌이 없어서 겨울 내내 덜덜 떠는 사람들 배 터지게 먹이고 따뜻하
게 입히고 나갈게요. 누님! 정말 감사합니다. 하느님! 정말 감사합
니다."

(이 부분은 정경숙의 시 '어떤 사기'에 나타난 이야기를 푼 것이다. 박 형사
는 이 부분을 읽으면서 제가 할 수 있는 욕을 모조리 다 토해냈다. 정태식을 두
고 빌어먹을 개새끼, 뼈를 갈아먹어도 시원치 않을 놈이라고도 했다. 박 형사
는 '일단 정태식이 돈을 돌려주겠다고 분명하게 말하고, 이미옥이 괜찮다, 동생
이 쓰라고 한 만큼 돈을 해먹어도 사기죄가 성립되지 않는다'고 했다. 물론 재
판을 받으면 어떻게 될지 알 수 없으나 표면적으로는 그렇다는 말이었다.)

　몇 달 뒤 정태식은 모범수로 출소했다. 이미옥의 따뜻한 사랑에 감화된 정태식은 다른 사람이 돼 있었다. 교도관들 역시 그가 수형 생활에 모범적이라는 의견을 냈다. 덕분에 그는 1년 이상이 감형됐다. 출소한 그날 정태식은 주소를 들고 곧바로 이미옥을 찾아갔다. 교도소 면회 봉사자들이 수감자들에게 주소나 전화번호를 알려주는 것은 금지돼 있었다. 그러나 이제 새사람이 된 정태식은 이미옥에게 꼭 한 번이라도 은혜를 갚고 싶다고 말했다. 이미옥은 그 마음이 고마워 교도관 몰래 주소를 적은 쪽지를 정태식에게 건넸다.

　두 사람은 낮에 식당에 마주 앉았다.

　"밖에서 이렇게 차려입고 보니 우리 태식이 말끔한 신사네."

　"모두 누님 덕분입니다."

　"그래 언제 나왔어?"

　"2주일쯤 됐어요. 바로 찾아뵙고 싶었지만 빈손으로 찾아오기는 싫었어요. 지금까지 절 보살펴주신 분인데요. 나오자마자 공사판에서 일했어요. 1주일 동안 새벽부터 밤까지 일하고 80만 원이나 받았습니다. 누님께 제가 따뜻한 점심이라도 한 그릇 대접하고 싶었어요."

　"고마워. 그렇게 생각해주니 정말 고마워."

　"오늘 출소 및 제 첫 월급 기념으로 점심과 소주도 한잔 살게요. 제가 땀 흘려 일해서 돈 벌어본 것은 이번이 처음이에요. 부모님이 계셨다면 내의라도 한 벌 해드려야겠지만, 저야 부모님 얼굴도 모르니까, 대신 누님께 점심 한 그릇, 소주 한잔 살게요. 제가 이렇게 반듯한 사람이 된 것은 모두 누님 덕분입니다."

그날 이미옥은 소주 한 잔에 취해버렸다. 평소에 술을 즐기는 편은 아니었지만 소주 반병쯤은 마시던 그녀였다. 잠에서 깼을 때 그녀는 발가벗은 채로 허름한 여관방에 누워 있었다. 아직 해가 벌건 낮이었다. 옆에서 역시 벌거벗은 채 담배를 피워 물고 있는 남자는 정태식이었다. 이미옥은 화들짝 일어나 앉으며 땟물 배인 이불을 당겨 희멀건 살덩어리를 덮었다.

"볼짱 다 본 년이 가리기는. 그러게 낮부터 술은 왜 그렇게 처마시고 지랄이야."

정경숙의 시 '어떤 출생'은 '아버지가 비운 오수/ 어머니 자궁에 고이다'라고 적고 있다. 그러니까 정경숙은 제 부모의 만남은 물론 자신의 출생과 성장 과정 모두를 부정하고 있었다. 그녀의 시작(詩作)이 부모의 만남과 자신의 출생에 대한 부정에서 출발하고 있다는 것은 내 주관저인 느낌이 아니라 분명한 사실이었다.

정경숙이 제 아버지와 어머니의 만남을 쓴 시들을 읽으며 나는 분노했다. 그녀의 시대로라면 정태식은 인간의 탈을 쓴 악마였다. 그러나 박 형사가 관심을 가지는 부분은 정경숙의 출생이나, 아버지 정태식과 이미옥의 불행한 만남이 아니었다.

"정경숙의 아버지 정태식은 이미옥을 만나기 전에 5년 9개월을 복역했어. 강도 한 건, 강간 두 건, 절도 세 건으로 그 이전 복역 기간까지 합치면 10년이 넘어. 그러니까 정경숙의 시에 아버지가 강간, 강도, 도둑놈으로 묘사된 것은 시적 상상력이 아니라 사실이란 말이야."

"그거야 정경숙 시인도 그렇게 이야기하고 있잖아. 자신의 시가 시적 상상력이 아니라 실제적 고통이라고."

"내 말이 그 말이야!"

"……."

"잘 봐."

박 형사는 정경숙 시인이 최근에 펴낸 시집 〈시인의 탄생〉을 폈다. 미리 꼼꼼히 읽어보고 온 듯 접어둔 페이지를 하나씩 펴며 읽어보라고 했다. 제목은 '어머니의 기도'였다. 나도 이미 읽어본 시였다.

어머니는 두 손 모아 빌었어요/ 어머니 손가락에 낀 반지/ 햇빛이 부딪혔다가 튕겨납니다/ 이마에 피 흘리고 죽은 어머니/ 경찰관 고개 숙이고 봅니다/ 아버지 눈에 고인 눈물에 /햇빛이 팅 부딪혔다 달아납니다 /경찰관 돌아서고 아버지 웃습니다 /이제 어머니는 말이 없습니다

"아버지가 어머니를 두들겨 팼다는 거잖아? 정경숙의 시에 그런 시가 어디 한두 편이야?"

"내가 하고 싶은 진짜 이야기는 지금부터야."

"그럼 지금까지는 뭔데?"

박 형사는 가방에 따로 준비해온 봉투를 꺼냈다. 역시 신문 기사를 복사한 종이들이었다. '아내 살해 혐의 남편 무혐의' '남편 억울한 누명 벗기까지' '아내 잃고 살인범 될 뻔한 남자' '이웃사촌의 증언 억울한 피해자 막아' '전과자에 대한 냉대 언제까지'라는 제하의 신문 기사들이었다.

"이게 무슨 말인 것 같아?"

"글쎄……."

"이건 정경숙의 엄마 이미옥이 죽었을 당시 신문에 난 기사야."

신문 기사에 따르면 강원도 양구 산골에서 약초를 캐고 감자 농사를 짓는 정태식이 단지 전과자라는 이유로 아내 살해 누명을 쓰고 억울한 옥살이를 했다는 것이다. 기사는 그 바탕에 전과자에 대한 우리 사회의 끝없는 불신과 포용하지 않으려는 관성이 내재돼 있었다며 안타까움을 표시하고 있었다. 경찰은 산골 외딴집에 살던 여자가 죽자, 함께 살던 전과자 남편을 의심했고, 추궁 끝에 그의 자백을 받았다. 그러나 이 자백은 고문과 강요에 의한 것이었음이 남편 정태식과 함께 약초를 캐러 다니곤 하던 김용기 씨의 상세한 증언으로 밝혀졌다.

김용기는 다름 아니라 20여 년 전 내가 정태식의 부탁을 받고 정경숙을 데려다 준 양구 읍내 금용식당의 대머리 남자였다. 신문에 따르면 정경숙의 어머니 이미옥 피살 사건은 식물 채집을 다니던 내가 산속에서 정경숙을 만나기 5년 전의 일이었다. 강원도의 한 지역 신문은 금용식당 주인의 진술 내용도 싣고 있었다. 두 사람은 당시 함께 약초를 캐러 다녔으며 사고가 발생하던 날은 더덕을 많이 캔 데다 기대하지 않았던 장뇌삼 서너 뿌리까지 캐는 바람에 해가 지기도 전에 일찍 집으로 내려왔다고 했다. 기분 좋은 마음으로 말이다. 마침 집 근처에 이르렀을 때 정태식의 아내가 낭떠러지 위에서 무엇인가를 뜯고 있었다. 두 사람이 근처로 다가섰을 때 정태식의 아내가 두 사람을 발견하고 일어섰다. 그 순간 발을 헛디뎌 아래로 떨어졌고, 정태식이 서둘러 아래로 내려갔을 때는 이미옥이 이미 숨이 끊어진 다음이었다고 했다. 물론 이것은 금용식당 주인의 진술을 바탕으로 신문이 기록한 내용이다.

사고가 발생한 후 정태식과 금용식당 주인이 장례를 치렀고, 사건은 그것으로 일단락되는 듯했다. 그러나 이미옥이 죽고 며칠이 지나 한 노파의 신고로 이 사건에 대한 경찰 수사가 시작됐다. 노파는 양구 읍내에서 좌판을 열고 그릇과 옷가지, 장신구 따위를 파는 사람인데 한 달에 한두 번 읍내로 나와 약재를 팔던 이미옥이 갑자기 보이지 않는 것이 이상했다고 한다. 그녀는 정태식에게 '왜 부인이 장사하러 안 나오느냐'고 물었고 정태식은 '아내가 집을 나가버렸다'고 대답했다. 나중에 정태식은 경찰에서 아내가 죽었다고 말하면 왜 죽었는지, 언제 죽었는지 물을 것 같아서 귀찮은 마음에 대충 대답했다고 진술했다.

노파는 평소 정태식이 아내를 자주 폭행한다는 사실을 알고 있었다. 게다가 큰 시장에 나가거든 딸아이 옷을 사다달라고 부탁하며 미리 돈까지 쥐놓고 시장에 나오지 않는 게 이상했다고 경찰에 진술했다. 이미옥이 집을 떠나려면 반드시 산 너머 마을을 지나가야 했다. 경찰이 조사에 나섰지만 이미옥이 떠나는 것을 본 사람은 없었다. 경찰의 추궁에 정태식은 사실은 아내가 자살했다고 이야기를 바꿨다. 시신을 발굴하고 부검한 결과 이미옥은 두개골이 깨질 만큼 치명적인 상처를 입고 죽은 것으로 밝혀졌다.

그제야 정태식은 아내가 사고로 죽었다고 진술을 번복했다. 자신이 전과자라서 아내가 실족 사고로 죽었다면 의심할 것 같았다는 것이다. 경찰의 의심은 더욱 짙어졌다. 게다가 사건의 유일한 목격자였던 금용식당 주인 김용기의 행적이 묘연해진 것이다. 그때까지는 김용기는 식당 운영이 아니라 약초를 캐서 생계를 꾸려가고 있었다. 그는 이미옥의 장례식을 마친 직후 약초를 캔다며 집을 떠나 돌아오지 않았다. 정태식이 주장하는 증인 김용기는 사라졌고, 자살했다던 이미옥은 이마에 치명적인 상처를 입고 죽은 것으로 밝혀졌다. 경찰은 정태식을 유력한 용의자로 지목하고 강도 높은 수사를 통해 그가 아내 살해범인을 밝혀내는 데 성공했다.

김용기가 나타난 것은 정태식이 살인 혐의로 체포되고 두 달이 지난 뒤였다. 이미 정태식은 아내 살해 혐의로 사형 선고를 받았고, 여덟 살쯤이던 정경숙은 경찰에 의해 마침 양구 읍내에 새로 생긴 고아원으로 넘겨진 이후였다. 김용기는 집으로 돌아오는 길에 정태식의 집엘 들렀지만 상황을 알 수 없었다. 정태식은 교도소로, 정경숙은 고아원으로 떠났고 집은 비어 있었던 것이다. 김용기는 아내를 잃은 정태식이 다른 곳으로 떠나버린 줄 알았다. 산을 넘어 읍내로 돌아오고 이틀이 지나서야 그는 사건에 대해 들었다. 김용기는 곧바로 경찰서로 달려갔다.

김용기가 진술했지만 절차는 복잡했다. 여름이 끝날 무렵 아내 살해 혐의로 붙잡혔던 정태식이 풀려났을 때는 이미 새봄이 와 있었다. 거의 일곱 달을 고아원에서 보낸 정경숙은 다시 제 아버지의 품으로 돌아갔다.

정경숙은 고아원을 떠나던 날 많이 울었다고 했다. 신문 기사는 기자가 몇 마디 질문을 했지만 아이는 울기만 했다고 당시 상황을 묘사하고 있었다. 신문은 정태식과 아버지의 품에 안겨 울어대는 정경숙의 사진 아래에 '누명 벗은 아버지, 딸과 만나다'는 제목을 붙이고 법의 폭력에 아버지를 잃었던 아이가 설움에 겨운 눈물을 흘리고 있다, 고 쓰고 있었다.

"뭐 이상한 거 없어?"

내가 기사를 다 읽고 의자 뒤로 푹 처박히듯 깊숙이 앉자 박 형사는 바싹 다가앉으며 채근했다.

"글쎄, 잘 모르겠는데?"

"정경숙의 시를 잘 읽어봐. 이건 분명하게 현장을 목격하고 쓴 시야. 정경숙은 정태식이 제 엄마를 살해하는 현장을 보았고, 이후 경찰이 조사하는 과정까지 보았어. 그리고 그 두 장면을 '어머니의 기도'라는 시로 표현한 거야."

어머니는 두 손 모아 빌었어요 /어머니 손
가락에 낀 반지 /햇빛이 부딪혔다가 튕겨납니다 /이마에 피 흘리고
죽은 어머니 /경찰관 고개 숙이고 봅니다 /아버지 눈에 고인 눈물에
/햇빛이 팅 부딪혔다 달아납니다 /경찰관 돌아서고 아버지 웃습니
다 /이제 어머니는 말이 없습니다

"그러니까 자네 말은 정태식이 누명을 벗은 게 아니라, 사실은
아내를 살해한 진범이라는 말이군?"

"그렇지! 살려달라고 싹싹 비는 여자의 머리를 흉기로 내리친
것이지."

"하지만 이미 정태식은 죽었다고 하지 않았어?"

"그래, 정태식은 벌써 9년 전에 폐결핵으로 죽었어. 하지만 중
요한 것은 그놈이 진범이라는 거야. 놈을 처넣고 못 처넣고를 떠나
진범임을 밝히는 것은 억울하게 죽은 사람의 영혼을 달래는 길이
지."

"열혈 형사군."

"빈정거릴 문제가 아니야."

"하지만 벌써 20년도 훨씬 지난 사건이야. 증거도 없잖아?"

"정경숙의 시가 증거지."

"단순히 시적 상상력일 수도 있잖아?"

"아니, 아니! 명백한 증거가 있어. 이걸 봐."

박 형사는 들떠 있었다. 그는 또 한 장의 종이를 안 호주머니에

서 꺼냈다. 역시 신문을 복사한 것으로 강원도 지역에서 발간되는 신문이었다. 신문 기사의 제목은 '백년해로 약속했던 남편, 살인범 될 뻔'이라는 제하의 기사로 정태식이 아내를 죽인 혐의로 사형 선고까지 받았지만 기적적으로 누명을 벗었다고 쓰고 있었다. 차이점이 있다면 정태식의 얼굴을 커다란 네모 사진 아래 동그라미 사진으로 넣었다는 점이었다. 네모로 된 큰 사진은 이미옥의 시신을 찍은 사진으로 이미 부패가 진행되고 있는 그녀의 손을 클로즈업하고 있었다. 요즘 같으면 흉한 장면이라 신문에 실리지 않을 장면이지만 20여 년 전 당시에는 당연하게 실렸던 모양이다.

신문의 사진은 그녀의 약지 첫 번째 마디와 두 번째 마디 사이에 걸린 반지를 클로즈업하고 있었다. 기사는 또 사진과 박자를 맞출 요량으로 정태식의 진술을 인용하고 있었다. 정태식은 자신이 비록 죄인이고 결혼식조차 올리지 못했지만 결혼반지를 끼워주며 백년해로를 약속했던 사이라며 이제라도 아내가 따뜻한 나라, 배고픔 없는 천국에서 행복하게 살기를 기원한다고 말하고 있었다. 그러니까 사진에 이미옥이 끼고 있는 반지는 정태식이 결혼 기념으로 사준 반지라는 말이었다.

"정태식이 누명을 벗었다는 내용이잖아? 앞에 신문이나 별로 다를 것도 없네?"

"손가락을 잘 봐!"

"반지를 끼고 있네."

"그렇지?"

"그런데?"

"정경숙이 쓴 시 말이야. '어머니의 기도'."

박 형사는 다시 정경숙의 시집 〈시인의 탄생〉을 폈다.

어머니는 두 손 모아 빌었어요 /어머니 손가락에 낀 반지 /햇빛이 부딪혔다가 튕겨납니다 /이마에 피 흘리고 죽은 어머니 /경찰관 고개 숙이고 봅니다 /아버지 눈에 고인 눈물에 /햇빛이 팅 부딪혔다 달아납니다 /경찰관 돌아서고 아버지 웃습니다 /이제 어머니는 말이 없습니다

서늘한 기분이 들었다. 정경숙의 시는 자신의 어머니가 죽던 바로 그 순간과 죽은 후 경찰이 시체를 들여다보는 장면, 그리고 아버지 정태식이 거짓 눈물을 흘리는 장면을 묘사하고 있었다. 그리고 그 내용은 죽은 이미옥의 손가락 사진과 일치했다.

"이미옥이 죽던 장면을 본 사람은 세 사람이야. 성태식과 금용식당 주인 김용기, 그리고 정경숙!"

"그래서?"

"정태식과 김용기는 미리 짜고 이미옥이 낭떠러지에서 떨어져 죽었다고 진술했어. 하지만 정경숙은 나이가 어려서 진술하지 못했지. 진술을 하더라도 아무도 믿지 않았을 거야. 일곱 살이나 여덟 살쯤 된 아이의 진술은 지금도 법정에서 효력이 있느니, 없느니 논란이야. 20여 년 전이라면 진술 효력이 전혀 없었다고 봐야지.

하지만 손가락 사진과 정경숙의 시를 봐."

"흠……."

"정경숙의 엄마 이미옥이 살려달라고 비는 바로 그 순간, 손가락에 끼여 있던 반지가 햇빛을 받아 반짝 빛났던 거지. 그걸 정경숙은 분명히 보았고, 나중에 어른이 돼서 그 장면을 시로 쓴 거야. 그러니까 이미옥이 살려달라고 빌었고, 정태식 혹은 김용기가 돌로 머리를 내리친 거야. 정경숙은 그 순간을 목격하고도 아무 말도 할 수 없었던 거지. 아무도 들으려 하지 않았을 테니까. 그렇게 입을 다물고 있다가 25년이 지나서 시로 고백한 거라고."

"그렇군! 정경숙의 잠재된 기억이 토해낸 시는 사진만큼이나 정확하군."

"바로 그거야. 기자나 경찰은 못 봤지만, 카메라와 정경숙은 그 순간을 보았던 것이지. 세월이 그렇게 흘렀어도 정경숙은 똑똑히 기억하고 있었던 거야."

"그런데 강원도 OO일보는 어떻게 이 사진을 찍었지?"

"강원도 OO일보사는 지역적으로 시신 발굴 현장에서 그다지 멀지 않아. 그러니까 아내를 살해하고 암매장한 사건의 시신 발굴 현장에 기자를 파견했던 거야. 그리고 아내를 무참히 살해하고 암매장한 비정한 남편이라는 기사를 쓰기 위해 사진을 찍고 기사도 썼어. 여러 장 찍은 사진 중에 반지를 끼고 있던 손 사진도 있었던 거지. 그런데 나중에 사형 선고까지 받았던 정태식이 무죄로 판명되니까 시신 발굴 당시 찍었던 사진 중에 반지 낀 손 사진과 함께

‘백년해로 약속’ 운운하며 새로운 기사를 썼던 거야. 혼인신고조차 못 했지만 싸구려 반지일망정 주고받으며 백년해로를 약속했던 남편과 아내로 미화했던 거지.”

박 형사의 조사와 추론은 분명했지만 형사 사건이 되지는 못했다. 경찰은 이미 범인이 죽은 만큼 형사 사건이 마무리됐다는 입장이었다. 다만 언론이 난리법석을 떨었다. 이번에는 내가 아니라 박 형사와 정경숙 시인이었다. 정경숙 시인의 시가 고상한 시적 상상력과 학습에 바탕을 둔 작품이 아니라 삶에 박힌 대못 같은, 고통의 정수임을 증명하는 증거가 발견된 것이다.

그러지 않아도 인기 절정인 정경숙은 이 사진과 박 형사의 조사로 더욱 주목받았다. 그녀를 우리나라 시 역사에 새로운 획을 긋는 시인이라고 평가하는 문예지도 있었다. 박 형사는 정경숙의 시가 고통스러운 실재적 삶이었음을 최초로 증명한 형사로 소개됐다. 말하자면 내가 정경숙의 어린 시절 한때를 어설프게 기억하는 사람이라면 박 형사는 사진 자료를 통해 그녀의 삶을 분명하게 증명했던 것이다.

정경숙 시인과 나란히 텔레비전 책 소개 프로그램에 출연한 박 형사는 자신이 정경숙의 시를 열심히 읽고, 그 사건을 캐가면서 하나하나 조사한 자료를 발표했다. 그는 자신이 시를 좋아하는 경찰이며, 경찰들이 모두 힘세고 싸움만 잘하는 사람들이 아니라 시적 감수성과 풍부한 상상력을 가진 사람이라고 너스레를 떨기도 했다. 더불어 때때로 시적 감수성이 범인을 잡는 데도 도움이 된다고 덧붙였다. 더 나아가 요즘 형사사건 수사에서는 증거보다 범인의 심리 상태를 잘 추적하는 것이 중요하다며 시적 상상력의 중요성에 대해 오지랖을 떨었다.

박 형사가 정경숙의 시를 읽고 그 내용에 걸맞은 자료들을 꺼내 보일 때마다 정 시인은 회한에 찬 눈물을 흘렸다.

지방 경찰청은 아무리 세월이 지나더라도 죄는 밝혀지며, 범인은 잡힌다는 내용의 이례적인 성명서를 발표했다. 박 형사는 지방 경찰청장 표창장도 받았다. 경찰에 입문해 지금까지 단 한 번도 두드러진 실적을 쌓아본 일이 없는 박 형사에게 최고의 영예였다. 비록 이미 죽고 없는 범인을 처벌할 수는 없지만 억울하게 죽은 사람의 넋을 위로해주었다는 점에서 그의 업적은 칭송받을 만한 가치가 있었다.

이후에도 정경숙과 박 형사는 몇 개 텔레비전 프로그램에 함께 출연했다. 그러나 대부분 프로그램에서 주목을 받는 사람은 당연히 정경숙 시인이었다. 박 형사는 다만 정경숙 시인의 체험적 고통을 증명해주는 증거인 같은 사람이었다. 그럼에도 경찰청은 박 형사가 텔레비전이나 라디오, 신문 인터뷰에 적극 응할 것을 주문했다. 기억에서조차 이미 지워진 사건을 경찰이 파헤치고 진실을 밝힌 것은 훌륭한 홍보거리였다.

신문과 방송은 시인의 잠재의식은 어머니의 손가락에 끼워져 있던 반지를 기억했고, 그 반지 낀 손으로 살려달라고 애원하던 장면을 생생하게 기억하고 있었다고 말했다. 어떤 텔레비전 방송은 정신과 전문의의 소견을 덧붙이기도 했다.

"사람의 기억이란 참 묘합니다. 시인이 어린 시절의 끔찍한 장면을 일부러 기억하려고 했다면 잊어버렸을 수도 있습니다. 그러나 두려운 나머지 무의식 아래로 기억이 숨어들었고, 그 덕분에 사라지지 않고 고스란히 보존될 수 있었던 것이지요. 마치 아무도 살 수 없는 사막에 버려진 시신이 썩지 않고 오랜 세월 그대로 보존되는 것과 같은 역설이랄까요? 시인이 만약 어머니의 반지를 일부러 기억했더라면 아마 지금쯤 잊어버렸을 겁니다. 무의식의 위력인 셈이지요."

두 사람이 출연하는 프로그램은 대체로 주부를 위한 가벼운 프로그램이었다. 그러나 딱 한 번 출연한 시사 프로그램은 딱딱했다. 프로그램 진행자는 이런저런 어려운 이야기를 물었고, 박 형사는 지금까지와 달리 땀깨나 흘리는 듯했다.

"형법 제152조 1항에 따르면 선서한 증인이 허위로 진술을 한 때에는 5년 이하의 징역 또는 1천만 원 이하의 벌금형에 처할 수 있도록 돼 있습니다만, 박 형사님 어떻습니까? 박 형사님의 조사에 따르면 정경숙 시인의 모친은 살해당했는데, 사건 당시 사고였다고 위증했던 김모 씨의 경우 법적 처벌이 가능합니까?"

"아, 글쎄요. 법률적으로는 글쎄…… 정확하게는 모르겠습니다만 이미 시효가 지났지 않았나 생각됩니다."

"그러니까, 죄인인 것은 분명하지만 이미 공소시효가 지났기 때문에 어쩔 수 없는 상황이군요. 요즘 어린이 유괴, 미성년자 성폭행, 가정 파괴 등 흉악 범죄가 많이 일어나고 있지만 결국 공소시효 때문에 처벌하지 못하는 경우가 많습니다. 법은 처벌할 수 없고 결국 시인의 고통으로 남아 예술 작품으로 승화될 수밖에 없는 것이로군요.”

“네, 참으로 안타깝게 생각합니다. 만일 법이 시퍼렇게 살아서 억울함을 모두 풀어줄 수 있었다면, 그래서 고통이 줄어들 수 있었다면 오늘날 정경숙 시인처럼 고통을 눈물처럼 쏟아내는 시인은 없었을 텐데요.”

“그렇습니다. 그런데 정경숙 시인께서는 어쩌면 그렇게 분명한 기억을 갖고 계십니까? 사실 정 시인의 시 ‘어머니의 기도’는 카메라처럼 생생한 것 같은데요?”

정경숙은 여전히 눈물 고인 목소리로 말했다.

“글쎄요, 제가 일부러 기억하려고 했던 것은 아닙니다. 어머니가 돌아가시고 겁에 질려 있던 저는 그 사건과 관련해서 기억이 하나도 없었어요. 그런데 시를 공부하면서, 시를 쓰면서 나 자신을 토해내기 시작하면서 저도 모르던 사실을 하나씩 하나씩 토로하게 되는 거예요. 그런 기억이 제 머릿속에 있었다는 사실조차 믿어지지 않아요. 엄청나게 두려운 일이라 제 스스로 억눌러서 그런 기억을 없앴던 것 같아요. 하지만 시인이 되고 보니까 저도 모르던 기억들이 하나씩 하나씩 표면으로 올라오는 것입니다. 그렇게 시를 쓰고 나면 속이 후련해집니다.”

“그러니까 잊어버렸던, 어쩌면 스스로 삭제해버렸던 기억이 시를 통해서 자신도 모르게 되살아난다는 말이로군요.”

“그래요. 잃어버렸던 기억이 살아날 뿐만 아니라 용서도 가능해요. 저는 이것을 시의 위대한 힘이라고 생각합니다. 저는 아버지를 지금까지도 증오하고 있었어요. 죽이고 싶도록 증오했다고 하면 너무 심한가요? 남부끄러운 이야기지만 아버지가 어머니를 자주 때렸어요. 저러다가 어머니가 죽는 것은 아닐까 두려웠어요. 하지만 다만 그런 이유로 제가 아버지를 그토록 두려워하고 증오했던 걸까, 내 증오의 뿌리는 단지 그것뿐일까, 의아했어요. 그런데 저도 모르게 저런 시를 쓰고 나니까 아버지에 대한 증오, 어머니에 대한 측은함이 조금씩 가시고 있다는 걸 느꼈어요. 왜 그럴까요, 저런 시를 썼다고 아버지에 대한 막막한 증오가 왜 사라지는 걸까, 저도 의심스러웠어요. 하지만 이렇게 박 형사님이 그 먼 옛날의 사건을 하나씩 하나씩 추적하셔서 밝혀주시니, 제가 왜 그렇게 아버지를 증오해야 했는지 알 것 같아요. 시를 통해 내 안의 진실을, 고통을 정면으로 바라보고 토해내고 나니까 저 자신도 모르게 후련해지는 거예요. 억눌린 진실이 세상 밖으로 나오고 나니까 나를 짓누르던 묵직한 바윗덩이가 치워진 느낌이에요. 마치 실컷 울고 나면 억울함, 분노, 설움이 가시는 것처럼요. 여기 앉아 계시는 박 형사님께 다시 한 번 감사를 전합니다.”

정경숙이 살짝 고개 숙여 인사했을 때 박 형사는 송구스러워 어쩔 줄 모르겠다는 표정으로 엉덩이를 엉거주춤 들며 정경숙을 향해 인사했다.

진행자는 미리 준비한 화면과 시적 분위기를 한껏 자극할 만한 목소리의 여자 아나운서가 낭송하는 정경숙의 시를 내보낸 다음 진행을 계속했다. 이제 박 형사는 자기 역할이 끝났음을 아는 듯 의자에 깊숙이 등을 묻었다.

"정 시인께서는 시인은 어떤 사람이어야 한다고 봅니까?"

"글쎄요. 시인이 어째야 한다고 단정할 수는 없겠지요. 여러 종류의 시인이 있고, 여러 종류의 시가 있으니까요. 저처럼 고통을 토해내는 시인이 있고, 매우 깊은 지식을 바탕으로 시를 쓰는 분도 있고, 상상력과 통찰력으로 쓰시는 분들도 있지요. 어떤 시인이든 다 좋습니다. 분명한 것은 둥근 달을 보고, 달은 원래 둥근 것이야, 라고 말한다면 시인이 아니라 일상인이겠지요. 그렇다고 달이 둥글게 보이는 이유를 파헤친다면 그 사람은 훌륭한 과학자일지는 몰라도 시인은 아니겠지요. 시인은 글쎄요…… 둥근 달을 보면서 달이 아니라 다른 무엇을 보는 사람이 아닐까요. 둥근 달을 보며 간절한 기도를 올렸을 사람들, 둥근 달 아래 하얗게 드러나는 길을 따라 먼 길을 걸어갔던 사람들의 인생에 대해 말입니다."

그 뒤로도 박 형사는 바빴다. 정경숙 시인과 관련해 박 형사가 바쁜 덕분에 나를 찾는 잡지사나 언론사 기자들은 뜸했다. 별 이야깃거리가 없어 조용히 앉아 있어야 하는 나와 달리 자료가 풍부한 박 형사는 할 이야기가 많았고 언론은 자연스럽게 박 형사를 만나고 싶어 했다. 그렇게 호들갑스러운 두 달이 지났고 정경숙은 전혀 상반된 이유로 다시 언론의 주목을 받았다.

박 형사는 급하게 만나야 한다며 내게 전화를 냈다. 우리는 비교적 한적한 식당의 구석방을 잡았고 소주를 마시며 특집 방송 '시인 정경숙의 조작된 기억'을 시청했다.

이 특집 방송은 정경숙 시인의 시적 상상력을 '조작된 기억'으로, 그녀의 시적 자양이 된 고통을 '거짓 고통' '자기최면'이라고 무지막지하게 깎아내렸다. 특히 그녀가 최근에 낸 시집 〈시인의 탄생〉은 거짓 고통과 조작된 기억의 총집합체라고 거침없이 쏘아붙였다.

60분짜리 이 프로그램은 정경숙의 시적 배경이 된 출생부터 삶의 전반에 이르기까지 거의 대부분이 과장이거나 조작된 기억이라고 주장했다. 프로그램을 준비한 세 명의 피디가 차례로 제시하는 증거는 빈틈없고 일목요연했다.

"정경숙 시인의 어머니인 이미옥의 사망을 목격했으며, 정경숙 시인의 아버지인 정태식이 아내 살해 혐의로 사형 선고를 받았을 때 백방으로 뛰어다니며 정태식의 무죄를 밝혔던 김용기 씨의 주장입니다. 들어보시겠습니다."

미리 준비된 화면에는 늙은 김용기가 나와 있었다. 중풍을 앓았다는 그는 의자에 앉아 있으면서도 지팡이 짚은 손을 떨고 있었다. 20여 년 전 강원도 양구의 금용식당에서 보았던 모습 그대로였지만 살이 많이 붙은 데다 얼마 남지 않았던 머리카락도 백발로 변해 있었다. 목소리를 내기도 힘겨워 보였다.

"여자(이미옥)가 낭떠러지에서 떨어지는 순간을 직접 목격했습니다. 그 전에 우리는 1박 2일로 산으로 깊숙이 들어가 약초를 찾고 있었어요. 제가 운 좋게 장뇌삼 세 뿌리를 캤고 정태식도 한 2백 년은 넘은 더덕을 몇 뿌리나 캤어요. 원래는 한 사나흘쯤 산에서 머물 작정이었는데 횡재를 했다 싶은 마음에 서둘러 내려왔습니다. 당장 먹을 게 생기면 일단 한잔하고 보자는 게 그때 저나 정태식이 살아가는 방식이었으니까요. 그 사람 집이 막 내려다보이는 곳까지 왔는데 여자가 나뭇가지인지 뭔지를 붙잡고 있는 게 보였어요. 정태식의 아내였죠. 그 나무 아래는 낭떠러지였는데 예쁜 꽃들이 피어 있었어요. 아마 우리가 산으로 들어간 뒤에 여자는 꽃을 꺾으려고 했던 것 같아요. 아, 이건 물론 정확하지 않습니다. 아무튼 그랬어요. 그런데 우리가 거의 다 내려왔을 때, 그러니까 바로 그 여자를 삼사 미터쯤 앞에 뒀을 때 여자가 우리를 발견했어요. 그러고는 인사도 했어요. 그러면서 다시 우리 쪽으로 올라오는가 싶었는데 갑자기 비명을 지르며 떨어졌습니다. 우리가 서둘러 낭떠러지를 돌아 내려갔을 때는 커다란 돌덩이에 머리를 박고 죽은 다음이었어요."

"그때 정경숙 시인은 어디쯤 있었습니까?"

"글쎄요, 기억이 안 납니다. 아무튼 낭떠러지 아래로 내려가 그 여자가 죽은 걸 확인했는데, 어째야 좋을지 몰라서 우물쭈물하다 죽은 여자를 방으로 옮기려고 둘이서 들었어요. 아이가 옆에 서 있다는 것을 그때 알았어요. 그 전에는 아이가 어디에 있었는지 기억이 안 나요. 낭떠러지 위에 있었던 것은 분명히 아닙니다. 우리가

산에서 내려오면서 보았을 때는 정태식의 처밖에 안 보였으니까
요. 아마 아이는 그때 낭떠러지 아래 어디쯤 있었을 거요."

"정경숙 시인은 어째서 어머니가 아버지의 손에 죽었다고 기억
하는 것일까요? 혹시 두 사람 간에 폭력, 이른바 가정 폭력이란 게
있었는지요?"

"부부 간에 일을 내가 소상히 알 수는 없소만, 정태식이 자기 마
누라를 자주 두들겨 팬 것은 사실일 거예요. 그 친구 성질이 좀 팍
팍한 데다 어쩌다가 읍내에서 만나거나 그 집에 들를 때면 그 여자
눈두덩이 시퍼렇게 멍들어 있거나 입술이 터지고 통통 부어올라
있는 때가 많았으니까. 하지만 분명하게 말하는데, 그 여자가 죽은
것은 사고였어요. 내 눈으로 똑똑히 보았으니까. 안 봤다면 내가
뭣이 답답해서 정태식을 변호했겠어요? 이미 사형 선고까지 받고
죽을 날짜만 기다리는 위인을 말이요."

"정경숙 시인의 시 '어머니의 기도'는 어머니가 죽는 장면을 정
확하게 묘사하고 있는데요? 선생님 진술과는 전혀 다릅니다."

"그 아이가 그런 시를 쓴 이유에 대해서야 나는 아는 바가 없
어요. 그렇지만 내가 뭐하러 거짓 진술을 합니까? 무슨 득이 있다
고……."

"정경숙 시인의 시에 나타난 반지와 사진에 나타난 반지는 어떻
게 보십니까?"

"내가 그걸 보고 제보했어요. 무슨 형사라는 사람이 반지를 낀
여자의 사진을 들고 나와서 그게 정경숙의 기억과 일치한다고 하

던데, 반지는 여자가 죽은 뒤에 끼워준 것이오. 그 친구가⋯⋯."

"그 친구라면 정태식 씨를 말씀하시는 겁니까?"

"그렇소, 정태식이요. 정태식이 나한테 돈을 몇 번 꾸어간 적이 있어요. 뭐 워낙 돈이 없었으니까. 몇 번 꾸어간 뒤로는 내가 안 꾸어줬어요. 그랬더니 한번은 마누라 반지라면서 들고 와서는 돈을 좀 융통해달라고 하는 거야. 당장 식구들이 굶는다고 말이지요. 반짝반짝 빛나는 반지이기는 했지만 몇 푼 나가지도 않는 반지였어요. 말하자면 가짜 보석 반지라 이 말이오. 그따위 싸구려 반지를 받고 돈을 빌려줄 마음은 없었지만 오죽하면 자기들 결혼반지까지 맡기겠나 싶어서 반지를 받고 돈을 좀 해줬어요. 뭐 많이는 아니고. 정태식이나 나나 형편이 그렇고 그랬으니까. 아무튼 그 뒤로는 그 반지를 딱 잊고 지냈어요. 몇 푼 되지도 않는 반지였으니까. 그 뒤로도 정태식이 반지를 찾아가겠다고 말은 했지만 찾아가지 않았어요. 말하자면 담보로 맡긴 게 아니라 처음부터 찾아갈 생각이 없었던 건지도 몰라. 아무튼 그래서 내가 그 반지를 오래 갖고 있었소."

"그런데 그 반지가 어떻게 이미옥 씨 손가락에 끼워져 있는 겁니까?"

"내 말하지 않았소?"

"아, 네. 말씀해주신 그대로 다시 한 번 말씀해주시죠. 방송 촬영을 위해서입니다."

"그러니까, 그 여자가 죽고 나니까 반지 생각이 났던 거요. 그래서 장례식 때 내가 그 반지를 찾아서 끼워준 것이다, 이 말이오. 망자의 반지니 망자에게 돌려주는 게 당연했고, 몇 푼 되지도 않는 건데 죽은 사람 반지를 가지고 있자니 께름칙하기도 했고……. 정태식이 돌려달라고 말한 것은 아니고."

"반지는 누가 끼워줬습니까?"

"장례식 날 정태식이 끼워줬소."

"반지를 끼우던 상황을 다시 한 번 이야기해주시지요."

"염사가 염을 다 하고, 뭐 대충했어요. 아무튼 염을 다 하고 나서 내가 반지를 끼워주라고 했어요. 정태식이 받아들고 끼우는데 잘 안 들어가는 거라. 시체가 좀 부어 있었거든요. 원래 끼고 있던 손가락인데도 안 들어갈 정도로 손가락이 부어 있었어요. 온몸뚱이가 다 부어 있었어. 그래서 원래 끼고 있던 자리만큼 끼우지 못하고 어쩔 수 없이 약지 첫 마디와 둘째 마디 사이에 슬쩍 걸쳐놓은 것이오."

"장례식에는 몇 사람이나 있었습니까?"

"나랑, 정태식이랑 염사, 그리고 정태식의 딸아이가 있었소."

취재진은 다시 당시 이미옥의 장례에 참석했던 염사를 만났다. 염사도 같은 말을 했다. 반지를 끼우려고 했지만 시신이 부어서 반지가 잘 들어가지 않았다고 했다. 그래서 염사인 자신이 끼울까 물었지만 정태식이 거절했다고 했다. 정태식은 결혼반지라며 자신이 끼우겠다고 고집했다. 그러나 결국 제대로 끼우지 못하고 약지 첫째 마디와 둘째 마디 사이에 엉거주춤하게 끼워놓았다고 말했다. 취재진은 또 이미옥이 죽고 이틀이 지난 뒤 장례를 치렀으며 보통 사람이 죽고 이틀쯤 지나면 살에 가스가 차올라 시신이 부풀어 오를 수 있다는 국립과학수사연구소 검시관의 설명을 뒷받침 자료로 내보냈다.

"이 같은 진술을 확보한 취재진은 이미옥이 매장된 후 제보자의 신고로 경찰 조사가 다시 시작된 후 촬영한 강원도 OO일보의 사진을 살펴보았습니다. 신문은 '백년해로 약속했던 남편, 살인범 될 뻔' 제하의 기사와 사진에서 남편 정태식이 전과자라는 이유만으로 살인범으로 몰리고, 사형 선고까지 받았지만 기적적으로 무죄를 선고받았다고 밝히고 있습니다."

텔레비전 화면은 죽은 이미옥의 손가락과 반지를 담은 네모 사진 속에 동그랗게 파고 들어간 정태식의 얼굴 사진을 보여주었다. 이전에 박 형사가 정경숙의 기억이 정확하다며 보여준 바로 그 사진이었다. 이윽고 텔레비전 카메라는 이미옥의 손가락과 약지의 첫째 마디와 둘째 마디 사이에 엉거주춤하게 끼워진 반지를 클로즈업했다.

화면에 비친 사진은 김용기와 염사의 진술과 일치했다. 방송 기자는 반지 낀 이미옥의 손가락 사진을 화면 가득 채운 채 말을 이어갔다.

"반지를 손가락 첫째 마디와 둘째 마디 사이에 엉거주춤하게 끼는 사람이 있을까요? 정경숙 시인은 '어머니의 기도'에서 이렇게 진술하고 있습니다."

어머니는 두 손 모아 빌었어요 /어머니 손
가락에 낀 반지 /햇빛이 부딪혔다가 튕겨납니다 /이마에 피 흘리고
죽은 어머니 /경찰관 고개 숙이고 봅니다 /아버지 눈에 고인 눈물에
/햇빛이 팅 부딪혔다 달아납니다 /경찰관 돌아서고 아버지 웃습니
다 /이제 어머니는 말이 없습니다

"이 시와 바로 제 뒤로 보이는 이 화면이 일치한다는 점이 정경
숙 시인의 시가 상상이 아니라 고통스러운 사실의 기억이라는 증
거로 지금까지 제시되고 있었습니다. 정경숙 시인은 자신의 기억
을 시로 썼다고 말합니다. 반지를 저렇게 어설프게 낀 채 낭떠러지
위에서 무엇을 꺾을 수 있었을까요? 반지를 저렇게 엉성하게 낀
채 두 손을 비비며 살려달라고 빌 수 있었을까요? 정경숙 시인이
정말 어머니가 아버지 앞에서 두 손을 비비며 살려달라고 비는 장
면을 보았을까요? 아닐 것입니다. 그렇다면 정경숙 시인의 기억은
어디서 나온 것일까요? 저희들은 강원도 ○○일보의 정보관리실을
방문, 조사 자료 열람 기록을 살펴보았습니다."

화면은 자동차 안에서 자동차가 달리는 국도를 잠시 비췄다. 이
윽고 강원도 ○○일보 사옥 앞에 자동차는 멈췄다. 사옥 정문을 한
번 잡은 카메라는 곧 이 신문사 정보관리실 의자에 앉아 조사 자료
열람 기록을 살피는 취재팀과 열람 기록 묶음을 번갈아 비추었다.
열람 기록을 뒤적거리던 피디가 손가락을 짚은 곳에는 '이름 정경
숙, 주민번호, 방문 목적, 열람 자료, 날짜'가 기록돼 있었다.

"놀랍게도 정경숙 시인은 그녀의 최근 시집 〈시인의 탄생〉을 출간하기 2년 4개월 전인 ○○년 삼월 강원도 ○○일보를 방문, 바로 자신의 어머니 이미옥의 죽음과 아버지 정태식이 누명을 벗은 기사 자료를 열람했습니다. 신문사를 방문한 정경숙 시인은 바로 이 자리에 앉아 이 자료 사진을 보았습니다. 죽은 어머니의 손가락 사진에서 반지를 보았던 것입니다. 다만 시인은 손가락에 낀 반지의 위치를 세심하게 살피지 못했던 것으로 보입니다."

방송 기자는 이런저런 이야기를 덧붙였다. 이외에도 정경숙 시인이 당시 사건을 다룬 신문사 세 곳을 더 방문한 기록도 발견됐다고 했다.

"지금까지 살펴본 바에 따르면 정경숙 시인은 생생한 기억을 바탕으로 시를 토해낸 것이 아니라, 자료 조사를 통해 시를 조립한 셈이 됩니다. 진짜 기억이 아니라 조작된 기억, 잘못 설명된 자료를 시적 재료로 한 것이지요. 정경숙 시인은 어째서 그랬던 것일까요? 취재진은 정경숙 시인을 만났지만 이 부분에 대해 어떤 대답도 들을 수 없었습니다."

이윽고 텔레비전 화면에는 오버코트를 입은 정경숙 시인이 나타났다. 활짝 웃는 모습으로 카메라 앞에 나타났던 정경숙 시인은 취재진이 몇 가지 질문을 하자 어이없다는 듯한 표정을 지었다. 그녀는 자신의 시 작품을 제대로 읽어보지도 않고, 멋대로 이야기하는 사람들과는 대화를 나누고 싶지 않다고 손사래를 쳤다. 담당 피디가 몇 가지 정황 증거를 천천히 읽어나가자 정경숙은 이해할 수 없다는 표정을 지었다. 정경숙은 '도대체 당신들 지금 무슨 소리를 하자는 거예요?' 그런 얼굴이었다.

"당신들은 고통을 몰라요. 당신들은 잠재된 기억, 억눌린 아픔을 몰라요. 당신들은 다만 자료를 보고 고통스러운 기억과 슬픔을 마음대로 재단하려고 하고 있어요!"

그 한마디를 남기고 정경숙 시인은 등을 보이며 떠났다. 휘적휘적 걷는 걸음이 곧 넘어질 것처럼 불안했다. 텔레비전 화면은 정경숙 시인이 모퉁이를 돌아 사라질 때까지 그녀의 뒷모습을 비추고 있었다.

박 형사는 스스로 소주잔을 채우며 연거푸 두 잔을 비웠다. 담배를 피워 물며 또 한 잔을 채우고 비웠다.

"뭐야? 대체 어떻게 된 거야? 너한테도 방송국 사람들이 왔었어?"

"왔었어."

"어떻게 된 거야?"

"나도 모르겠어. 방송 내용은 틀린 게 없어. 나도 반지 위치를 세심하게 못 봤던 거야. 정경숙의 시와 OO일보 사진 자료가 딱 일치하는 바람에 그렇게 추론했던 거야. 추론하고 보니 아귀가 딱 맞는 거야. 하아, 미치겠어."

"정경숙하고 연락해봤어?"

"연락이 안 돼."

"그럼, 뭐야? 진짜 정경숙이 사기 쳤다는 거야?"

"아니, 아닐 거야. 정경숙이 전에 내 손을 붙잡고 펑펑 울었어. 자신도 정말 이렇게까지 자기 기억이 명확할 줄은 몰랐다는 거야. 그저 머리에서 나오는 대로, 술술술 썼다는 거야. 그러면서 마음의 무거운 짐을 조금씩 덜었다고 말했어. 시를 쓰면서도 이런 기억이 어디서 나오는지, 자신에게 그런 기억이 있었는지조차 몰랐다고 했어. 시를 다 쓰고 책으로 내면서도 그런 생각이 어디서 어떻게 용솟음쳐 나온 것인지 모르겠다고 하더라고. 그런데 이전에 우리가 특강에서 만난 뒤로 내가 증빙 자료를 하나씩 갖다 대니까 꽉 막혔던 가슴이 열렸다고 했어. 이제는 정말 시를 안 쓰고도 살아갈 수 있겠다, 싶다는 말까지 했다니까. 나한테 정말 고맙다며 엉엉 울기도 했다고."

"그럼 도대체 저 방송은 어떻게 된 거야?"

"방송은 모두 사실이야. 정경숙의 기억도 어쩌면 사실일지 모르고……."

"세상에 사실이 두 개일 수가 있어? 한쪽은 거짓말하고 있는 거잖아?"

"방송엔 틀린 게 없어. 그 사람들이 취재할 때 나한테도 왔었어. 며칠 전에 취재한 자료를 다 넘겨주더라고. 이렇게 저렇게 방송할 건데, 자신들이 틀린 게 있으면 증거를 내라는 거야. 그래서 이게 뭔가 싶어서 다 조사해봤지. 모두 사실이야, 내 참……."

"그럼 정경숙이 거짓말한 거네?"

"알 수 없어. 정경숙은 거짓말한 게 아니야. 그저 자기 기억을 그대로 술술술 써내려간 것은 분명해.”

“야, 박 형사, 제정신이야? 세상에 사실이 어떻게 둘이 될 수 있
냐고?”

“나도 모르겠어.”

열흘쯤 지나서 박 형사는 정경숙 시인과 함께 있다며 연락을 해
왔다. 내가 식당에 도착했을 때 두 사람은 이미 소주 두 병을 비운
뒤였다. 소주 두 병을 마셨지만 두 사람 중 누구도 취한 것 같지는
않았다.

정경숙은 여전히 ‘기억나는 대로 썼다’는 말을 거듭했다.

“하지만 방송에서 제시한 자료는 조금도 틀린 게 없다는데요?”

“모르겠어요. 저는 그저 기억나는 대로 썼어요. 두 분한테까지
제가 거짓말을 할 이유가 뭐가 있겠어요. 빠져나갈 구멍이 없어서
가 아닙니다. 지금이라도 시적 상상력이라고 말해버리면 그만이에
요. 시인이 상상력을 발휘하거나 보탠 걸 나무랄 사람은 아무도 없
으니까요. 하지만 제 시는 상상력의 산물이 아니에요. 정말로 나도
몰랐던 사실을 술술 뱉어낸 것이라고요. 그저 떠오르는 대로 썼으
니까요.”

“당시에 분명히 보았습니까?”

“네. 틀림없어요.”

“그 참……”

“반지며 햇빛이며 아버지, 그리고 경찰이 왔다가 간 것까지 기

112

억이 나요. 아버지가 남모르게 씨익 웃었던 것도 기억나요. 어째서 그 기억이 그렇게 오랫동안 없었다가 갑자기 나타난 것인지는 알 수 없지만, 제 기억은 분명해요."

"그렇지만 방송 내용은 자료에 입각한 것인데…… 앞뒤 틀린 데가 하나도 없었어요."

"그걸 제가 어떻게 알겠어요. 저는 분명히 기억이 진술하는 대로 썼을 뿐이에요. 일부러 그렇게 쓴 게 아니라, 기억나는 대로 쓴 것이라고요."

"그 참……."

"강원도 ○○일보에 가서 사건 당시 사진과 기록을 열람한 것은 사실입니까?"

"네 그 신문사에 간 적이 있어요. 그 사건 기록을 보려고 갔던 것은 아니고요. 그 신문사가 주최한 특강이 있었어요. 제가 강원도 출신이니까요. 그래서 간 김에 당시 부모님 관련한 자료를 한번 훑어본 것뿐이에요. 하지만 제가 거기서 무엇을 보았는지는 모르겠어요. 특강 때문에 거기 갔고, 자료를 훑어본 것은 사실이지만, 무슨 내용을 보았는지는 기억나지 않아요."

"혹시 그때 기억이 오버랩 됐던 건 아닐까요?"

"그런 일은 없어요. 그 신문사에 가서 무슨 자료를 보았는지조차 기억하지 못하는데, 어떻게 어린 시절에 벌어진 사건과 오버랩시키고 기억해내요? 어린 시절 기억이 그때 본 자료의 오버랩이라면 최소한 그때 찾아본 자료도 기억에 남아 있어야 하잖아요? 하지만 전혀 자료에 대한 기억이 없어요.”

“그 참…….”

“정 시인의 기억은 분명해.”

박 형사는 본청에 근무하는 후배에게 부탁해 정경숙을 상대로 최면 수사를 실시했다고 말했다. 최면을 통해 정경숙 시인은 과거로 돌아가는데 성공했으며, 최면 상태에서 그녀가 자신의 시 ‘어머니의 기도’에 나타난 내용과 거의 흡사한 진술을 했다는 것이다.

“기억은 분명한데, 그 기억이 사실과 다르다는 거야?”

“알 수 없는 일이야.”

우리는 더 이상 기억과 상처에 대해서는 이야기하지 않기로 했다. 그렇게 정리하자 갑자기 할 말이 없어져버렸다. 우리 세 사람은 그렇게 별말 없이 두 시간 동안 소주를 마셨다. 시나 문학에 관한 이야기는 누구도 꺼내지 않았다. 이따금 정경숙이 깊은 한숨을 내뱉을 뿐이었다. 그럴 때마다 박 형사가 아직 반이나 남은 정경숙의 잔을 채우거나, 서둘러 비운 제 잔을 그녀에게 건넸다.

“그런데 말이죠, 정 선생……. 20여 년 전 우리가 처음 만났을 때, 강원도 양구의 그 산골에서 말입니다.”

“네에…….”

“나는 그때 채집을 다니고 있었습니다만…….”

“네, 기억합니다. 선생님은 그때 대학생이었고, 돌연변이인가요? 아무튼 희귀 곤충을 채집한다고 했지요.”

“네에.”

“그래, 희귀 곤충은 찾으셨어요?”

“그게, 글쎄…….”

나는 당시 내가 찾아다녔던 것이 돌연변이 곤충이 아니라 희귀 식물이라고 말하지 않았다. 내가 찾아다닌 것이 희귀 식물이었는지 곤충이었는지 나 자신도 의심스러웠다. 게다가 그것이 무엇이든 지금에 와서 어떤 다른 결과를 낳는 것도 아니었다. 우리는 한동안 말없이 잔을 채우고 비웠고, 또 만나자는 가벼운 인사를 남기고 헤어졌다.

며칠 뒤 신문에 정경숙 시인에 관한 기사가 나왔다. 정경숙은 ‘자신이 이번 시집으로 받은 인세를 모두 복지 재단에 기부하겠다’고 밝혔다. 그러나 자신의 기부가 ‘거짓 기억에 대한 참회’는 아니라고 덧붙였다. 그녀는 자신의 기억을 증명할 방법은 없지만, 자신은 기억에 충실했고, 기억이 지시하는 대로 썼다고 거듭 밝혔다. 그리고 자신도 몰랐던 옛일을 하나씩 토해내면서 내면의 상처를 치유해가는 중이었다고 밝혔다. 기사는 정경숙의 답답한 심정을 인용하면서 맺고 있었다.

“이제 내 속에 든 상처를 어떻게 토해야 할지 모르겠습니다. 온몸을 뒤틀며 어렵게 토해냈던 상처가 거짓 상처였다니……. 나는 어떤 상처를 토해야 병든 나를 치료할 수 있을까요. 이제 나는 내 상처가 무엇인지, 내 병이 무엇인지조차 알 수 없는 사람이 돼버렸습니다.”

2735
/진실한 고백/

우리 가족이 서울로 이사 와서 처음 살았던 동네는 행정구역상 서울이었지만, 아직 농촌의 모습이 많이 남아 있던 곳이었다. 별로 높지 않은 빌딩이 저 멀리 한둘 보이고, 아스팔트 포장이 돼 있고, 달리는 자동차가 무시로 보인다는 점을 빼면 시골과 큰 차이가 없었다. 마을 주민 중에는 농사를 짓거나 소와 돼지를 키우는 사람도 많았고, 아이들은 동네 앞으로 흐르는 개울에서 목욕을 했다.

동네에는 악명 높은 형제가 있었는데, 형제의 아버지는 돼지를 키웠다. 오십을 훌쩍 넘긴 아버지는 아침마다 경운기를 끌고 서울 시내의 식당을 전전하며 음식물 찌꺼기를 얻어와 돼지를 먹였다. 머리가 허연 아버지가 음식물 찌꺼기를 나르느라 끙끙 신음을 쏟았지만 스무 살이 넘은 큰아들이나 열여덟 살이던 둘째 아들은 빈둥거릴 뿐 거들지 않았다.

큰아들은 얼마 전 삼청교육대에 끌려갔다온 사람인데, 그 지독한 훈련과 엄격한 교육, 쉴 틈 없는 노동에 시달리고도 인간이 되지 않았다. 오히려 삼청교육대 경력은 패악을 일삼는 좋은 이력으로 작용했다. 그는 공짜 술을 마실 때, 이웃과 시비가 붙을 때, 일이 제 맘대로 풀리지 않을 때, 이웃집의 열린 대문 안을 기웃거리다가 주인과 눈이 마주쳤을 때 으레 삼청교육대 이야기를 꺼냈다.

'뭘 봐? 아니꼽다, 이거야? 이것들이 진짜 매운 맛을 봐야겠네? 나 벌써 죽은 사람이야. 당장 죽어도 겁날 게 없어. 씨바, 오늘 다 같이 죽자고!'

그가 칵 퉤! 하고 침을 뱉으며 달려들면 사람들은 자신이 잘못했다며 서둘러 사과하고 꽁무니가 빠지게 달아났다. 그러나 그의 시빗거리라는 것은 하잘것없는 것이었고, 때문에 백날 시비를 걸고 싸워봐야 남는 것은 별로 없었다. 하는 짓이 하도 꼴같잖아 동네 사람들이 사과하거나 양보했지만, 결국 일은 이치대로 돌아가기 마련이었고, 그는 하릴없이 싸움질만 하는 인간에 불과했다. 말하자면 그는 욕이 튀고, 피가 튀고, 침이 튀고, 고성과 주먹이 난무하는 싸움에서 늘 이겼지만, 싸움이 끝난 뒤 남은 것이라고는 욕바가지밖에 없었다.

그가 삼청교육대에 끌려간 것은 서슬 퍼런 시대의 폭압이 아니라, 그 좋은 제도를 이용해 자식을 인간 만들어보려는 아버지의 소박한 뜻이었다. 집안일을 돕기는커녕 늘 말썽을 일으키고 싸움을 일삼는 바람에 참다못한 그 아버지가 '제발 인간 좀 만들어달라'고

직접 지서에 고발했고, 실적에 목말라 있던 경찰들이 그날 밤 들이 닥쳐 잡아간 것이다. 막상 아들이 경찰들 손에 붙들려 갈 때 아버지는 '그런 뜻은 아니고, 그저 겁만 좀 주고 싶었다'고 말했지만 경찰들은 막무가내였다. 그러나 두 달쯤 지나 큰아들이 무사히 교육을 마치고 돌아왔을 때 아버지는 냉담했다.

'벌써 온 겨?'

아들이 끌려가지 않으려고 발광하며 잡혀갈 때는 다소 불쌍한 생각이 들기도 했지만, 막상 아들이 돌아오고 보니 그놈이 없는 동안 누렸던 높은 생활의 질과 고요와 평화가 깨진 것이 못내 아쉬웠기 때문이다. 아들은 출소하자마자 술을 마셨는지, 동네에 도착했을 때 이미 취해 있었는데, 벌건 얼굴에 상욕을 달고 동네 구석구석을 헤집고 다녔다. 마을로 돌아온 지 두 시간도 지나지 않아 온 동네 사람들이 그의 귀향을 알았다. 그날 밤 그는 제 아버지를 열두 번쯤은 죽여놓을 만큼 길길이 날뛰었는데, 그 집 어머니가 아들 앞에 무릎을 꿇고 싹싹 빈 덕분에 아버지는 목숨을 부지할 수 있었다.

낮이고 밤이고 그의 악다구니는 그칠 때가 없었고, 봄이고 여름이고 계절을 가리지도 않았다. 지나가는 여자라면 여고생이고 임신부고 중년의 아줌마들 가리지 않고 희롱했다. 제 마음대로 30점, 50점, 빵점 따위로 점수를 매기거나 손목을 잡아끌었고, 반항하면 입에 담을 수 없는 욕지거리와 함께 주먹을 휘둘렀다. 무릎이 튀어나오고 고무줄이 늘어난 추리닝을 입고 골목에 쪼그리고 앉아 담배를 피우다가 겨우 열 살 남짓한 초등학생이 아껴가며 먹고 있는

과자를 봉지째 빼앗기도 했다. 아이가 과자를 빼앗기지 않으려고
악을 쓰거나 울면 가차 없이 주먹을 휘두르거나 욕을 해댔다.

'도대체 요즘 애새끼들은 경우가 없어. 이 자식아, 이 따위 과자
좀 나눠 먹는 게 그렇게 아깝냐? 아까워? 그러고도 니가 인간이냐
이 새끼야? 어? 이 인정머리 없는 새끼야. 네 에미는 너 같이 싸가
지 없는 놈 낳고도 미역국을 처먹었다냐? 뭘 쳐다봐, 이 싸가지 없
는 새끼야.'

세월이 지나 민주화가 되고 삼청교육대에 잡혀간 사람들 중 일
부가 정치적인 이유로 억울하게 탄압을 받았다는 사실이 드러나면
서, 그 놈팡이는 자신도 억울하게 정치적 박해를 받았다고 주장하
기 시작했다. 한동안 이런저런 모임에 나가 시위를 벌이기도 하고
서명을 하기도 했지만, 딱히 보상을 받거나 별다른 이익을 챙긴 것
같지는 않았다.

그는 온 동네가 인정하는 잡범이었음에도 스스로 잡범이 아니
라 정치범이고 싶어 했다. 아버지가 직접 지서에 고발해 잡혀갔음
에도 독재정권의 탄압을 받아오던 중 비밀경찰에 체포된 사람이고
싶어 했다. 비록 법적으로 정치범 지위를 확보하는 데 성공한 것은
아니지만, 그는 자신을 결단코 정치범으로 분류했고, 텔레비전에
서 정치적 문제나 민주화와 관련된 뉴스가 나올 때마다 혀를 차며
이 나라의 장래를 걱정했다.

'대체 어쩌자는 거야? 언제까지 이 따위로 세상이 굴러가야 하
는 거야. 사람이 사람을 이렇게 대접할 수는 없는 거 아니야. 이런

대접을 받고도 어떻게 우리가 사람이라고 할 수 있겠어. 짐승이라도 이렇게 대접할 수는 없는 거 아니야. 대체 이 나라의 젊은 놈들은 뭘 하고 자빠져 있는 거야. 민주주의가 그저 오는 거야? 다들 불같이 일어서서 죽기를 각오하고 싸워야 할 거 아냐. 확! 씨바 이 드런 세상을 뒤집어엎어야 하는데.'

젊은 시절부터 몸뚱이를 엉망으로 놀린 탓에 그는 겨우 사십 중반의 나이임에도 종일 기침을 쏟아내며 죽을 날을 기다리는 신세가 되고 말았다. 그 안쓰러운 몰골에 그의 늙은 어머니가 혀를 끌끌 차며 걱정하는 말이라도 건넬 때면 '나라가 민주화되고 사람 사는 세상이 될 수만 있다면 내 한 몸이야 어찌되어도 상관없다. 내 희생은 한 알의 밀알로써 가치 있다'며 정말 지나가는 개가 들어도 웃을 어처구니없는 말을 지껄여댔다. 그리고 이번에는 나오지도 않는 기침을 쿨럭쿨럭 억지로 뱉어내며 자리에 드러눕곤 했다.

얼마 뒤 우리 가족이 다른 동네로 이사했기 때문에 그 놈팡이의 최후에 대해서는 들은 바가 없다. 굳이 그 놈팡이 이야기를 꺼내는 것은 내가 전주 교도소에서 만난 한 노인에 대해 이야기하고 싶어서다. 두 사람은 일면식도 없었고, 지은 죄도 달랐고, 각자가 감내해야 할 치벌도 달랐다. 그럼에도 두 사람 사이에는 상당한 공통점이 있었다. 그래서 둘 중 어느 한 사람에 대한 기억이 떠오르면 자연스럽게 다른 한 사람도 연상되곤 했다.

형이 확정되고 내가 감방에 들어갔을 때 장세달은 그 방의 여섯 명 수감자 중에 나이가 가장 많았다. 형이 확정되기 전까지 나는 경기도 의왕의 서울 구치소에서 석 달 가량 지냈다. 그때까지만 해도 내가 실형을 살게 될 것이라고는 생각하지 않았다. 전과가 없었고, 월급이야 많지 않지만 분명한 직장이 있었고, 내게 씌워진 사기 혐의 역시 납득할 수 없는 구석이 있었다. 그래서 나는 재판을 받고 집행유예 정도로 풀려날 것이라는 기대를 품고 지냈다. 나름대로 앞으로 돈을 회수하고, 새 사업을 시작할 계획을 짜느라 구치소에서 석 달가량을 보내는 동안에도 그다지 지겹다는 느낌은 없었다. 오히려 채권자나 관련 업계 사람들에게 더 이상 시달리지 않아도 되니 다행이라는 생각이 든 적도 있었다.

재판을 기다리며 구치소에 수감돼 있던 시절 나는 주변 사람들과 이야기를 거의 나누지 않았다. 그들 중에 몇몇은 재판을 받고 풀려나겠지만 대부분은 뻔했다. 죄를 지었으니 잡혀온 것이고, 그에 합당한 처벌을 받는 것이라고 생각했다. 나는 그 따위 질 나쁜 놈들과 어울리고 싶지 않았다. 행여나 얼마간 대기 중이던 구치소에서 알고 지냈다는 이유로 밖에 나가서까지 질긴 인연의 고리에 엮이고 싶지는 않았다.

서울 중앙 지방법원에서 형이 확정되고, 법정 밖으로 나와 대기 중인 경찰 버스에 오르기 위해 걸어가던 중에 나는 주저앉아 울어버렸다. 다 큰 남자가 포승줄에 묶인 채 쪼그리고 앉아 우는 꼴은 볼만했을 것이다. 나는 체면을 아는 사람이고, 사람들 앞에서 눈물 따위를 보일 만큼 어린 나이가 아니었다. 내 인생에 대해 누군

가에게 동정을 구걸할 만큼 어리석은 인간도 아니었다. 법정 밖에
는 구경꾼들도 꽤 많았고, 변호사 사무실 직원들도 많이 나와 있었
다. 그러니 나는 그때 쪼그리고 앉아 울어서는 안 되었다. 그러나
실형이 확정되는 순간 온몸에 힘이 빠지고, 흐르는 눈물을 주체할
수 없었다. 그 순간 헤어날 수 없는 절망에 빠졌고, 세상에 태어나
서 그날만큼 철저하게 버려졌다는 걸 느껴본 적은 그 전에도 그 이
후에도 없었다. 하늘이 무너진다는 표현을 쓴다면 바로 그런 날 써
야 할 것이다.

햇빛이 유난이 빛나던 그 따뜻한 봄날에 그처럼 처참한 처분을
받았다는 사실은 그 뒤로도 오랫동안 상처로 남았다. 어떻게 나를
그처럼 흉악한 범죄자들과 하등 다를 바 없이 처분할 수 있었다는
것인지, 아니 그처럼 흉악한 범죄인들은 갖가지 사연을 참작해 무
죄나 집행유예 처분을 받는데, 그들에 비하면 선량하기 짝이 없는
나는 어째서 그처럼 차가운 대접을 받아야 한다는 말인지, 그야말
로 참담했다.

등 뒤에서 쿵 소리와 함께 철문이 닫혔을 때 나는 어디로 가서
앉아야 할지 몰라 쭈뼛거렸다. 아무 데나 빈자리에 앉아도 되는 것
인지, 아니면 소문에 듣던 것처럼 이름과 죄복과 형량을 밝히고,
노래라도 한 곡 부르는 신고식을 거쳐야 하는지 몰라 난처했다. 잠
시 동안이지만 그런 난처한 처지에 놓이고 보니, 내 인생이 처량하
고 서글프기 그지없었다. 하마터면 또다시 눈물이 쏟아질 뻔했는
데, 가까스로 억눌렀다.

엉거주춤 서 있는 나를 불러 앉힌 사람은 나를 포함해 일곱 명의 우리 방 수감자 중에서 가장 나이가 많아 보이는 장세달이었다. 머리가 하얗게 센 그는 사람 좋아 보이는 얼굴이었다. 저런 인상을 가진 사람은 대체 무슨 죄를 지었기에 이 좋은 봄날에 이 어두컴컴하고 좁은 감방에서 인생을 소비해야 하는지 궁금할 정도였다. 하지만 그는 사람 좋아 보이는 얼굴과 달리 회사 동료인 여직원을 강간 살해하고, 고향 친구이자 자신이 다니던 회사의 사장인 사람의 머리를 돌로 수차례 때려 살해한 흉악범이었다. 죄질이 나쁜데다 반성의 기미가 없어 1심에서 사형을 선고받았으나, 항소심에서 무기징역으로 감형됐다고 했다.

나중에 들어서 안 일이지만, 항소심 재판부의 판결문이 웃겼다고 했다. 죄질이 상당히 나쁘고 끝까지 거짓말로 일관하는 등 반성의 기미가 없는 점을 고려할 때 극형에 처한 1심의 판결은 적당하나, 사람이 사람의 목숨을 끊는 형벌을 가하는 것은 옳지 않다는 재판부의 소신에 따라 사회에서 영원히 격리하는 '무기징역형'에 처한다고 했다. 죽여야 마땅하지만 판사 자신의 손에 피 묻히기 싫다는 우스꽝스럽고, 어찌 보면 법이 아니라 판사 개인의 소신에 의한 판결이었다.

나는 장세달 씨 옆에 다소곳이 앉았다. 알고 보니 그는 하얗게 센 머리 만큼 나이가 많지는 않았다. 이제 오십 중반인데, 누가 봐도 육십을 넘긴 사람처럼 보였다. 낯빛에 생기라고는 찾아볼 수 없었는데, 그런 점이 더 나이 든 사람처럼 보이게 했다. 중형을 선고

받은 흉악범들은 오랜 수감 생활에도 눈빛만큼은 반질반질하고, 얼굴에 여전히 살의를 띠기 일쑤다. 장세달은 달랐다. 낯빛에 마음이 드러난다는 말이 맞다면, 적어도 그의 마음은 수더분하고 온건한 사람이 분명한 것 같았다.

어쨌거나 장세달은 어딘가 비루한 구석이 있어 보였지만 첫인상이 나쁘지는 않았다. 누군가가 신입 수감자에게 신고식에 관한 처분을 내린다면, 그의 처분이 가장 온건한 것일 것이라고 내심 생각했다. 그러나 장세달은 신입인 내게 신고식을 하라거나 나에 대해 묻는 대신 자신에 대한 이야기를 들려주었다.

"내가 초등학교 다닐 때 반장을 세 번이나 했지. 2학년, 3학년, 6학년. 공부도 잘하고, 키도 큰 편이고 그때만 해도 내가 인물도 좋았거든."

장세달은 결코 큰 키가 아니었고, 백번 양보해도 좋은 인물이라고 할 수는 없었다. 물론 초등학교 시절에는 또래에 비해 키가 크고 인물도 훤했을 수도 있겠지만, 현재 모습으로는 좀처럼 상상이 가지 않았다. 내 미심쩍어하는 눈치가 마음에 안 들었던지 장세달은 자신이 반장이 될 수밖에 없었던 이유를 덧붙였다.

"뭐 사실을 말하자면 당시 내가 반장이 되었던 건 순전히 우리 부모님 빽 덕분이라고 할 수 있어. 우리 집이 부자였지. 그때만 해도 카스텔라를 구경조차 못 한 애들이 태반이었거든. 하지만 우리 집에는 그런 고급 과자나 빵이 넘쳤어. 학기 초에 붉은 장미가 그려진 하얀 에이프런을 허리에 두르고 나타난 우리 어머니가 고급

카스텔라를 아이들한테 쫙 돌리고 나면 반장 선거 따위는 해보나 마나였어. 아이들이 너도나도 나를 추천하겠다고 손을 들고, 난리도 아니었어."

그러면 그렇지. 사람이 아무리 자라면서 변한다고 해도 장세달의 얼굴에서 묻어나는 느낌으로 볼 때 공부를 잘했다거나, 인물이 훤칠했다는 말은 고양이도 잘 먹고 열심히 노력하면 호랑이가 된다는 말 만큼 터무니없어 보였다. 당시 아이들에게 카스텔라라면 누구라도 반장으로 옹립하고 남을 유혹이었을 것이다.

카스텔라 이야기를 하면서 장세달은 '에이프런 알아? 에이프런, 앞치마라고들 하는데, 아줌마들이 밥할 때 걸치는 앞치마하고는 차원이 다른 거야'라고 말했다. 붉은 장미가 그려진 하얀 에이프런을 걸친 그의 어머니는 상상만으로도 고운 여자 같았다. 아름다운 얼굴에 허리에는 하얀 에이프런을 두른 어머니를 이야기할 때 그의 얼굴에는 정말 하얀 미소가 번졌다.

장세달이 내게 들려준 첫 번째 이야기는 자신의 초등학교 3학년 때 같은 반 급우 중에 고아원에 사는 송기두라는 아이를 괴롭힌 이야기였다. 그는 그 친구를 생각하면 지금도 뜨거운 양심의 가책을 느낀다고 했다. 어릴 때는 철이 없어 몰랐고, 잠 못 이루는 양심의 가책이 시작된 것은 스무 살 무렵부터였는데, 그 뒤로는 약한 사람이나 불쌍한 사람을 보면 공연히 잘해주고 싶고, 도와주고 싶고, 하다못해 따뜻한 말이라도 한마디 건네야 마음이 편했다고 했다. 잘못된 과거를 반성하는 의미에서 스무 살이 지날 무렵부터는 양심에 어긋나는 짓은 하지 않으려고 무던히 애를 썼다는 말도 했다.

"그때는 반에 한두 명 씩 고아원 아이들이 있었어. 보살펴주는 부모가 없으니 입성이 초라하고, 성적도 형편없었지. 선생님들도 고아원 아이라면 일단 무시했어. 꾸중하지 않아도 될 것을 꾸중하고, 한 대 때리면 될 것을 두 대나 세 대 때렸지. 그때는 그런 시절이었으니까. 선생님이 때리면 맞는 거지. 늘 맞는 놈은 잘해도 맞고, 못해도 맞았어. 이유가 어디 있어. 공연히 미운 것만큼 더 확실한 이유도 없었고 말이야. 고아원 아이들도 그런 차별적인 대우를 당연한 것으로 받아들였어. 그도 그럴 것이 늘 학습 준비물도 부족하고 공부도 못하고 지켜줄 부모도 없으니 기가 죽었던 것도 사실이고. 3학년 때 송기두는 하필 내 바로 앞자리에 앉아 있었어."

장세달은 반장이었다. 반장이라고 하지만 역시 어린아이였고, 그래서 짓궂은 장난을 치기 일쑤였다. 한창 수업 시간에 그는 앞에 앉아 있는 송기두의 등을 연필로 쿡쿡 찔렀다. 심심풀이로 찔렀는데, 자꾸 찔러대자 그 고아원 아이가 더 이상 참지 못하고 선생님께 일러바치고 말았다. 힘으로 상대할 수 있었다면 선생님께 일러바치지 않고 쉬는 시간에 한판 붙자고 했을 것이다. 그러나 힘도 없고 기가 죽어지내던 고아원 아이의 유일한 피난처는 선생님이었다.

"선생님 세달이가 연필로 내 등을 자꾸 찔러요."

꼬마 장세달은 난감했다. 장난 좀 친 걸 가지고 설마 선생님께 일러바칠 줄은 몰랐던 것이다. 반장 체면이 구겨진 것은 물론이고, 자칫하다가는 담임선생님의 솥뚜껑 같은 손바닥을 두 뺨으로 맞이해야 할 지경이었다. 그날따라 아침부터 유난히 신경질적이던 담임 선생님은 '오냐, 너 잘 걸렸다'는 듯 쥐고 있던 분필을 내려놓았다.

"이 자식, 반장이란 놈이 급우를 괴롭혀? 앞으로 튀어나와!"

꼬마 장세달은 선생님의 명을 받들어 벌떡 일어나 튀어나가는 대신 임기응변의 기지를 발휘했다.

"아닙니다, 선생님. 기두가 수업 중에 자꾸 떠들어서 제가 주의를 좀 줬습니다."

그날 선생님의 솥뚜껑 같은 손바닥 세례를 온몸으로 맞이한 사람은 장세달이 아니라 고아원 아이 송기두였다. 송기두는 울먹이며 항변했지만 통할 리 없었다. 송기두의 항변은 뻔뻔스러운 변명으로 치부됐고, 그러지 않아도 화가 나 있던 담임선생님은 실컷 화풀이를 했다. 불행하게도 선생님은 화를 풀기 위해 때리기 시작했는데, 때릴수록 화가 더 치밀어 그날의 폭행은 수업 마침종이 칠 때까지 내내 이어졌다.

폭행이라고 해도 조금도 지나치지 않을 정도로 그날의 처벌은 가혹했다. 송기두가 억울한 누명을 썼다는 점을 고려하면 더욱 그랬다. 솥뚜껑 세례를 견디지 못한 송기두가 쓰러졌을 때 선생님은 발길질까지 해댔다. 또래들에 비해 몸집이 작았던 송기두는 무지막지한 선생님의 발길질에서 제 몸을 지키기 위해 그 작은 몸을 오그린 채 꿈쩍도 하지 않았다.

장세달은 선생님이 그렇게까지 심하게 처벌하리라고는 생각하지 못했다. 상황이 그 지경이 되자 교실은 쥐 죽은 듯이 고요했고,

장세달이 먼저 장난을 치기 시작한 것을 처음부터 보았던 짝꿍도 감히 진실을 이야기할 수 없었다. 아이들은 다만 그 무섭고 끔찍한 폭력의 시간이 끝나기를 기다리는 수밖에 달리 할 수 있는 일이 없었다.

억울하게 그 모진 폭력의 희생자가 됐지만 송기두는 어쩌지 못했다. 수업이 끝났을 때 송기두는 부어서 벌건 눈과 터진 입술로 장세달을 한번 노려보며 울먹였을 뿐이다. 송기두는 억울함을 호소했을 뿐 복수할 엄두를 내지 못했다. 아직 철이 없던 장세달은 그저 싱긋 웃고 말았다. 미안한 마음이 없었던 것은 아니지만, 그 끔찍한 폭력을 목격하고 보니 송기두가 자기 대신 매를 맞았다는 사실이 다행스럽기까지 했다. 더 나아가 '네가 수업 시간에 집중 안 하고 딴생각하니까 내가 주의를 주기 위해 찔렀잖아'라고 자기 행위를 합리화해버렸다.

세월이 흘러 스무 살 무렵이 되었을 때 장세달은 그날 그 사건을 불현듯 기억해냈고, 뜨거운 죄의식에 휩싸이고 말았다. 시간이 지나도 죄의식은 사라지지 않았고, 오히려 견고해졌다. 그 친구를 만나 무릎을 꿇고 진심으로 사과하지 않으면 편안한 마음으로 죽을 수도 없을 것이라고 했다.

"어떻게 그런 짓을 했는지 몰라. 내가 정말 죽일 놈이야. 그 사건을 생각하면 요새도 잠이 안 와."

"초등학교 3학년이면 아직 어린아이잖아요. 그럴 수도 있지요."

"아니야, 아무리 어린아이라지만, 그럴 수는 없어. 사람의 탈을 쓰고 그렇게 할 수는 없었어. 정말이지 부끄럽고 죄스러워서 숨을 쉬기도 어려울 때가 있어. 행여 내가 살아서 여기를 나간다면 만일을 제쳐두고 그 친구를 찾아가서 용서를 빌 걸세. 몇날 며칠이고 무릎을 꿇고 빌어야지."

전주 교도소에서 수형 생활을 시작한 그날부터 1년 8개월 뒤 출소할 때까지 나는 장세달의 인생에 대해 다섯 번이나 같은 이야기를 들었다. 물론 초등학교 시절 송기두와 얽힌 이야기는 맛물에 불과했다. 송기두를 시작으로 장세달의 이야기는 끊임없이 이어졌다.

장세달이 거품을 물고 강조했던 이야기는 성인이 된 뒤에 저지른 살인, 그러니까 그가 이 어둡고 좁은 교도소에 갇히게 된 사연에 관한 것이었다. 그가 자랑이랄 것도 없는 초등학교 시절 송기두와 얽힌 이야기를 꺼냈던 것도 성인이 된 뒤 저질렀던 살인에 대한 자신의 입장을 밝히기 위한 것이었다. 말하자면 자신은 어린 시절 고아원 아이에게 누명을 씌워 처벌을 받게 한 죄책감에 휩싸여 늘 반성하는 자세로 살았으며, 결과적으로 살인이라는 끔찍한 죄를 지었지만 그 동기는 결코 사악하지 않았다는 나름의 해명이었다.

책에 쓰인 대로 읽는 것이 아니었으니 장세달의 이야기는 할 때마다 조금씩 달라졌는데, 대충의 얼개나 결론은 비슷했다. 다만 그 이음새나 사건의 동기는 날이 갈수록 세련되어졌고, 멋있게 각색되어졌다. 살인죄를 저질렀다는 결과에는 차이가 없었지만 그 동기를 생각하면 참 안됐다는 생각도 들었다. 몇 번이나 그 안쓰러운

이야기를 듣다보니 과연 무기징역형이 장세달에게 합당한 처벌인
가 싶은 의구심이 들기도 했다.

　같은 방에서 나와 1년 8개월을 지내는 동안 장세달을 면회 오는
사람은 없었다. 편지도 없었고, 돈을 부쳐오는 사람도 없었다. 그가
얼마나 흉악한 죄를 지었기에 가족들마저도 그를 외면하는지 모를
일이었다. 어쩌면 하얀 에이프런을 허리에 두르고 카스텔라를 굽
던 그의 어머니는 일찌감치 세상을 떠나버린 것인지도 몰랐다.

　장세달은 고향 친구이자 자신이 근무하던 섬유 회사의 사장과
동료 여직원을 강간하고 살해한 죄로 무기징역형을 선고받고, 22
년째 복역 중이었다. 그는 살인죄를 인정하면서도 살인의 동기에
대해서는 당당했다. 나라도 그런 순간에 직면했더라면 장세달과
꼭 같은 짓을 저질렀을지도 모른다는 생각이 들기까지 했다. 물론
사법부가 충분히 조사하고 판단했을 것이니 동기의 순수성을 주장
하는 장세달의 혓바닥이 얼마나 정직한지는 알 수 없다. 진실 여부
를 떠나 장세달은 신입 수감자가 들어올 때마다 끊임없이 자신이
살인을 저지르게 된 배경을 설명했고, 그와 한방을 썼던 수감자들
은 '장세달은 죄질에 비해 가혹한 처벌을 받았다. 흉악 범죄를 저
질렀더라도 그 동기를 참작했어야 했다'고 생각하기 일쑤였다. 그
렇다고 장세달의 이야기가 어떤 의도를 갖고 있는 것처럼 보이지
는 않았다. 그는 '무기징역형'을 선고받았고, 그가 변명을 하고, 동
기를 밝힌다고 하더라도 그의 징역살이에 영향을 미치는 일은 없
을 것이다. 그 스스로도 딱히 감형을 기대하는 것 같지는 않았다.

그는 억울하다고 주장하는 다른 수감자들처럼 반성문을 쓰거나, 사건의 전말을 써서 재심을 원하는 탄원서를 내지도 않았다. 그는 다만 진실을 말하고 싶을 뿐이라고 누누이 강조했다.

"사장은 한마을에서 자란 죽마고우였어. 자라면서 한두 번 안 싸운 것은 아니지만, 우리는 사이가 아주 좋았지. 술을 한잔 마실 때는 네 것 내 것을 구분하지도 않았어. 우리가 뜻을 모아 함께 술을 마시는데 돈 따위가 문제가 되지는 않았지. 의리와 체면을 아는 사나이들끼리 뜻이 중요하지 돈이야 아무려면 어떻겠나? 내가 친구들에게 말했지. 모두 주머니 탈탈 털어내자. 한두 푼 더 많이 내고 적게 내는 데 대해 벌벌 떨거나 불만 터뜨리는 좀팽이가 되지는 말자고 말이야."

장세달의 고향 친구는 일찌감치 대처로 나가 섬유 공장에 취직했고, 결국에는 섬유 회사의 사장이 됐다. 비록 아주 적은 자산과 엄청나게 많은 빚을 떠안은 채로 인수한 회사였지만 산골 벽촌 출신에 불알 두 쪽만 차고 대처로 나가 사장인 된 것은 출세라도 큰 출세였다. 섬유 회사를 인수한 친구는 일부러 고향으로 장세달을 찾아왔다.

"이보게 세달이, 자네가 날 좀 도와줘야겠어. 눈 감으면 코 베어 가는 세상이야. 아니지 눈을 뜨고 있어도 코를 베어가고, 눈알을 뽑아가는 세상이 아닌가. 어렵게 인수한 회사야. 빚이 산더미야. 나는 이 회사를 반듯하게 키워보고 싶어. 대한민국 최고의 섬유 회사, 아니 세계 최고의 섬유 회사로 키우고 싶네. 못할 것도 없지 않은가. 그러자면 믿고 의지할 사람이 있어야 해. 내게 부모 형제가 있나, 돈이 있나, 그렇다고 남들처럼 배운 게 있나. 믿을 것은 이 몸뚱이와 고향 친구인 자네뿐일세.”

그렇게 해서 장세달은 대처로 나갔다. 고향에서 농사나 짓는 세월보다 대처로 나가 월급쟁이 노릇하는 것이 더 낫기도 했지만, 고립무원, 사면초가에 몰린 친구의 간곡한 부탁을 외면할 수 없었다.

어제까지 논밭에서 삽질을 하던 장세달은 하루아침에 직원이 서른여섯 명이나 되는 섬유 공장의 생산 부장이 되었고, 미친 듯이 일했다. 직원들은 2교대로 근무했지만 부장인 그는 혼자서 주야간 반을 모두 통솔했다. 그렇다고 월급을 두 배로 받은 것은 아니었다. 월급 한두 푼 많고 적음에 연연해 하지 않았다. 벽촌 출신으로 대처로 나가 섬유 회사를 인수하고, 대한민국 최고의 회사로 키워 보겠다는 친구를 돕는 것이 사나이 장세달의 목적이었다. 잠이 좀 부족하면 어떻고, 몸이 좀 상하면 어떤가. 월급이 적은들 또 어떤가. 친구를 도와 한국 최고의 섬유 회사, 세계 최고의 섬유 회사를 만들 수 있다면 그 정도 희생쯤은 각오해야 하지 않겠는가 말이다. 그것은 친구를 향한 우정이자 산골 벽촌 고향의 낯을 세우는 애향심이었으며, 우리나라 대한민국을 사랑하는 우국충정이었다. 거창하게 들릴지 모르지만, 장세달은 진정 그런 마음으로 부지런히 일했다.

사장인 고향 친구는 회사 안에서 깍듯한 상하관계를 요구했다.

얼마든지 이해할 수 있었다. 회사는 코흘리개 시절 죽마 타고 놀던 고향의 뒷동산이 아니며, 친구와 자신은 산업 일선에서 빗발치는 총탄에 맞서 싸우는 전사였다. 상하관계를 분명히 하고, 위계를 세우는 것은 당연한 말이었다. 그렇지 않고서야 서른여섯 명이나 되는 남녀 직원을 통솔할 수 없지 않겠는가.

"보통 사람이라면 한번 친구는 영원한 친구네, 어쩌네 주접을 떨며 사장한테 맞먹으려 들었을지도 몰라. 하지만 나는 그렇게 하지 않았어. 비록 우리 둘이서 소주잔을 기울일 때는 격의 없이 이야기를 나누더라도 공장 안에서는 철저하게 사장님으로 예우를 했지. 우리는 사적인 관계로 노닥거리기 위해 모인 사람이 아니라 한국의 산업을 짊어지고, 총탄이 빗발치는 전선에서 돌격 중인 용사들이니까 말이야."

장세달은 친구의 이상을 높이 평가했고, 그런 점에서 다소 무리해 보이는 친구의 사업 추진 방식도 적극적으로 지지했다. 거기에는 사장한테 고용된 사람이니 사장의 방침을 따라야 한다는 일반적인 의무감이 작용했다. 그러나 그보다 그는 진실로 사장의 운영 방침을 지지했다. 쥐뿔도 없는 회사를 반석 위에 올려놓자면 다소 무리를 해야 하고, 일견 편법으로 보이는 방식도 받아들여야 했다. 그런 추진력과 편리를 취한 덕에 회사의 사정이 날로 나아지고, 월급이 조금씩 오른 것도 사실이었다. 파산 위기에 몰려 있던 회사는 두 사람의 노력으로 정상을 되찾아가는 중이었다.

사장은 근면하고 검소했다. 가죽 허리띠의 구멍이 늘어져서 두

개가 하나로 합해질 때까지 허리띠를 바꾸지 않았다. 밑창이 닳아 너덜너덜하게 해진 구두를 마다않고 신었고, 무릎이 튀어나온 혼방 양복바지를 당당하게 입었다. 눈이나 비가 오는 날이면 해진 신발 밑창으로 물이 스며들어 양말이 푹 젖었지만 사장은 개의치 않았다.

"고향에서야 맨발로도 뛰어다니지 않았나. 이쯤이야 아무렇지도 않네."

장세달이 새 구두를 하나 장만하라고 권유하면 사장은 싱긋 웃기만 했을 뿐, 낡은 구두를 버리지 않았다. 사장은 검소했지만 독단적이었다. 자신이 세운 목표를 향해 달려가느라 주변 사람들의 지친 얼굴, 피로에 절은 표정을 돌아보지 않았다. 그는 직원들도 자신과 마찬가지로 검소하고 근면하며, 창의적이기를 요구했다.

세상에는 많은 종류의 사람이 있고, 그중에는 기계적으로 출근하고 퇴근하고, 습관처럼 일하고 월급 받기를 바라는 사람들도 있을 수 있음을 인정하려 들지 않았다. 더 많이 일하고 더 많은 월급을 받기보다 적게 일하고 적은 월급을 받기를 바라는 사람이 있다는 사실을 알지 못했다. 세상에는 가능한 적게 일하고 많은 월급을 받고 싶어 하는 파렴치한 사람들이 널려 있다는 사실을 받아들이려 하지 않았다.

그는 낭비와 나태를 악으로 규정하고 경멸했다. 나무라는 것으로 개선되지 않으면 가혹하게 처벌했다. 사람은 기계가 아니라고 항변하는 직원에게 '기계가 아니라고? 그럼 사흘을 굶은 뒤에도 네놈 몸뚱이가 작동하는지 어디 보자'며 쏘아붙이기도 했다. 기계나 사람이나 먹어야 살고, 먹어야 작동하며, 먹기 위해서는 일해야 한다고 야멸치게 몰아붙였다.

사장은 걸핏하면 직원들을 폭행하고 폭언을 퍼부었다. 재봉틀이나 직기가 고장 나는 것은 낡은 기계 탓인데도 여공들을 나무랐다. 서너 달씩 임금을 체불하는 것은 예사였고, 네댓 달 임금이 밀리면 두 달 치만 지불하고 나머지는 회사 형편이 나아지면 주겠다고 말하고는 슬그머니 뭉개버리기도 했다. 부당한 처사가 이어졌지만 누구 한 사람 말을 꺼낼 수 없었다. 그에게 노동조합이나 근로자의 인권 따위는 안중에 없었다. 그의 눈에는 오직 반석 위에 오른 회사의 미래만 보였다. 그런 까닭에 그는 옆도 뒤도 돌아보지 않고 오직 앞만 바라보며 달렸다.

"몇 번이나 말을 했지. 공장 안에서야 하늘처럼 높은 사장이지만 우리는 죽마를 함께 타고 놀던 어린 시절의 고향 친구였으니까 말이야. 나는 할 말이 있으면 사장 앞에서 당당하게 이야기를 했을 뿐, 남들처럼 뒤에서 불평을 터뜨리거나 불만을 토로하는 사람은 아니었어. 비록 사장이 명백하게 잘못을 저지르거나 부당한 대우를 하더라도 그만한 사정이 있을 것이라고 이해하려고 노력도 했다네. 어린 시절 친구였으니까. 믿을 사람 하나 없는 대처에서 사장이 믿을 사람이라고는 나 말고 없었으니까, 나마저도 다른 직원들과 똑같은 잣대로 사장을 평가할 수야 없지 않았겠나. 하지만 내 그런 진심은 친구인 사장한테도, 직원들한테도 통하지 않았어. 직원들은 나를 '측근'이니 '친위대'니 '끄나풀'이니 '사장의 개'니 하는 말로 수군거리곤 했어. 몇몇 늙은이들은 내가 있는 자리에서는 아예 사장에 대해 말을 꺼내지도 않았지. 사장을 험담하다가도 내가 나타나면 입을 다물어버리거나 딴전을 피웠지. 섭섭했지만 어쩌겠나. 그것도 또한 내가 짊어져야 할 내 몫의 짐이 아니었겠나?"

장세달은 자신의 진심을 알아주지 않는 직원들이 무심하다고 생각하지는 않았다. 사람이니까 섭섭한 마음이 없었다고 할 수는 없었다. 그렇더라도 그 섭섭한 마음이 자기 마음에 어떤 미묘한 변화를 일으켜 사장에게 직언을 하지 않는다거나, 직원들의 태도에 반감을 가져 그들을 부당하게 대우한 것은 아니라는 말이었다. 그에게는 죽마고우인 사장을 도와 회사를 한국 최고의 섬유 회사로 키우겠다는 원대하고 숭고한 목표가 있었다.

장세달이 무조건 사장의 말에 머리를 조아린 것은 아니었다. 장기적으로 회사를 반듯하게 키우기 위해서는 앞만 바라보는 사장의 추진력도 필요하지만, 그와 더불어 뒤와 옆을 바라보는 지혜로운 눈도 필요한 법이다.

장세달은 사장에게 직원들의 현실에 대해, 그들이 느끼는 솔직한 심정에 대해, 특히 그들의 불만에 대해 이야기했다. 사장이 이끌고자 하는 방향이 비록 옳다고 하더라도 직원들이 이해하지 못하고 동참하지 않는다면 모두 헛일이라고, 다른 사람이라면 결코 꺼낼 수 없는 말도 서슴없이 했다. 회사를 반석 위에 올려놓으려는 사장의 원대한 비전을 알고, 미래를 열기 위한 그 높고 숭고한 의지를 알고 있지만, 낮은 곳에 처한 직원들의 상황도 둘러볼 줄 알아야 한다고 간곡하게 이야기했다. 그의 충언에 사장은 탁자를 쾅 두들기며 고함을 질렀다.

"대체 지 놈들이 뭐가 불만이란 말이야? 누구 덕에 다달이 월급 받고 뜨뜻한 밥을 먹느냐 말이야. 그래 지 놈들 말대로 2교대를 3교대로 바꾸고, 연월차 늘이고, 보너스 꽉꽉 올려준다고 치자. 이놈의 회사가 남아날 것 같아? 좋은 거, 편한 거, 폼나는 거 누가 몰라! 지금도 근근이 버티고 있는 걸 제 놈들이 모른다는 말이야. 제놈들 두 눈으로 보고도 모른단 말이야? 회사가 망하면 제 놈들은 어느 언덕에 비빌 거야. 제깐 놈들이 어디 가서 밥을 얻어먹을 거냐고? 어? 모두가 일심으로 허리띠를 졸라매고 일을 해도 될까 말까 한 판국에 뭣이 어째? 3교대? 도대체 이것들이 생각이 있는 거야 없는 거야!"

"하지만 이대로 가다가는 직원들의 불만이 폭발하고 말……."

"닥쳐! 뭐? 불만이 폭발? 어떻게 자네 입에서 그 따위 소리가 나와. 다른 놈들이야 아무것도 모르니까 그런 말을 지껄이고 다닌다 치자. 회사 사정 빤히 아는 자네가 그런 소리를 한다는 게 말이나 돼? 그게 부장이란 작자가 할 소리야? 놈들이 모여서 쓸데없이 쑤군덕거리면 간부들이 나서서 적당히 어르고 달래고 타일러 눌러야 할 거 아니야? 대체 자네가 하는 일이 뭐야? 내가 촌무지렁인 자네를 뭣 때문에 생산 부장 자리에 턱하니 앉혀놓았는지 모르겠어? 애들이 칭얼거린다고 부장이란 사람까지 칭얼대서야 회사가 돌아가겠어? 왜 그렇게 생각이 없어?"

지나간 세월을 회상하면서 장세달은 자주 한숨을 쉬었다. 그 한숨은 긴 세월 비바람을 맞으며 깊은 계곡과 높은 산을 건너온 노인의 흐느낌 같았다. 나는 장세달의 그 깊은 한숨 소리를 들을 때마다 그가 맨발로 건너온 높은 산과 깊은 계곡을 눈앞에서 보는 것 같아 안타까웠다.

"아, 나는 정말 회사를 위해, 죽마고우인 사장을 위해, 자식들에게는 가난을 물려주지 않으려고 산골 벽촌을 떠나 대처로 나온 젊은 아버지들을 위해, 남동생의 학비를 대느라 밤을 새워가며 일하는 여공들을 위해, 새벽같이 일어나 학교가 아니라 공장으로 출근할 수밖에 없는 어린 청년들을 위해 입에 쓰지만 옳은 소리를 하지 않을 수 없었네. 난들 왜 입 안에서 살살 녹는 달콤한 말을 쏟아내고 싶지 않았겠나. 하지만 책임을 아는 남자란 그래서는 안 되는 일이네. 비록 입에 쓰더라도 삼켜야 하는 약이 있고, 독배인 줄 알면서도 비워야 하는 잔이 있는 법이네. 죽는 줄 알면서도 가야 할 길이 있고, 가고 싶어도 가지 말아야 할 길이 있다네. 내가 마땅히 가야 할 길을 묵묵히 걸어가겠다는 내 결심은 한 번도 흔들린 적이 없었다네. 그것이 내가 짊어져야 할 멍에라면 기꺼이 감수할 생각이었지. 내 한 몸이 욕을 먹어서 전체 직원들의 사기를 드높일 수 있다면, 내 한 몸 부서져라 일해서 회사를 반석 위에 올려놓을 수 있다면, 대체 내가 그 길을 마다할 이유가 없지 않겠는가. 알아, 알

아. 말이 쉽지 사람이 어디 제 한 몸 아끼지 않고 일하기가 쉬운가. 회사가 망하더라도 제 한 몸만 살자는 게 사람 마음이라는 것도 알아. 하지만 나는 그럴 수 없었네. 나는 목에 칼이 들어온다고 해도 할 말을 해야 했지. 하지만 불행히도 미래를 향해 눈을 부릅뜨고 있었던 사장은 내 말을 듣지 않았네. 그는 1억 불 수출 달성이니, 인도네시아 수출 협약이니, 전 생산 시스템 기계화니, 은탑산업훈장이니 하는 것에 눈과 귀를 집중했지. 사장은 내 말을 한 귀로 듣고 한 귀로 흘렸네. 사장은 눈이 있어도 보지 못했고, 귀가 있어도 듣지 못했네. 때때로 내 충언에 고함을 지르며 재떨이를 집어던지기도 했어. 그러나 나는 물러서지 않았네. 그대로 뒀다가는 앞에서 벌고 뒤로 잃는 상황이 불 보듯 뻔했으니까. 직원들에게 동기를 부여하지 않으면 태업을 할 것이고, 몸은 생산 현장에 와 있어도 마음은 콩밭에 가 있으니 능률이 오를 리 없지 않은가 말이야. 나는 회사와 직원 모두를 위해 가시밭길을 맨발로 걸었네.”

이 대목에서 장세달은 두 주먹을 불끈 쥐었다. 장세달은 비록 고향 친구이지만 사장 앞에서 공손한 태도를 잃지 않았다고 했다. 또한 사장이 전권을 휘두르는 무서운 사람이지만 강건하고 책임 있는 말을 꺼내기를 주저하지 않았다. 그야말로 맨발로 가시밭길을 걷는 성자의 모습이었다.

“대체 어떤 자식이야? 어떤 자식이 그 따위 불만을 터뜨리는 거냐고?”

사장은 도대체 누가 불만을 터뜨리는지 보고하라고 했지만 장세달은 말하지 않았다. 직원들의 불만에 대해 이야기를 꺼냈던 것은 그 직원을 욕보이기 위해서가 아니었다. 회사를 좀 더 합리적으로 좀 더 건강하게 만들어 직원들의 사기를 높이고 참여를 유도해 생산성을 높이기 위해서였다. 결코 불만을 터뜨리는 직원 개인의 신상을 밝혀 그들에게 불이익을 주어서는 안 되는 문제였다. 그래서 장세달은 사장의 다그침에 침묵했다.

"이봐요, 장 부장. 거 왜 자꾸 쓸데없는 이야기를 만들어내서 분란을 일으키는 거예요? 사장님이 어떤 각오로 회사를 이끌고 계시는지 장 부장은 몰라요? 뭣 때문에 자꾸 궁시렁대는 이야기가 나오는지 나는 도무지 모르겠어요. 말이 나왔으니 말이지, 영업부 쪽에서는 1년 내내 아무 말이 없는데 어째서 생산부에서는 사시장철 불만이 나오는 거요? 그 혹시 장 부장이 괜히 뭣도 모르는 애들 부추기는 거 아니오?"

영업 부장 이철수였다. 장세달보다 두 살 아래인 그는 전문대학에서 섬유방적학을 전공한 사람이었다. 그는 걸핏하면 최종 학력이 고졸인 장세달을 무시했지만 일일이 대꾸하지 않았다. 결코 그따위 놈에게 회사 내에서 입지가 밀리거나, 학력에 주눅이 든 것은 아니었다.

"내가 말이야. 사실은 대학을 중간에 그만뒀어요. 부모님 성화에 못 이겨 대학에 가기는 했는데, 입학하고 보니까 전공이 영 적성에 안 맞는 거라. 그래서 그럴 바에야 고향에서 부모님 모시고 농사를 짓겠다고 돌아온 것이지."

"그랬군요. 전공은 뭐였는데요?"

"전공? 그 뭐 마음에도 없었던 건데 뭘……. 법대야, 법대 다녔어. 어머니는 내가 판사가 되기를 바랐거든."

아무튼 장세달은 영업 부장 이철수와 맞서지 않았다. 이길 자신이 없어서가 아니었다. 회사에 단 둘뿐인 간부로 생산 부장과 영업 부장이 다툼이나 벌인다면 회사가 돌아가지 않는다고 판단했기 때문이었다. 두 부장이 일심으로 합심해서 회사를 돌보고 사장을 보필해도 근근이 버티는 회사였다. 할 말이 왜 없었겠는가. 영업 부장의 잘못을 조목조목 따져서 기를 꺾어놓을 길이 왜 없었겠는가. 그러나 장세달은 이철수가 가하는 모욕을 오직 애사심으로 견뎌냈다. 아직은 이치와 사리를 따져 잘잘못을 밝히기보다는 일심단결로 일하는 것이 회사를 지키는 길이라고 판단했던 것이다.

장세달은 애사심으로 모든 모욕을 감내할 수 있었지만 상황은 호의적이지 않았다. 친구인 사장은 침묵하는 장세달을 의심했다. 직원들의 불만이라는 그럴듯한 가면 뒤에 숨어서 자신의 불만을 터뜨리는 것은 아닌가 하고 말이다. 피비린내 나는 구조조정, 한솥밥을 먹던 직원들을 차가운 길거리로 내모는 음모는 그렇게 뜻하지 않게 잉태했다.

"나는 말하지 않아야 했어. 함께 먹고 자고 일하던 동료들을 잘라내는 결과를 가져올 줄 알았더라면 나는 말하지 않았을 거야. 하지만 그때는 정말 몰랐다네. 사장이 그런 생각까지 하고 있다는 것을 내가 어떻게 알았겠나?"

"영업 부장 말을 듣고 보니 그렇네. 말해봐. 대체 그런 소리를 지껄이고 다니는 놈이 누구야? 설마 자네가 지어낸 말은 아니겠지?"

"사장은 하얗게 뜬 눈을 반짝이며 다그쳤지. 그 눈빛은 흡사 며칠 굶주린 승냥이의 눈빛과 같았어. 내가 잘 아는 친구의 눈빛이 아니었어. 무서워서 겁이 날 지경이었지. 우리는 날 때부터 친구였지만 그런 눈을 본 것은 그때가 처음이라네."

"말해! 대체 어떤 놈이야? 하라는 일은 안 하고 종일 불만이나 터뜨리는 놈이 대체 어떤 놈이야? 자네가 만들어낸 이야기라면 용서하지 않겠어."

"억울했지만, 나는 참을 수 있었다네. 오해를 받고 징계를 받는다고 해도 나는 개의치 않았을 것일세. 그때 나는 이미 세상이 꼭 정의의 편이 아니란 걸 알 만한 나이는 되어 있었지. 세상은 고르지 않고 때때로 선한 의도가 나쁜 결과를 낳기도 하고, 악으로 꾸민 음모가 선한 결과를 낳기도 한다는 것을 알고 있었네. 그러니 내가 욕을 먹고 처벌을 받는 것이라면 얼마든지 참을 수 있었네. 하지만 내가 입을 다물면 어떻게 될까. 내가 끝내 입을 다물면 사장은 결코 회사의 상황을, 직원들의 동요를 인정하지 않았을 것일세. 진실과 밝음이 묻히고 거짓과 어둠이 또 회사를 시배하겠지. 직원들은 아무런 불만이 없는데, 나 혼자 그런 생각을 갖고 있다고 사장이 판단해버리면 변화는 불가능하지 않았겠나? 아! 그 순간 나는 각오했네. 비록 나를 비롯해 몇 명이 징계를 받는 상황이 발생한다고 하더라도, 직원들의 분위기를, 회사의 현실을 솔직하게 전해야겠다고 말이야. 직언이란 생각만큼 쉬운 게 아니라네.”

장세달은 직원들의 불만을 자세하게 이야기했다. 처우 개선이 필요한 부분에 대해, 회사의 성과를 함께 나누는 구조에 대해, 열심히 일하고 있는 직원에 대해, 부당한 대우에 불만을 터뜨리며 태업을 일삼는 직원에 대해서도 숨김없이 이야기했다. 사장이 진실을 알고, 진실에 걸맞은 판단을 내리도록 돕고 싶어서였다. 그러나 그의 숭고한 의도와 달리 사장은 혁명이나 개선 대신 구조조정의 칼을 휘둘렀다. 어제까지 함께 일하던 동료들이 회사를 떠나야 했다. 그들은 억울하다고 호소했지만 사장은 듣지 않았다. 쫓겨나지 않은 직원들 상당수가 감봉 조치를 당했고, 6개월 동안 무임금으로 일하겠다는 각서에 서명한 사람도 있었다.

“직원들은 내가 스파이 노릇을 했다고 오해를 했네. 자기들끼리 뒤에서 몇 마디 수군댄 것을 사장에게 고해바치고, 해고당하게 했다는 것이지. 결코 그런 의도가 아니었지만 내 진실은 그렇게 묻히고 말았네.”

장세달은 눈시울을 붉혔다. 함께 일하던 직원들이 해고나 감봉 조치를 당했고, 그 과정에서 자신이 직원들의 불만을 고해바친 것으로 오해를 받았던 것이다. 누구라도 억울할 만한 일이었다.

“한바탕 구조조정이 있은 뒤로 회사는 잠잠했네. 결과적으로 회사가 이전보다 한 단계 도약한 것도 사실이라네. 사장은 비록 나를 미워했지만, 고향 친구라는 점 때문에 별다른 처벌을 하지는 않았네. 나는 그 점이 더욱 마음 아팠다네. 차라리 다른 직원들처럼 해

146

고를 당하거나 감봉 조치를 당했다면 어땠을까. 가혹한 처벌을 받아 길거리로 쫓겨났다면 내 인생은 오히려 나아졌을 것이네. 어쩌면 지금처럼 이 차가운 감방에 앉아 평생을 보내는 끔찍한 사건에 연루되지는 않았을 것일세. 구조조정 사건 뒤로 나는 말이 없는 사람이 되어버렸네. 참을 수 없는 것을 참고, 견딜 수 없는 것을 견디는 것을 내 운명으로 받아들였네. 어쩌겠나. 결과적으로 함께 일하던 동료들을 길거리로 나앉게 한 것은 내 죄였지만, 그렇다고 죽마고우를 버린다면 그 또한 씻지 못할 죄가 아니겠는가. 나는 그런 마음으로, 형벌을 견디는 마음으로 하루하루를 지냈다네. 떠난 동료들에게 속죄하는 마음으로 더욱 열심히 일을 했다네."

대규모 구조조정이 있은 뒤 회사는 성장을 거듭했다. 생산뿐만 아니라 품질 검사, 제품 관리, 사후 서비스까지 생각할 만큼 중견 회사로 성장한 것도 그 무렵이었다. 원단을 실은 트럭이 공장 마당에 도착하면 직원들이 하던 일을 밀쳐놓고 우르르 몰려나가 요란하게 원단을 나르던 풍경은 사라지고, 지게차가 민첩하게 원단을 창고로 날랐다. 직원들이 늘어나면서 여상을 갓 졸업한 경리 아가씨가 손으로 월급을 세어서 주던 체계는 막을 내렸고 중견 기업에 걸맞은 반듯한 경리부가 신설됐다.

생산부와 영업부만 존재하던 회사에 이제 생산이나 판매와 직접 관계없는 지원 부서가 생겨났던 것이다. 지원 부서가 생겼다는 것은 그만큼 회사 규모가 커지고 체계가 잡혔음을 의미했다. 월급을 주는 날 외에는 하루 종일 책상 앞에 앉아 꾸벅꾸벅 졸던 여자아이는 회사를 떠났고, 여상을 졸업하고 꽤 큰 방적 회사에서 경리 업무를 담당하던 미스 김이 경리 부장으로 특채된 것도 그 무렵이었다.

"미스 김은 눈이 크고 목이 긴 미인이었지. 요즘은 누구나 안경을 쓰지만 당시에는 안경을 쓰는 사람이 드물었네. 시력이 나쁜 사람이 요즘보다 적었고, 설령 시력이 나쁘다고 해도 웬만하면 안경을 쓰지 않는 분위기였지. 더구나 여자들은 안경을 쓰는 일이 거의 없었지. 하지만 미스 김은 안경을 쓰고 있었다네. 햇빛을 받아 빛나는 미스 김의 은빛 안경테를 한 번이라도 본 사람이면 누구라도 그녀가 얼마나 매력적인 여자인지 알았을 것이네. 햇빛이 미스 김의 안경테에 부딪혀 통 소리와 함께 튕겨나갈 때는 정말이지 눈이 부셨다네. 키가 작지도 크지도 않은 그녀가 어깨와 허리를 반듯하게 펴고 또각또각 걸어올 때면 가슴이 철렁 내려앉는 것 같았어. 나는 생산 부장이었기 때문에 사장실에 자주 들락거렸고, 사장실과 붙어 있는 경리부에도 자주 들락거렸네. 직원들의 출근과 결근, 조퇴와 연월차를 매일 경리부에 알리고 정산하도록 하는 것도 내 임무였네."

매일 아침 장세달이 출근부를 건넬 때 미스 김은 자리에서 일어나 공손하게 받아 들었다. 이전에 경리 업무를 보던, 여상을 갓 졸업한 아이는 출근부를 받기 위해서 자리에서 일어나지 않았다. 대꾸는커녕 인사조차 제대로 하지 않았다. '거기 놓고 가세요'라고 말하듯 그저 눈을 한번 흘기는 것이 고작이었다. 하지만 미스 김은 달랐다. 그녀는 세련되고 상큼한 미소로 장세달을 반겼다.

"출근부를 건넬 때마다 자리에서 일어나는 일이 쉬운 일일 것 같은가? 아닐세. 매일 반복되는 기계적인 일을 위해서 정중하게 예의를 갖추는 것은 생각만큼 쉬운 일이 아니라네. 나는 그때 서른한 살이었고, 미스 김은 스물여섯 살이었네. 서른한 살짜리 남자와 스물여섯 살짜리 여자가 사회에서 만나면 굳이 격식을 갖출 것도 없다네. 게다가 나는 별 능력도 없는 생산 부장이었지만 미스 김은 풍부한 경험과 분식회계 능력까지 갖춘 전문 경리 부장이었네. 비록 부원이 없는 부장이기는 했지만, 그녀가 효율적인 회계로 회사에 안겨준 이익은 만만치 않았을 것이네."

미스 김은 다리가 길고 미끈한 여자였다. 그녀가 꽉 조이는 청바지를 입고 걸을 때는 팽팽하게 튀어나온 궁둥이가 터질 것처럼 부풀어 올랐다. 그 봉긋하게 솟아오른 엉덩이와 미끈하고 단단해 보이는 허벅지를 보고 있자면 짐승 같은 욕망이 솟아오르기도 했다. 미스 김은 여름에 가끔 반바지를 입기도 했는데, 자리에 앉아 있을 때는 반바지기 당거 올라가 옥처럼 부드럽고 흰 허벅지가 드러나 장세달은 눈을 뗄 수 없었다.

"아, 나는 정말 그녀의 희디흰 허벅지에서 눈을 뗄 수 없었네. 하지만 나는 그렇게 천박하게 굴지 않았어. 그녀의 다리를 보고 싶은 마음이야 굴뚝같았지만 그 다리에 눈을 처박고 있느라고 체면을 손상하지는 않았지. 그녀의 팽팽한 엉덩이와 미끈하고 단단한 허벅지는 탐욕의 대상이 아니라 숭모의 대상이라고 굳게 믿었네. 그게 사람의 도리라는 것이야. 나는 제 하고 싶은 말을 다 하고, 제 하고 싶은 짓을 다 하는 그럼 몰염치한 사람이 아니야. 자네는 아 는지 모르지만, 호랑이도 풀을 뜯어 먹는다네. 그렇지만 호랑이가 풀을 뜯어 먹는 모습은 좀처럼 눈에 띄지 않아. 왜 그런 줄 아나? 쪽팔리기 때문이야. 명색이 호랑이인데, 토끼나 뜯는 풀을 뜯자니 쪽팔리지 않겠어? 그래서 아무도 안 볼 때 숨어서 뜯어 먹는 거라 네. 호랑이는 사냥을 할 때도 남몰래 조심스럽게 하지만 풀을 뜯어 먹을 때는 더욱 조심하는 법이지. 그래서 사냥하는 모습은 종종 눈 에 띄지만, 풀 뜯어 먹는 모습은 절대로 사람한테 들키지 않는다 이 말이야. 그게 호랑이라는 동물이고, 그래서 호랑이인 거야. 나는 정말 호랑이처럼 살고 싶었네. 호랑이처럼 용맹하되 염치와 부끄 러움을 아는 사람 말일세.”

그런 이야기를 할 때 장세달은 자신을 당연하다는 듯이 호랑이 에 겨주었지만, 그에게서 호랑이의 진중함이나 정중동을 발견하기 는 어려웠다. 회한에 젖어 지난날에 대해 이야기할 때를 빼면 그는 언제나 풀을 뜯어 먹기 위해 여기저기를 쉴 새 없이 살피며 깡충 깡충 뛰어다니는 토끼와 다를 바 없었다. 교도소 밖으로 나가 일할 때 식당에서 배식으로 받은 닭튀김의 크기가 작다고 배식하던 수 인과 다툴 때 그가 내뱉었던 상스러운 욕은 토끼는커녕 벼룩만도 못한 인간의 모습이었다.

미스 김은 목소리가 낮았다. 목소리뿐만 아니라 모든 동작이 작고 조용했다. 소리 내어 웃는 일이 드물었고, 웃지 않을 수 없을 때에는 소리 내지 않고 하얀 이를 환하게 드러냈다. 장세달은 그녀의 웃는 얼굴이 좋았다. 가지런하고 하얀 그녀의 이를 구경하기 위해 일부러 신문에서 읽은 오늘의 유머 따위를 외워서 이야기해주기도 했다. 그녀는 좀처럼 웃지 않았지만 흰 이를 드러내고 웃을 때는 기다린 보람을 느끼기에 충분했다.

경리부 안쪽에 있는 사장실로 들어가기 위해 경리부 문을 열고 들어서다가 문 앞에서 마주치기라도 하면 미스 김은 그 자리에서 멈춰 서서 장세달이 먼저 들어오기를 기다렸다. 정숙한 사람이라면 좁은 길에서 누군가와 마주쳤을 때 걸음을 멈추고 상대가 먼저 지나가기를 기다리는 법이다. 염치를 알고 질서를 알고, 이른 아침 숲속의 고요함을 좋아하는 사람이라면 좁은 길에서 마주 오는 사람을 발견했을 때 옆으로 살짝 비켜서서 상대방이 먼저 지나가기를 기다린다. 몰염치하고 자신만 아는 놈들, 다른 사람이야 어떻게 되더라도 제 갈 길만 생각하는 작자들은 먼저 가려고 무조건 자동차 대가리를 들이민다. 천박한 놈들은 언제나 그런 식이다. 미스 김은 언제나 물러서서 양보했다.

미스 김은 고요한 숲속에 사는 한 마리 사슴이었다. 밤새 목이 말라 아침 일찍 옹달샘으로 물을 마시러 달려갔다가도 다른 동물이 먼저 물을 마시고 있으면 멀찍이 물러서서 그 동물이 충분히 목을 적시고 떠날 때까지 기다릴 줄 아는 꽃사슴. 자신의 목마름을 이유로 다른 이가 물 마시는 걸 방해하지 않는 사람, 아무리 목이 말라도 허겁지겁 달려가지 않는 정숙한 사슴, 갈증을 해결한 뒤에도 함부로 옹달샘에 발을 담가 구정물을 일으키지 않는 꽃사슴. 미스 김은 그런 여자였다.

미스 김은 장세달이 외워서 전하는 오늘의 유머에는 좀처럼 웃지 않았지만, 장세달이 커피 한잔을 건넬 때나 다정한 인사를 건넬 때는 가지런하고 하얀 이를 은근하게 드러내며 웃어주었다. 어쩌다가 장세달이 바보 같은 짓을 저질렀을 때도 그녀는 핀잔을 주는 대신 웃음으로 용서해주었다. 장세달의 바보짓이 그녀의 경리 업무에 틀림없이 성가신 일거리를 보태주었을 테지만 그녀는 타박하지 않았다.

"세상에 그런 여자는 다시없을 거야. 사랑에 빠지면 눈이 먼다고 말들 하지만 그건 사랑을 모르고 하는 소리라네. 사랑에 빠지면 눈이 밝아진다네. 사랑에 빠진 사람은 보통 사람의 눈에는 보이지 않는 것을 볼 줄 안다네. 다른 사람들은 기껏해야 미스 김의 미끈한 다리와 하얀 얼굴에 대해서 알았겠지만, 사랑의 포로가 된 나는 그녀의 아름다움을 빠짐없이 알았다네. 정숙하고 단정한 아름다움 말일세."

장세달은 마음을 빼앗긴다는 것에 대해 이야기했다. 마음을 빼앗긴다는 것은 영혼을 결박해서 볼모로 보내는 것이며, 자신이 가진 모든 것을 빼앗기는 것이라고 했다. 영혼을 볼모로 보낸 사람이 자신의 의지대로 할 수 있는 일이란 하나도 없다. 그러니 남아 있는 몸뚱이는 빈껍데기에 불과하며, 그의 인생이란 새들이 떠나버린 빈 둥지와 같다고 했다. 아침이면 몸은 회사로 출근하고, 저녁이면 퇴근하고 끼니때마다 밥을 먹지만 그것은 빈껍데기의 습관에 불과한 것일 뿐 어떤 의미도 가지지 않는 것이라고 했다.

"미스 김은 내 영혼과 내 몸의 주인이었네. 그녀가 웃을 때 나는 웃었고, 그녀가 한숨을 쉬면 나도 모르게 한숨이 나왔지. 내 의지와 무관한 웃음이었고, 내 피로와 무관한 한숨이었다네. 그녀가 어떤 일로 웃고, 어떤 일로 한숨짓는지는 내게 중요하지 않았어. 내게는 오직 그녀가 웃거나 한숨짓는 그 사실만이 존재했을 뿐이네. 그녀가 또각또각 낮은 발자국 소리를 내며 걸어오는 소리가 들리면 내 심장은 그녀의 구두 소리에 맞춰 쿵쿵 뛰었네. 그녀를 생각하는 내 마음은 기도하는 사람의 마음과 같았다네. 그녀는 내게 여신이었고, 나는 그녀를 사람이 아니라 여신으로 숭배했네."

봄이 가고 여름이 막 도착했을 때 장세달과 그의 고향 친구인 사장, 그리고 미스 김은 바위가 많은 대둔산으로 나들이를 갔다. 사장을 그림자처럼 수행하며, 입 안의 혀처럼 굴던 영업 부장 이철수가 어째서 그날 나들이에 빠졌는지는 정확히 모르겠다. 아마 그 무렵 그는 해외 출장 건이 잡혀 있었던 것 같다.

회사 간부들만의 야외 나들이 이야기가 나왔을 때 미스 김은, 아니 김 부장은 자신이 김밥과 과일을 준비하겠다고 했지만, 사장은 반대했다.

"김 부장, 야외에 나가서까지 여자가 식사를 준비하는 건 옳지 않아요. 집에서 삼시 세끼를 여자들이 준비했으니, 야외에서는 남자들이 식사를 준비해야지. 김 부장은 아무 걱정도 하지 말고 몸만 오도록 해요. 이번 나들이 준비는 우리 남자들이 다 할 테니까 말이오."

사장이 그렇게 말했을 때 장세달은 기분이 언짢았다. 여성인 김 부장 대신 남자인 자신이 나들이 준비를 해야 한다는 것이 언짢았던 것이 아니라, 사장이 미스 김을 마치 자기 아내라도 되는 것처럼 대했기 때문이다. 삼시 세끼를 여자가 준비했다니, 미스 김이 언제 단 한번이라도 제 놈의 밥상을 차려주었다는 말인가. 집에서 여자들이 식사를 준비하는 것이 아무리 일반적이라도 하더라도 미스 김에게 그런 식으로 말하는 것은 제 처지를 망각한 말이었다. 사장이 은탑산업훈장이니 금탑훈장이니 하는 상을 몇 개 받다보니 미스 김의 밥상도 노력만 하면 받을 수 있는 그렇고 그런 상쯤으로 생각했는지는 몰라도, 언감생심 놈이 품어도 좋을 희망은 아니었다.

사장은 장세달에게 쌀과 코펠과 버너와 국거리와 찬거리를 준비하도록 지시했다. 과일과 음료수와 혹시 필요할지 모를 과자와 술과 안주 역시 그가 준비해야 했다. 장세달을 사장실로 부른 사장은 꼼꼼하게 적은 물품 구매 쪽지를 건넸다.

"물건 다 준비한 뒤에 비용은 내게 청구해."

장세달은 불만이 없었다. 남자들이 식사 준비를 해야 한다면 자신이 하고 싶었다. 자신이 준비한 식사를 미스 김이 먹게 될 것이라는 사실에 전율 비슷한 걸 느끼기도 했다. 미스 김이 무엇을 좋아할까, 어떤 요리를 좋아할까, 오래 고민했다. 어떤 음식을 좋아하는지 묻고 싶지만 묻지 않았다. 오직 자신의 안목으로, 미스 김이 좋아할 만한 음식을 찾아내는 일도 생각보다 즐거웠다. 그는 사장이 주문한 물품 외에 미스 김이 진정으로 좋아할 것으로 짐작되는 음식을 따로 장만했다. 사장처럼 대충 생각나는 대로 적은 게 아니라 온 신경을 집중해 고르고 골라낸 것들이었다. 거기에는 초콜릿도 포함돼 있었다. 오래 전 그녀의 책상 위에 놓여 있던 가나 초콜릿 껍질이 마침 떠올랐던 것은 그가 온 신경을 집중해 미스 김의 취향을 생각한 덕분이었다.

"사장은 죽었다가 깨어나도 초콜릿을 생각해내지 못했을 거야. 그건 단순히 초콜릿이 아니라, 한 여인을 향한 뜨겁고 변함없는 마음만이 생각해낼 수 있는 것이기 때문이지. 누누이 강조하지만 미스 김의 미모는 누구의 눈에나 아름답게 보일 수 있겠지만, 미스 김의 내면적 아름다움을 볼 수 있는 사람은 나뿐이었으니까 말일세. 누구나 미스 김의 아름다운 얼굴을 보고 사랑하는 마음을 가질 수 있지만, 미스 김의 머리가 희이지고 이마와 손등에 주름이 생겨도 변함없이 사랑할 수 있는 사람은 나뿐일 것이라고 나는 장담하네. 나는 그녀의 껍데기를 사랑한 것이 아니라, 그녀의 육체와 영혼을 모두 사랑했네."

장세달은 미스 김의 웃음이 사장을 대할 때와 자신을 대할 때 달랐다고 했다. 사장을 대할 때 그녀가 드러내 보이는 하얀 이는 직장 상사를 대하는 예의 그 이상도 이하도 아니었다. 그러나 회사 내에서 동급 직위였던 자신에게 보여준 웃음은 진심이었다. 그녀는 사장의 말에 의미 없는 웃음을 보였지만, 그의 말에는 진실로 환한 웃음을 보여주었다.

"그것은 말 그대로 영혼의 소리 없는 교감이었네. 말하지 않아도 나는 그녀의 마음을 알 수 있었네."

야외 나들이를 떠났던 날은 초여름이었고, 미스 김은 반바지 차림이었다. 미스 김의 다리를 훑어보는 사장의 눈빛이 음흉하고 천박했다. 사장은 한껏 멋을 낸 등산복에, 그럴듯한 모자까지 쓰고 있었다. 낡은 구두와 낡은 넥타이, 낡은 점퍼 차림을 고집하던 그가 야외 나들이에서는 멋쟁이 중에서도 최고 멋쟁이가 되어 있었다.

"어머, 사장님 멋져요."

"그래요?"

"네에. 멋있어요. 평소에도 그렇게 좀 차려 입고 다니세요."

"일할 때는 아무렇게나 입는 옷이 편합니다."

미스 김이 사장의 나들이 복장을 칭찬했을 때 장세달은 살짝 언짢았지만 내색하지 않았다. 두 사람이 서로의 나들이 복장에 대해 칭찬하며 노닥거릴 때 장세달은 음식 재료를 잔뜩 담아온 비닐봉지 세 개를 사장의 자동차 트렁크에 넣었다.

"장 부장 음식 준비하느라고 고생 많았어. 준비는 자네가 했으니 산에 가서 요리는 내가 하지."

장세달은 사장의 말에 대답 없이 싱긋 웃기만 했다. 시장에게

요리할 기회를 주고 싶지는 않았다. 미스 김을 위해서 하얀 쌀밥과 고등어구이, 돼지불고기와 시원한 쪽파국을 끓여서 내놓고 싶었다. 그렇다고 '요리는 제가 할게요'라고 사장의 뜻에 어긋나는 말을 할 처지도 아니었다.

앞에서 산을 오르는 미스 김의 엉덩이가 아름답게 씰룩댔다. 이쪽저쪽 번갈아 가며 씰룩대는 엉덩이를 보며 장세달은 치솟는 욕정을 가라앉힐 수 없었다. 그 엉덩이를 아래쪽에서 쳐다보며 걷자니 민망해 장세달은 미스 김보다 앞서서 걸었다. 사장은 끝없이 이야기를 쏟아내며 미스 김 뒤를 따랐다. 친구이기는 하지만 염치가 없는 작자였다.

경사가 심한 곳에 이르렀을 때 미스 김의 손을 잡아주고 싶었지만 친구인 사장의 눈을 의식해 짐짓 모른 척했다. 어렵게 가파른 경사를 올라온 미스 김은 '부장님 혼자 씩씩하게 가시네요?'라며 살짝 눈을 흘겼다. 그 아름다운 눈 흘김에 장세달은 거의 정신을 잃을 정도였고, 다음번 가파른 경사에서는 사장이 보거나 말거나 미스 김의 손을 잡아 끌어주어야겠다고 다짐했다. 불행히도 가파른 경사는 더 이상 나타나지 않았다.

세 사람은 애당초 정상까지 올라가겠다는 생각이 없었다. 답답하고 칙칙한 도심을 벗어나 야외의 신선한 공기를 들이키는 것만으로 충분했다. 세 사람은 점심 무렵 산중턱에 자리를 깔고 점심을 먹기로 했다.

장세달은 쭈뼛거렸다. 친구인 사장이 '음식 재료 준비는 자네가

하게. 산에 가서 요리는 내가 하지'라고 말했지만, 사장이 지시를 내릴 때까지 기다려야 했다. 직접 요리를 하고 싶은 마음이 굴뚝같았으나, '이봐, 내가 요리한다고 했잖나!'라고 말하면 머쓱해질 것 같았다. 자리를 깔고 그 위에 미스 김과 나란히 앉은 사장은 좌우를 둘러보고, 하늘을 보았다.

"장 부장. 그 멀뚱히 서서 뭐 하는 거야. 저 아래 계곡에 내려가서 쌀도 씻고, 국 끓일 물도 떠오라고."

그러고 보니 나무가 우거진 아래 어디선가 물이 흐르는 소리가 들렸다. 바위가 많은 대둔산이라 계곡물 소리도 요란했다. 장세달은 코펠 큰 것 두 개와 쌀 봉지, 마늘과 파와 매운 생고추가 든 봉지를 들고 아래로 내려갔다. 사람이 다니지 않는 곳인지 아래로 내려가는 길이 없었고, 한참을 내려가다가 우거진 숲에 막혀 갔던 길을 돌아와 다시 길을 만들며 내려가야 했다. 다행히 계곡물은 차고 맑았다.

"나는 정성들여 쌀을 씻고, 파를 다듬었어. 삼자를 깎아 씻고 혹여 잔류 농약이 남아 있을지 모를 고추를 몇 번이고 흐르는 물에 씻었다네. 미스 김이 먹을 거니까 말이야. 내가 그렇게 점심 지을 준비를 마치고 올라왔을 때 눈앞에 펼쳐진 광경은 내 기대와는 전혀 다른, 아니 기대가 아니라 세상에 결코 있어서는 안 될 광경이었다네. 아, 푸른 하늘 아래에서 대체 어째서 그런 일이 벌어질 수 있다는 말인가."

미스 김의 반바지가 벗겨져 저만치 나가 떨어져 있었고, 그 옆에는 고향 친구이자 사장의 바지와 속옷이 나뒹굴고 있었다. 벗어서 던진 사장의 팬티는 키 작은 나뭇가지에 걸려 마치 도둑질을 앞둔 괭이처럼 묘한 모양을 하고 있었다. 아랫도리를 벗은 채 두 사람은 장세달이 올라오는 것도 모르고 열심히 디딜방아를 찧어댔다.

"눈에 보이는 게 없었어. 오직 미스 김을 구출해야 한다는 생각뿐이었어. 그녀는 사장의 무거운 몸뚱이에 깔린 채 죽을힘을 다해 버티는 중이었어. 그러나 그녀를 구출하려던 순간 전광석화처럼 다른 생각이 스쳐갔다네. 두 사람이 저희들이 좋아서 하는 짓이라면 내가 어째야겠는가. 어쩌면 내가 보지 않아야 할 것을 본 것은 아닐까. 들키지 않았을 뿐 두 사람은 이전부터 그런 관계를 맺어온 것은 아닐까. 그 순간 눈앞의 현실에서 도망치고 싶은 간교한 생각이 뇌리를 스치고 지나갔네. 감히 사장의 눈 밖에 날 용기가 없었고, 어쩌면 두 사람이 정말 좋아하는 사이인지도 모른다고 생각했어. 나는 도망치려고 했어. 못 본 척 쌀과 국거리를 담은 코펠을 들고 다시 계곡으로 내려갈 작정이었어. 그리고 조금 있다가 모른 척 올라오면 되겠다는 생각을 했던 거야. 야비한 생각이었지만 어쩔 수 없지 않은가? 나는 눈앞에서 벌어지는 사태의 진의를 파악할 수 없었다네. 지금 이 상황을 뜯어 말려야 할 일인지, 모른 척해야 할 일인지 분간할 수 없었다는 말일세. 그런 애매한 상황과 사장 눈 밖에 나고 싶지 않은 내 비굴한 입장이 맞물려 물러서기로 했던 것이네. 나는 아무것도 못 본 사람처럼 조용히 계곡 아래로 발길을 돌렸네. 아, 하지만 나는 그때 미스 김의 목소리를 들었네. 미스 김은 분명히 말했어. '이 나쁜 새끼'라고 말이야. 그리고 열심히 용두질을 해대는 사장 놈의 뒤에 서 있는 나를 발견했던 거야. 나를 발견한 미스 김은 '살려주세요'라고 말했지. 작고 가느다란 목소리, 그러나 목숨을 건 다급한 목소리였지."

그날 장세달은 도망치지 않았다. 초등학교 시절 고아원 아이를 괴롭혔던 그 사건 뒤로 더 이상 비겁한 짓을 할 수는 없었다. 장세달은 들고 있던 코펠을 떨어뜨렸다. 물과 쌀이, 숭숭 썬 감자와 잘게 썬 영양고추와 붉은 고춧가루가 사방으로 튀었다. 장세달은 눈에 띄는 대로 돌멩이를 쥐고 사장의 머리를 내리쳤다. 그러나 돌멩이가 너무 작았다. 돌멩이에 머리를 맞은 사장은 기절하거나 미스 김의 몸에서 내려오는 대신 사악하고 끔찍한 눈빛을 번뜩이며 장세달을 돌아보았다. 절정으로 치닫는 자신을 방해한 사람에게 던지는, 마치 자신의 먹이를 빼앗으려는 짐승을 노려보는 야수의 눈이었다.

"개새끼! 무슨 짓이야! 저리 안 꺼져?"

누가 개새끼란 말인가. 정숙하고 아름다운 여자를 강간하는 놈이 짐승인가. 악마의 손아귀에 붙잡힌 여자를 구출하기 위해 분노의 돌멩이를 집어든 장세달이 나쁜 사람인가. 사장은 그렇게 사악한 눈빛으로 장세달을 쏘아본 다음 하던 일로 되돌아갔다. 장세달 따위는 안중에도 없다는 태도였다.

"나는 옆에 있던 더 큰 돌덩이를 들고 마구 내리쳤어. 얼마나 내리쳤는지 모르겠어. 내 정신이 아니었으니까. 정신을 차렸을 때 사장 놈은 피를 흘리며 미스 김의 몸뚱이 위에 널브러져 있었지. 미스 김의 그 곱고 가련한 몸 위에 널브러진 놈을 끌어내렸지. 사장의 뒤통수에서 터져 나온 피가 코펠에서 흐른 물과 함께 낮은 곳을 향해 꾸물꾸물 흘렀어. 푸른 산이 붉은 핏빛으로 물들었지.”

장세달은 그제서야 손에 들고 있던 돌덩이를 보았다. 돌덩이에서도 피가 흥건하게 묻어 있었다. 장세달은 핏방울이 타고 흐르는 돌덩이와 여전히 누워서 일어나지 못하는 미스 김을 번갈아 보았다.

“아, 나는 보지 않았어야 할 것을 또 보고 말았네. 미스 김은 게슴츠레한 눈을 가늘게 뜨고 입을 헤벌리고 누워 있었어. 허연 두 다리를 활짝 벌린 채였지. 가랑이 사이로 무엇인가 미끈한 것이 흘러나오고 있었어. 여자는 제 젖가슴을 쓸었어. 미처 채우지 못한 욕망을 갈망했던 거야.”

장세달은 견딜 수 없었다. 미스 김은 세상의 어떤 여자보다 정숙한 사람이어야 했다. 장세달은 그녀가 흰 이를 드러내며 소리 내지 않고 웃는 모습을 사랑했고, 옆으로 물러나서 다른 사람이 먼저 지나가기를 기다리는 배려를 사랑했다. 그렇게 정숙하던 여자가 어째서 게슴츠레한 눈을 가늘게 뜨고, 채우지 못한 육체의 욕망을 갈망할 수 있단 말인가. 그녀의 하얀 피부는 누구도 더럽혀서는 안 될 순결 자체였다. 그런 여자가, 마땅히 순결한 백색으로 남아 있어야 할 여자의 피부가 한순간에 역겨운 잿빛으로 변해버렸다. 악마가 그녀의 백색 영혼을 검게 물들이고 말았던 것이다.

미스 김의 얼굴에 희열 비슷한 것이 비쳤을 때 장세달은 그녀를 살려둘 수 없다고 생각했다. 순결을 잃어버린 그녀를 증오했기 때문은 아니었다. 그녀의 얼굴이 원래의 정숙한 표정으로 돌아가는 길, 그녀를 치욕으로부터 해방시키는 일, 악마가 그녀의 아름다운 영혼을 유린했던 그 순간을 그녀에서 기억에서 지워야 했다. 사랑하는 여자를 구원하는 길은 그 길뿐이었다. 장세달은 여자의 목을 졸랐고, 오랫동안 발버둥 치던 여자는 어느 순간 고요히 자신을 해방시켰다.

"아, 나는 대체 무슨 짓을 저질렀단 말인가."

버둥거리던 미스 김의 다리가 더 이상 움직이지 않았을 때, 벌겋게 달아오르던 그녀의 얼굴에서 힘이 빠져나갔을 때, 그녀가 더 이상 숨을 쉬지 않았을 때, 그 따뜻하던 몸에서 온기가 빠져 나갔을 때 장세달은 자신이 대체 무슨 짓을 저질렀는지 깨달았다. 그의 두 눈에서 두 줄기 눈물이 흘렀다.

"내 친구. 생각해보면 친구라고 할 수도 없는 놈이지. 악마와 다름없는 그놈도 나처럼 미스 김의 정숙한 아름다움을 사랑했을까. 그놈이 미스 김의 영혼과 털끝만큼이라도 교감을 나누었을까. 그놈은 기껏해야 미스 김의 잘록한 허리와 봄날 대지처럼 부풀어 오른 엉덩이에 색정을 느꼈을 뿐이야. 그에 비하면 그녀에 대한 내 마음은 강가의 조약돌처럼 깨끗했어. 잔잔한 강물 아래 비친 희고 깨끗한 조약돌 말이야. 아, 정숙한 그녀를 능멸하다니. 놈은 죽어 마땅했어."

장세달은 인생이 끝장나버린 지금도 사장을 죽인 것을 후회하지 않는다고 했다. 초등학교 시절 이후 다시는 비굴한 토굴로 도망 다니고 싶지 않았다. 도망친다고 한들 어디로 도망갈 것인가. 마음 에 똬리를 틀고 앉은 죄책감은 그가 어디를 가든 쫓아와 속삭일 게 분명했다. 비겁하고 용렬한 도망자라고 말이다. 그러니 그날 사장 을 돌덩이로 때려죽인 것은 박쥐처럼 어둠 속에 숨어사는 대신 대 명천지를 활보하려는 그의 소망이었다. 비록 몸은 갇혀서 늙어간 다고 해도 그의 영혼만큼은 창공을 훨훨 날아다니고 있다고 했다.

"미스 김, 그처럼 깨끗하고 정숙한 여자가 어떻게 그런 표정을 지었을까. 나는 지금도 그녀를 원망하지 않네. 그녀는 악마의 궁둥 이에 깔려 자기도 모르게 악마가 돼버린 것뿐이네. 내가 이 형무소 를 나가는 길은 죽는 길밖에 없을 것이네. 죽을 때까지 나는 이 차 가운 감방에 앉아 미스 김이 그날 보여주었던 그 얼굴을 잊어갈 것 이네. 그래서 그날 내가 보았던, 순백을 잃어버린 그녀의 얼굴이 내 기억 속에서 사라지는 순간 스스로 세상과 작별할 것이네. 살아 서 이 감옥을 나갈 일이 없는 내가 이곳에서 죽지 못하고 살아가는 것은 그날 보았던 미스 김의 얼굴과 작별하기 위해서라네. 그 얼굴 을 지우지 못하고 죽는다면 나는 죽어서도 그 얼굴에 시달릴 걸세. 나는 그날의 참혹한 얼굴에서 해방되고 싶다네."

내 출소를 두어 달 남겨놓았을 무렵 장세달을 포함해 우리 방의 세 명이 다른 방으로 이감됐다. 강력범과 경범자를 따로 수감한다 는 교정 당국의 방침에 따라 강력범은 강력범끼리 수감됐고, 새로 이감돼온 사람들은 비교적 경범죄자들이었다. 사소한 범죄를 저지른 사람들이 징역을 사는 동안 교화는커녕 오히려 강력범으로 물드는 것을 막기 위한 조치였다.

17년 형을 선고받았지만 모범수로 두 차례 감형을 받아 출소를 1주일 남겨두었던 김형기는 이감되지 않았다. 장세달이 다른 방으로 이감된 뒤 김형기는 내가 장세달로부터 들었던 내용과 사뭇 다른 이야기를 했다.

"하여간 장 씨 거짓말도 자꾸 들으니까 그럴 듯하네."

김형기는 그렇게 말문을 열었는데, 그의 이야기를 간추려 옮기면 대충 이렇다.

검찰의 기소와 법원 판결에 따르면, 장세달은 친구인 사장을 먼저 살해하고, 여자를 나중에 살해한 것이 아니었다. 그는 먼저 여자를 성폭행한 뒤 목 졸라 살해했다고 했다. 게다가 점심을 준비하기 위해 계곡으로 내려갔던 사람은 장세달이 아니라 사장이었다. 코펠과 쌀을 들고 계곡으로 내려갔다가 올라온 사장은 미스 김이 죽어 있는 것을 발견하고 인공호흡을 시도했다. 그때 장세달이 뒤에서 돌덩이로 사장의 머리를 수차례 내리쳐 죽였다. 이 과정은 검찰이 기소한 내용이었다.

조사 과정에서 침묵으로 일관하던 장세달도 결국에는 이 같은 사실을 시인했으며, 국선 변호인도 미스 김의 몸에서 나온 체액이 장세달의 것이라는 국과수 분석 결과를 인정했다. 그러니까 장세달이 미스 김을 성폭행하고 목 졸라 살해한 것은 분명했다. 그 뒤에 자신을 만류했거나 혹은 나무랐을지도 모를 고향 친구이자 사장을 돌덩이로 내리쳐 살해했던 것이다. 어쩌면 범죄를 은폐하기 위해 그랬던 것인지도 모른다.

장세달은 어릴 때부터 부모 형제 없이 자랐다. 경찰에 따르면 그는 죽은 사장과 같은 고아원에서 자랐다고 한다. 섬유 회사를 인수한 사장이 믿을 사람은 고향 친구밖에 없다고 말했던 것도 고아원에서 함께 자란 장세달 외에는 특별히 친하게 지낸 친구가 없었기 때문이었다.

장세달을 면회 오는 사람이 없었던 것은 그가 흉악한 범죄를 저질러 가족조차 외면했기 때문이 아니라 애초에 가족이 없었기 때문이었다. 그러니 하얀 에이프런을 두른 어머니는 장 씨가 지어낸 가공의 인물에 불과하다고 했다.

확인된 사실은 아니지만 장세달은 어쩌면 초등학교 시절 반장이 아니었을 가능성이 크다. 그가 고아원 아이를 괴롭혔고, 그것이 내내 양심의 가책으로 남았다고 했지만, 사실은 자신이 고아원 아이였다. 그렇다면 장세달은 반장이라는 지위를 이용해 같은 반 급우를 괴롭힌 게 아니라, 고아원 아이라는 이유로 괴롭힘을 당한 장본인지도 몰랐다. 못된 장난으로 친구를 괴롭힌 반장이 아니라, 반장인 친구의 모함에 빠져 억울한 매를 맞았던 장본인이었던 것이다. 장세달은 아마도 부모의 보살핌을 받지 못한 고아원 아이로서, 억울하게 당한 과거를 인정할 수 없었던 것인지도 모른다. 그래서 차라리 자신을 가해자로 둔갑시켜 그 억울하고 서러웠던 시절을 잊어버리고 싶었는지도 모른다.

출소한 뒤로 장세달을 면회한 적은 없다. 그에 관한 소문도 듣지 못했다. 나는 장세달이 악의적으로 거짓말한 것으로 생각하지는 않는다. 그가 감형을 기대했거나, 먼 훗날 출소해서 교도소에서 만난 사람들과 밖에서 새로운 관계를 도모하기 위해 스스로를 미화했다고 생각하지도 않는다. 장세달의 이야기는 사실이 아니었으나 틀림없는 진심이었다. 다만 현실의 모습과 스스로 원했던 자기 모습이 달랐을 뿐이다. 장세달이 떠오를 때마다 서울로 처음 이사 와서 살았던 동네의 건달이 생각나는 것은 그 때문이다.

성자는 칼국수 앞에서 경건했다. 후루룩 무성의하게 혹은 허겁지겁 삼키지 않고 한 가닥 한 가닥 맛을 음미했다. 어떤 경우에라도 그랬다. 그녀의 젓가락질은 세상을 조심스럽게 살아온 노인의 떨리는 손길과 호기심으로 빛나는 어린아이의 맑은 눈빛에 견줄 만했다.

성자는 아주 희미해서 존재조차 알기 힘든 맛도 놓치지 않겠다는 결연한 각오로 칼국수를 먹었다. 맛있는 것은 있다, 없는 것은 없다, 정식하게 반응했다. 미묘한 차이까지 명확히게 구별했고, 꼼꼼하게 기록했다. 그렇게 노력한 덕분에 어느 정도 양의 물에, 어느 정도 멸치와 어느 정도 무와 다시마가 들어갔는지도 분간할 수 있었다. 어느 정도 센 불에, 어느 정도 오래 우려냈는지도 알 수 있었다. 눈을 감고 입으로 맛을 음미하는 동안 굉음을 내며 쏟아지는 폭포의 느낌을 떠올릴 수 있었고, 절대 정적 속에서 노래기가 기어가는 소리를 들을 수도 있었다. 조금 과장을 보태면 60개에 이르는 노래기의 작은 발이 각각 내는 소리를 구분할 수도 있을 정도였다. 보통 사람의 귀로는 노래기의 발소리를 들을 수 없다는 것을 고려할 때 칼국수를 향한 성자의 집중력과 노력은 상상을 초월하는 것이었다.

이 모든 성과를 가능하게 한 것은 무엇보다 그녀가 칼국수로 돈을 벌고 말겠다는 각오를 굳게 다졌기 때문이다. 돈 앞에 겸허하지 않는 자는 없다. 만약 누군가가 '돈, 그게 뭐라고' 혹은 '돈이면 다야?'라든가 '살아가는 데 돈이 그렇게 중요한 것은 아니야'라고 말한다면 그것은 자신이 돈 때문에 고통을 겪어보지 않은 사람임을 자랑하는 것일 수 있다. 아니, 어쩌면 돈으로 누릴 수 있는 편리와 풍요를 경험해보지 못한 가난뱅이일 수도 있다. 성자는 알고 있었다. 돈으로 모든 것을 살 수는 없지만, 가난 때문에 모든 것을 잃어버릴 수는 있다는 사실을.

담배 연기 퀴퀴한 골방 도박 세계로 돌아가고 싶지는 않았다. 그렇게 각오를 다지는 성자에게 맛의 세계, 칼국수의 도(道)가 보이지 않을 까닭이 없었다. 그럼에도 성자는 아직도 칼국수의 무릉도원을 찾아내지 못했다.

길게 줄을 늘어선 그 칼국수 집. 골목 한쪽이 막힌 맨 끝 허름한 칼국수 집, 쭈글쭈글한 할머니가 만들어내는 그 칼국수 맛을 재현할 수는 없었다. 성자는 손님을 가장하고 할머니의 칼국수 집을 찾아가서 그 이름난 칼국수를 먹었다. 그때마다 성자는 비로소 도가 터지는 듯한 감탄사를 연발했다. 그러나 수많은 감탄사를 터뜨리고도 도가 터지기는커녕 그 간단해 보이는 칼국수 맛의 비밀을 알 도리가 없었다. 처음엔 딱 50번만 먹어볼 생각이었다. 그 정도면 충분할 줄 알았다. 그래봤자 칼국수 아닌가. 그러나 그 할머니의 쭈글쭈글한 손이 썰어내는 칼국수와 같은 맛을 내지는 못했다. 도대체 무엇이 잘못된 것인가. 할머니의 칼국수와 같은 맛을 낼 수 있다면, 아직은 섬섬옥수라고 해도 좋을 자신의 손이 늙은이의 손이 된다고 해도 좋을 성싶었다.

성자는 50번, 60번, 70번을 넘어 번뇌마저 씻어버린다는 마음으로 108번 할머니의 칼국수를 먹었다. 그리고 그 칼국수에 숨은 모든 맛을 모조리 기록했다. 하나마나한 말 혹은 별반 차이도 없는 말이 아니라, 분명한 맛의 차이 혹은 종합적인 느낌의 차이 108개를 기록했다. 설마 칼국수에 백여덟 가지 이상의 맛이 있다면 몰라도 성자는 모든 맛을 기록했다고 감히 자부할 수 있었다.

그럼에도 성자가 만들어내는 칼국수는 할머니의 칼국수와 분명히 달랐다. 그래서 할머니가 손님을 줄 세워놓고, 새치기를 방지하기 위해 줄을 정리하는 아르바이트 아줌미를 고용할 때, 성지는 파리채를 들고 파리를 쫓아다녀야 했다. 파리는 줄을 서지도 않았고, 칼국수를 팔아주지도 않았다. 당연히 돈이 되어주지 않았다. 그때 처음으로 성자는 사람한테도 없는 날개가 파리 따위에게 달려 있다는 사실에 분통을 터뜨렸다. 가장 고등동물이라는 사람도 말 몇 마디에 줄을 서고 돈을 내는데, 미천하기 그지없는 파리란 놈들은 성자가 아무리 고함을 질러도 줄을 서지 않았고, 돈을 내지도 않았다. 이름뿐만 아니라 습성에서도 파리는 파도와 닮았다. 무시로 왔고, 무시로 떠났으며, 성자의 어떤 명령도 받들지 않았다.

맛은 분명하게 알겠는데, 그 맛을 낼 수 없을 때의 비통한 심정이란 겪어보지 않고는 알 수 없다. 성자는 코카콜라 맛을 모조리 분석하고도 코카콜라와 같은 맛을 내지 못하는 콜라 회사의 중역이 된 심정이었다. 그러니 뼈를 깎여본 일도 없으면서 뼈를 깎는 고통에 대해 말해서는 안 된다고 생각했다. 성자는 그야말로 뼈를 깎이는 고통을 겪는 중이었다.

성자는 생각했다. 누구나 날씨에 대해 이야기하지만, 누구도 날씨를 어쩔 수는 없다, 누구나 달이 뜬다는 것을 알지만, 누구도 달을 뜨게 할 수는 없다. 마찬가지로 누구나 칼국수 맛에 대해 이러쿵저러쿵 입을 뗄 수 있지만, 누구도 할머니의 칼국수와 같은 칼국수를 만들어낼 수는 없다. 누구나 칼국수 식당을 열 수 있지만, 아무나 손님을 줄 세워놓고 장사를 할 수는 없다. 비가 내리고, 달이 뜨고 해가 지는 현상을 과학으로 설명할 수는 있지만, 어찌할 수는 없다. 그러니 그것은 차라리 운명에 가까웠다. 그래서 성자는 포기할까 생각했다. 절망에 사로잡히는 날이면 차라리 담배 연기로 가득 찬 좁은 방의 화투 방석 위로 돌아가고 싶었다.

가로, 세로 53센티미터, 두께 3센티미터에 인조 솜을 두툼하게

넣은 방석, 처음에는 물결 무늬였겠지만 이제는 땟물이 추상화를
이룬 화투 방석은 성자 인생에 최초의 장면 같은, 그래서 결코 벗
어날 수 없는 좁은 감옥 같았다.

짝짝 달라붙는 소리를 내며 방석 위에 차례로 꽂히던 붉은 화투
장, 복잡하고 미묘한 규칙들, 그런 복잡한 규칙들을 모조리 이해하
며, 리드미컬하게 흐르던 손놀림의 세계로 돌아가고 싶었다. 성자
가 태어나서 지금까지 해본 일들 중에 가장 발군의 솜씨를 보인 일
은 두말할 것 없이 도박이었다. 좁은 방과 화투장, 방석 하나로 그
녀는 세상을 열고 닫을 수 있었다. 그러나 그 좁은 화투 방석의 세
상을 벗어나자, 그녀가 할 수 있는 일은 없었다. 성자가 '그만 칼국
수를 포기하고 싶다'고 했을 때 여고 동창이자, 오랫동안 성자의
남루한 삶을 지켜본 친구는 말했다.

"진짜 도박이 뭔지 알기나 해? 화투는 아무것도 아니야."

만약 여고 동창이 세상은 진지하다거나, 세상에 나아가 진정한
삶을 살아보아야 한다고 말했다면 비웃었을 것이다. 그러나 남편
없이 딸 셋을 먹여 살리기 위해 월 80만 원을 받고 새벽까지 식당
일을 하는 친구가 세상이야말로 진짜 도박판이며, 그 살벌한 도박
판에서 인생을 걸고 한판 패를 돌려본 사람들은 방석 위에 앉아 펼
치는 작은 도박 따위는 아무것도 아니라는 걸 알 것이다, 는 말은
왠지 다르게 와 닿았다. 게다가 친구는 여고 시절 도박이면 도박,
음주가무면 음주가무, 대거리면 대거리에서 탁월한 실력을 보여준
당사자로 성자가 닮고 싶어 했던 사람이었다.

세상은 확실히 노름판보다 살벌했다. 노름판엔 개평이라도 있지만, 세상의 거래에는 개평도 없었다. 노름판에서라면 이런저런 담보를 잡히고 돈을 빌려 다시 한판 붙어볼 수도 있었지만, 세상은 그렇지도 않았다. 노름판에서는 오늘 잃고 내일 또 딸 수 있었지만, 세상은 그렇게 녹록하지 않았다. 노름판에서라면 옆에 앉아 구경하며 밤새 이런저런 이야기를 나누고, 야참이나 술이라도 얻어마실 수 있었다. 그러나 세상의 거래에서는 돈을 잃고 나면 설령 한밤중이거나 문밖에 억수같이 비가 내려도 자리를 털고 일어나야 했다. 게다가 한번 잃으면 짧아도 1, 2년, 길면 10년, 더 길면 한평생 다시 돌아와 앉을 수 없었다. 노름판에서 사기도박을 하다가 들키면 욕을 먹거나 손목을 잘리는 정도였지만, 세상에서 사기를 치다가 들키면 인생을 내놓아야 했다. 흔히 노름에 미친 사람을 인간 말짜라고 말하지만 사납고 잔혹하기로 따지자면 세상 사람들이 노름꾼보다 더하면 더했지 덜하지 않았다.

화투패를 잡던 시절 성자는 잃을 때보다 딸 때가 많았다. 세 번 따고 한 번 정도 잃었다. 그럼에도 돈을 벌지는 못했다. 친구는 그것이 도박판의 특징이라고 했다. 따도 따도 돈이 되지 않는 곳. 그러나 세상의 거래는 다르다고 했다. 잔인한 승부처이고, 개평조차 없는 곳이며 지면 모든 것을 잃는 곳이지만, 따는 한 그 돈이 모두 자신의 돈이며, 오늘 딴 돈은 내일 잃을 돈이 아니며, 영원히 내 주머니에 들어와 앉을 돈이라고 했다. 물론 그만큼 돈을 따기 힘든 곳이며, 노름판처럼 한쪽이 잃으면 다른 쪽이 반드시 따는 게 아니라, 양쪽 모두 잃기만 하는 경우도 수두룩하다고 했다.

성자는 좀처럼 따기 힘들다는 말이 마음에 들었다. 그리고 한번 따면 영원히 제 돈이라는 말은 더욱 마음에 들었다. 그녀는 이 절체절명의 거래에서 패하지 않기 위해 각고의 노력을 기울였다. 화투 도박판에서는 손에 쥔 광을 믿고 무턱대고 덤비지 않는 한, 좋은 패를 가진 사람이 대여섯 번은 이기게 돼 있었다. 그러나 세상은 그렇지 않았다. 아무리 좋은 패를 가진 사람이라도 한순간 엎어질 수 있는 이해하기 힘든 구조였다. '노름'이 야비해 보이지만 실제로는 '거래'라는 신사답고 듣기 좋은 말이 더 야비했다.

성자는 만반의 준비를 갖췄다. 좋은 길목에, 좋은 재료에, 좋은 식단에, 게다가 그녀가 좀처럼 쏟아 부은 적이 없는 정성까지 쏟았다. 무엇보다 성자는 패를 믿고 함부로 굴지 않았다. 그녀는 칼국수로 떼돈을 번다는 이른바 강호의 고수를 소개받았다. 물론 정식 소개는 아니었고 월 80만 원을 받고 식당에서 그릇을 닦는 여고 동창의 이야기였다.

이런저런 골목에 가면 꼴같잖은 할망구가 운영하는 꼴같잖은 칼국수 식당이 있다. 그런데 그 꼴같잖은 식당의 칼국수 맛이 기막히며, 당연히 그 집 주인 할망구는 돈을 갈고리로 끌어모은다. 들리는 얘기로는 그 돈을 주체할 수가 없어서 겨울에는 만 원짜리 지폐로 군불을 땐다고 하더라. 만 원짜리로 불을 때서는 감당이 안 돼서 요새는 오만 원짜리 신권을 뭉치로 아궁이에 던져 넣는다고 하더라. 지폐 타고 나온 재만 끌어 모아도 몇 마지기 농사 거름은 충분하다고 하더라.

'지폐로 군불을 땐다고?'

그야말로 칼국수의 무릉도원이 아닌가. 성자는 곧바로 강호의 고수를 찾아 나섰다. 할머니는 성자의 여고 동창이 접시를 닦는 식당에서 얼마 떨어지지 않은 골목에 좁은 칼국수 가게를 열고 있었다. 사람 허리에 닿을 정도의 작은 입간판 하나 세웠을 뿐 변변한 간판조차 없는 꾀죄죄한 집이었다. 그러나 그 가게 앞은 오전 열한 시 사십 분이면 긴 줄이 행렬을 이루었다. 근처 직장인들, 자영업자들이 만든 그 줄은 할머니의 작은 입간판을 가렸지만, 그 긴 줄이 오히려 훌륭한 입간판이 돼주었다. 근처를 지나가던 사람들은 길게 늘어선 줄을 보며, 거기에 칼국수 집이 있음을 알았고, 점심시간이 다가왔음을 알았고, 그 집 칼국수가 유별나게 맛있음을 알았고, 자신도 반드시 그 집 칼국수를 먹고 말리라는 강한 욕망을 느꼈다.

성자는 아쉬운 말을 늘어놓을 생각은 없었다. 세상 물정 모르는 놈들이나 아쉬운 소리를 하며 상대의 선처를 기대하는 법이다. 불쌍한 표정으로 아쉬운 말 몇 마디 늘어놓고 무엇인가를 얻을 수 있을 때라고는, 길거리에서 동전 몇 닢을 구걸할 때뿐이다. 동전 몇 닢이 아니라 상대로부터 큰 것을 얻어내자면 아쉬운 소리를 늘어놓거나 설득을 할 게 아니라 협상을 해야 하는 법이다. 그러나 협상도 필요 없었다. 기껏해야 칼국수였다. 할머니의 식당에 손님으로 가서 몇 번 칼국수 맛을 보고 나면 비슷한 맛을 낼 수 있으리라고 확신했다. 맛을 음미하고, 할머니의 칼국수 국물에 든 내용물을 꼼꼼하게 기록한 것은 그 때문이었다.

성자가 긴 줄에 서서, 뒷사람들로부터 황송한 인사를 받아가며 뒤로 뒤로 자꾸만 자리를 양보해가며 늦은 점심을 먹었던 것은 가게 입구에서 보글보글 끓고 있는 찜통을 세심하게 관찰하기 위해서였다. 찜통은 풍채 좋은 사람 몸통만큼 넓고, 보통 사람 엉덩이가 잠길 만큼 깊었다. 그 속에서는 굵은 멸치와 듬성듬성 썬 무, 대파뿌리와 배추, 다시마와 생강, 대게 등속이 보글보글 끓고 있었다. 방금 밀어서 썬 면을 펄펄 끓는 물에 익혀낸 다음, 할머니는 찜통에서 퍼낸 그 진하고 구수한 칼국수 국물을 부어 내놓았다. 할머니가 내놓은 칼국수 한 그릇을 받아든 손님들은 고난의 세월을 견뎌내고 승리를 맛보는 전사처럼 만족한 표정을 지었다. 성자가 자꾸만 순서를 양보하면서 찜통에서 보글보글 끓는 국물을 유심히 살폈지만 주인 할머니는 딱히 경계하는 눈치도 아니었다.

돈을 갈고리로 끄는 할머니는 결코 비법을 노출하지 않았다. 손님이 홍수처럼 밀려드는 데도 할머니가 상근 직원을 쓰지 않고 시간제 아르바이트 아줌마를 쓴 것은 국물의 비법이 새나가지 않도록 하려는 의도였다. 게다가 아르바이트 아줌마들은 대부분 나사가 좀 풀린 사람들이었다. 혹시 할머니가 비법을 누설하는 어떤 실수를 한다고 해도 아줌마들은 얼른 눈치를 챌 만큼 약삭빠르지 못했다.

　아르바이트 아줌마들은 오전 열 시 삼십 분쯤 출근했다. 아줌마들이 출근해서 앞치마를 두르고 청소를 시작할 때면 벌써 커다란 양은 찜통에서는 다시마와 미역, 무와 멸치, 대파와 생강을 넣은 국물이 슬슬 끓기 시작하고 있었다. 성자는 그 뻔한 양념 재료를 모조리 챙겨 넣고 국물을 만들었지만 할머니와 같은 맛을 낼 수는 없었다. 할머니가 남몰래 집에서 미리 한번 끓인 국물을 갖고 나오는 것은 아닌가 싶어 할머니가 가게에서 끓이는 시간보다 두 배 이상 시간을 들여 끓여보기도 했지만 허사였다.

　‘손맛이지 뭐⋯⋯.’
　맛의 비결을 묻는 텔레비전 리포터의 질문에 할머니는 무심하게 대답했다.
　‘하하하 손맛이랍니다. 여기서 더 묻는 것은 실례겠죠. 칼국수 경력 50년 할머니의 비법을 공짜로 알려달라고 한다면 그것도 예의가 아닐 것입니다. 자, 여러분도 여기 막다른 골목에서 맛있는 칼국수 한 그릇을 맛보는 행복을 누리시기를 바랍니다.’
　음식기행 텔레비전 프로그램 ‘별난 음식, 맛난 음식’을 진행하는 리포터의 손짓을 따라 방송 카메라는 칼국수 집 앞에 길게 줄을 늘어선 손님들을 앞에서 뒤로 차례로 비추었다. 아직 앳된 얼굴의 리포터는 할머니가 비법을 말해주지 않는 까닭이야말로 비법 중에 비법이 아니겠느냐고 쫑알거렸다. 젊은 그녀는 할머니가 공짜로 내놓은 칼국수를 오만상 놀란 표정을 지으며 먹었다.

‘어머! 세상에 이런 맛이 다 있네요. 후르릅.’

그녀는 입을 오물거리며 칼국수를 씹어 먹고는, ‘시청자 여러분, 칼국수라고 다 같은 칼국수가 아닙니다. 원조 할머니표 칼국수를 드셔보지 않았다면 칼국수 맛을 안다고 하기는 어렵겠습니다’라고 입에서 나오는 대로 지껄여댔다.

앳된 리포터의 과장된 표정은 마치 걸음마를 시작하는 어린아이에게 보내는 어른의 칭송 같았다. 그녀의 표정에는 마치 자신이 세상 이치를 모두 알고 있다는, 이따위 칼국수를 끓여내는 일쯤이야 리포터의 어려운 일에 비하면 아무런 의미도 없다는 자신감 같은 게 배어 있었다.

내 오늘 얼마든지 놀란 표정을 지으며 칭송해주마. 그래봤자 칼국순데…….

할머니는 하루에 딱 한 번만 국물을 만들었다. 출근하자마자 깊고 넓은 찜통에 온갖 재료를 넣고 국물을 끓인 다음 그 국물을 다 쓸 때까지만 칼국수를 팔았다. 국물이 떨어지면 그날 장사는 끝이었다. 그래서 할머니는 하루에 사백 그릇까지는 팔았지만 더 이상은 팔지 않았다. 할머니는 남몰래 끓여낸 국물의 양에 맞춰 칼국수를 팔았을 뿐, 손님 숫자에 맞춰 칼국수를 팔지 않았다. 국물의 비법을 노출하지 않기 위해서였다. 아르바이트 아줌마들이 식당으로 출근했을 때는 언제나 국물이 보글보글 끓고 있었다. 좀 모자라는 아르바이트 아줌마들 중에서 가장 모자라는 한 아줌마는 주인 할머니보다 늘 늦게 출근하는 것이 미안했던 모양이다. 그래서 한번은 일찌감치 가게에 나와 비질을 했다. 그러나 그녀에게 돌아온 것은 칭찬이 아니라 벼락같은 호통이었다. 사람 좋아 보이는 주인 할머니의 얼굴이 그렇게 일그러질 수 있다는 것을 좀 모자라는 아줌마는 그날 처음 알았다.

"누가 너더러 일찍 나오라고 했어? 직장 생활 처음이야? 왜 시키지도 않는 일을 하고 난리야? 직장이란 곳은 말이야, 퇴근 시간보다 출근 시간이 더 중요한 곳이야, 알겠어?"

좀 모자라는 아줌마는 고개를 끄덕였지만 그 말뜻을 알 수는 없었다. 그때까지 퇴근 시간보다 일찍 퇴근하는 것, 출근 시간보다 늦게 출근하는 것이 문제라고만 생각했던 그녀는 그제야 사람들이 자신을 두고 좀 모자란다, 나사가 풀린 여자다, 라고 손가락질하는 이유를 조금은 알 것 같았다.

성자는 골목 끝 집 할머니의 칼국수를 백여덟 번 먹었다. 집으로 돌아오면 자신이 보았던 장면을 하나하나 재현했다. 할머니의 손놀림, 양념류, 손님들이 주고받는 이야기까지 무엇 하나 빼놓지 않고 기록하고, 야전사령관처럼 갖가지 변수들을 종합하고 분석하며 맛의 비밀을 탐구했다. 그럼에도 맛의 비밀은 오리무중이었다.

그러나 지성이면 감천이라고 했던가? 어느 날 문득 성자는 누구도 알아내지 못한 비밀을 발견했다. 할머니는 왼손잡이였다. 할머니는 오른손으로 칼질을 했지만 어딘가 어설프다는 느낌이 들곤 했다. 성자는 그 어설픈 칼질 속에 비밀이 숨어 있으리라고는 생각할 수도 없었다. 그러던 어느 날, 오후 네 시가 지나고, 더 이상 점심 손님이 없던 날, 할머니가 쓰레기봉투를 묶는 모습을 보았던 것이다. 왼손잡이였다. 할머니는 오른손을 축으로 봉투의 한쪽 윗부분을 잡고, 왼손을 재빠르게 놀려 아가리를 싸맸다. 바로 그 순간 성자는 할머니가 왼손잡이임을 직감했다. 아니나 다를까 밀가루 반죽을 주무를 때 할머니는 틀림없이 왼손에 힘을 더 주었다. 맛의 비밀은 바로 왼손이었다.

'맛의 비밀은 왼손의 악력에 있다.'

성자는 자기 식당으로 돌아오는 내내 중얼거렸다. 성자의 칼국수 식당은 아직 개업하지 않았지만 일찌감치 주방을 완성했고, 테이블을 들여놓았고, 인테리어를 끝냈다. 그것이 벌써 한 달 전이었다. 할머니의 칼국수와 같은 맛을 낼 수만 있다면 내일이라도 개업식을 치를 수 있도록 만반의 준비를 갖추고 있었다.

'할머니는 왼손잡이다. 할머니의 칼국수는 맛있다. 고로 나도 왼손에 힘을 더 주면 맛있는 칼국수를 만들 수 있다.'

의심의 여지없는 삼단논법이었다. 식당으로 돌아오자마자 성자는 할머니와 똑같은 방식으로 왼손에 힘을 주어 밀가루를 반죽했다. 그렇게 정성을 다해 칼국수를 끓여냈지만 할머니와 같은 칼국수 맛은 나지 않았다. 무엇인가 빠진 그 칼국수를 입에 넣고 우물거리다가 성자는 오열했다.

'대체 무엇이 잘못 되었다는 말인가. 도에 이르는 길은 이다지도 멀고 어렵다는 말인가.'

성자가 더 알아낸 비결이 또 있었다. 할머니는 낮 열두 시, 그러니까 점심시간 전에는 결코 칼국수를 팔지 않았다. 손님들이 늘어선 줄이 소대를 넘어 중대를 이룰 지경일지라도 열두 시 전에는 손님이 식당 안에 발을 들여놓는 것도 허락하지 않았다. 그리고 무엇보다 배달하지 않았다. 손이 딸린다는 핑계를 댔지만 그녀가 배달하지 않는 이유는 길게 줄을 늘어서게 함으로써 광고 효과를 노리는 게 분명했다. 모든 식당 주인들이 예약 문화의 정착을 원했지만 할머니는 결코 예약을 받지 않았다.

'내 칼국수를 먹고 싶으면 내 가게 앞에 줄을 서서 기다려라.'

그것은 할머니가 손님을 끄는 비결이었다. 한쪽이 막힌 골목 끝집, 지나가는 사람이 하나도 없는 식당이었지만 길게 늘어선 줄은 광고 효과를 냈고, 줄을 서서 오래 기다리는 동안 사람들의 배고픔은 더해갔다.

'배가 고프니 칼국수는 더욱 맛있게 느껴질 것이다.'

긴 줄은 입맛을 돋우는 전채요리일 뿐만 아니라, 무심히 근처를 지나는 사람들의 눈길을 끄는 광고판이기도 했다. 물론 몇몇 손님들 중에는 칼국수가 아니라 황금국수라고 해도 줄을 저렇게 서서 먹지는 않겠다며 외면하는 사람들도 있었다. 그러나 다수의 단골들은 줄 서서 제 차례를 기다리는 긴 시간을 맛 좋은 칼국수를 먹기 위해 마땅히 치러야 하는 하나의 과정으로 여기는 분위기였다. 말하자면 끼니를 때우기 위해, 배를 채우기 위해 허겁지겁 칼국수 한 그릇을 먹어치우는 게 아니라, 우아하게 격식을 갖추고 오페라를 즐기는 듯한 착각까지 불러일으켰다. 그들은 줄을 서서 기다리는 동안 일행과 더불어 이 집 칼국수의 오묘한 맛을 칭찬했다. 남달리 표현력이 뛰어난 사람은 독특한 방법으로 맛을 찬양함으로써 함께 온 사람들의 주목을 끌기도 했다.

'만약 손님들이 한참 동안 줄을 서서 기다린 다음에 내 칼국수를 먹는다면 할머니의 칼국수와 꼭 같은 맛이 날지도 모른다.'

성자는 여전히 골목 끝 그 칼국수 집과 같은 맛을 낼 수 없었지만 마지막 비밀이 분명한 '기다림의 맛'을 부여하기 위해 과감하게 개업했다. 일단 손님들을 줄 세운다. 그들에게 기다림의 고통을, 인고의 세월을 겪게 한 다음 칼국수를 내놓는 것이다. 배가 고플 대로 고픈 그들은 세상에서 가장 맛있는 칼국수를 발견하게 될 것이다. 이제 돈을 갈고리로 긁어모으는 일만 남았다. 지폐로 군불을 때는 것은 조금 후가 될 것이다.

성자는 그렇게 식당 문을 열었다. 칼국수 식당을 열기로 마음먹고, 실제 문을 열 때까지 다섯 달이 넘게 걸렸다. 첫날부터 그녀는 손님들을 줄 세울 생각이었으나 손님은 코빼기도 보이지 않았다. 성자의 노름 친구들은 '성공한 식당의 방식을 무작정 따르지 말고 일단은 네 방식대로 한번 나가보라'고 진지하게 조언했다. 사기세 발서 열심히 읽고 성공한 사람은 하나도 없다는 말도 덧붙였다. 성공하는 사람들도 공통점보다는 차이점이 많고, 모두들 각자의 장단점을 적절히 이용하거나 안배해서 성공에 이른다고 했다.

친구들의 조언을 받아들여 개업 한 달 동안 성자는 오직 손님들의 요구에 부응했다. 김 부스러기를 빼라는 사람, 파를 넣지 말라는 사람, 삶은 국수를 찬물에 씻은 다음 더운 국물을 부어달라는 사람, 매운 고추를 듬성듬성 썰어 넣어달라는 사람, 고춧가루를 듬뿍 뿌려달라는 사람. 성자의 식당에는 그녀의 오랜 연구와 손맛을 능멸하는 갖가지 가벼운 입맛들이 들락거렸다. 성자는 꿋꿋이 참았다. 돈을 갈고리로 그러모을 수 있다면 무엇이든 참아낼 수 있었다. 그까짓 자신만의 손맛 따위야 어째도 좋다고 생각했다. 손님은 많지 않았다. 그럴 수밖에 없다고 생각했다. 연구에 연구를 거듭한 자신만의 칼국수가 아니라 손님의 입맛에 따라 이리저리 흔들리니 자기만의 맛을 낼 수 없었고, 당연한 결과로 단골도 없었다.

한 달이 지날 무렵 성자는 결심하고 경영 전략을 바꾸었다. 자신이 알아낸 할머니의 칼국수 비법을 하나씩 차례로 동원하기 시작한 것이다. 왼손으로 반죽을 했으며, 손님들에게 가게 앞에 줄을 서도록 권했다. 전화로 배달을 원하는 사람에게는 '먹고 싶으면 와서 먹어라'라고 정중하지만 단호하게 답했다. 그러나 결과는 할머니의 칼국수 식당과 달랐다. 손님들은 와서 먹는 대신 '개점 한 달 만에 돈 좀 벌었구나' '배가 부른 모양이지?'라며 전화를 끊었다. 그들은 전화만 끊은 게 아니라 간헐적으로 들리던 발길마저 끊었다.

일찍 찾아온 손님들을 줄 세워 보기도 했지만 그 역시 여의치 않았다. '우리 식당은 열두 시 전에는 칼국수를 팔지 않아요. 먹고 싶은 분은 밖에서 줄을 서세요'라고 말했을 때 손님들은 '별 희한한 인간을 다 보겠다'는 얼굴로 사라졌다. 할머니의 칼국수 식당

앞에서는 잘도 줄을 서던 손님들이 성자의 칼국수 식당에서는 '손님 줄 세울 생각하지 말고, 뜨끈뜨끈한 칼국수를 줄 세워라'라고 소리를 질러댔다. 손님이 들어와 앉고, 주문을 마치는 즉시 김이 무럭무럭 나는 칼국수가 도착하지 않으면 '장사를 하나 마나, 손님 대접이 이래 가지고 돈 자알 벌겠다'고 불만을 쏟아내기 일쑤였다. 그들은 떠날 때 '하여간 세상을 날로 먹으려는 인간들 때문에 대한민국이 요모양 요꼴'이라고 했다.

성자는 어느 날 운 좋게도 감자탕 식당의 개점식을 보게 됐다. 그날은 낮부터 손님이 한 사람도 없었고, 행상들이 가게를 기웃거리며 이런저런 물건을 팔아달라고 연거푸 들이닥치는 바람에 일찌감치 가게 문을 닫고 근처의 대형 마트로 쇼핑을 나서던 길이었다. 문득 식당 앞 보행자 도로에 공기를 불어넣어서 세우는 커다란 풍선 인형이 꼭두각시처럼 너울너울 춤추는 광경이 눈에 들어왔다. 그 옆에는 홍보 도우미 아가씨들이 요란한 음악 소리에 맞춰 춤추고 있었다. '황무지 감자탕'이라고 새긴 비뚤비뚤한 글씨, 사람 키보다 세 배는 높은 커다란 풍선 간판이 서 있었고, 단상 위에서 비쩍 마른 아가씨 두 명이 올라서서 쉬지 않고 춤을 췄다. 춤과 음악 사이로 아가씨들은 황무지 감자탕이 얼마나 맛 좋은 감자탕인가에 대해 얕은 개울물처럼 졸졸졸 읊어댔다. 전국 어느 식당이나 개점식 때마다 꼭 같이 낯익은 코맹맹이 목소리가 듣기 거북했지만, 거기 맛있는 감자탕 집이 개점했음을 그보다 명확하게 알리는 광고는 없었다.

성자는 즉시 자동차를 돌려 광고 간판 집을 찾아갔다. 생각 같아서는 홍보 도우미도 두 사람 정도 불러서 요란뻑적지근하게 춤추게 하고 코맹맹이 소리도 질러대게 하고 싶었지만, 구멍가게만한 칼국수 식당에 그런 광고는 우습다 싶었다. 게다가 이미 개업 석 달이 지난 마당에 이제 막 개업한 감자탕 집처럼 시끌벅적한 음악을 틀고 춤을 추기도 열없었다. 그래서 성자는 우선 눈이 있는 작자라면 누구라도 발견할 수밖에 없을 정도로 화려하고 큰 간판을 세웠다. 물론 가게의 폭이 좁았기 때문에 간판의 가로 크기는 제한할 수밖에 없었다. 그러나 높이만큼은 최대한 높이고, 색깔은 근처 어떤 가게보다 화려한 것으로 주문했다.

좀 기형적인 간판 주문에 간판 가게 주인은 고개를 갸우뚱거렸다. 급기야 간판 가게 주인이 '전문가적 입장에서 볼 때 칼국수 가게에 네온사인은 별로 어울리지 않는 듯합니다만……'이라며 의견을 냈다. 물론 성자는 그따위 밋밋한 말에 귀 기울이지 않았다.

'전문가, 웃기는 소리하지 마라. 경험보다 더 확실하게 사람을 가르치는 스승은 없다. 경험자 입장에서 볼 때 절대로 요런 간판을 세워야 한다.'

성자는 거금 37만 원을 들여 하늘 높이 솟은 간판을 만들었다. 확실히 이 간판은 멀리서도 잘 보였다. 근처 다기점 주인은 자신의 다기 가게를 찾기 위해 헤매는 고객의 전화에 대고 '거기 커다란 칼국수 집 간판 보이죠? 바로 그 옆집이에요'라고 말하곤 했다. 그렇게 설명하면 어떤 초행 고객도 쉽게 다기점을 찾을 수 있었다.

성자의 칼국수 집은 그렇게 많은 사람들 눈에 띄었지만 그 많은 사람들이 성자의 손님이 돼주지는 않았다. 그리고 간판에 이끌려 한두 번쯤 찾아온 손님들이 단골이 되는 일은 없었다.

'조급해 하지 마. 장사란 게 시간이 필요한 법이야. 이렇게 석달, 다섯 달, 1년, 2년 지나다보면 단골손님도 생기고, 단골이 생겨야 비로소 본궤도에 오르는 거야.'

장사를 오래 해본 친구들은 그렇게 위로했다. 성자는 고개를 끄덕이는 대신 야멸치게 쏘아붙였다.

'한 달, 두 달, 1년, 2년이라고? 기다리기만 하면 말 대가리에 뿔이라도 난다더냐? 친구란 인간들이 그따위 소리나 지껄이면서도 살얼음 같은 우리 우정에 금이 가지 않기를 바라는 거니?'

네온사인 간판은 밤에도 잠들지 않고 길을 안내했지만 장사는 그렇고 그런 수준을 면치 못했다.

파리나 쫓으며 앉아 있을 수는 없었다. 빚까지 내서 얻은 가게였다. 원금에 이자가 날마다 불어나고 있었다. 성자는 할머니의 칼국수 집에서 일을 마치고 퇴근하는 아르바이트 아줌마들을 차례로 붙잡고 비결을 캐물었다. 그녀들은 알 수 없다고 했다. 성자가 통사정하자 아르바이트 아줌마들은 알면서 안 가르쳐주는 게 아니라고 했다. 알면 자신도 가게를 열고 싶다고 했다. 아르바이트 아줌마들은 말했다.

"누군들 뼈 빠지게 남의 집 돈벌이나 해주고 싶겠어요? 내가 비법을 알면서도 휴식 시간이라고는 손톱만큼도 없이, 손님이 가장 많이 드는 점심 식사시간에만 고용돼 푼돈 벌려고 소처럼 일하겠어요?"

중국집에서 만두와 찐빵을 맛있게 씹으면서도 아르바이트 아줌마들은 입을 열지 않았다. 그녀들은 숨기는 게 아니라 진짜 아는 게 없었다.

성자는 직접 부딪히기로 작정했다. 점심시간이 되려면 아직 이른 시각에 성자는 수더분하지만 깨끗한 옷을 입고, 최대한 착하고 동정심을 불러일으킬 만한 얼굴로 할머니의 칼국수 집을 찾아갔다. 식당을 개업하기 전 백여덟 번 찾아간 후로 오랜만의 방문이었다. 화장은 한 듯 만 듯했다. 소금 먹은 놈이 물을 찾는 법이다. 뇌물 앞에 경건하지 않은 자는 없다. 성자의 손에는 방금 냉장고에서 꺼낸 시원한 박카스 한 상자가 들려 있었다.

"새댁, 오랜만에 오셨네."

"네에, 잘 지내셨죠?"

"요새 통 안 보이더니만, 어디…… 먼 데 갔다 왔나봐? 근데 어쩌나. 난 열두 시 전에는 칼국수를 안 파는데…… 아직 두 시간이나 남았네. 어디 한 바퀴 돌고 오지 그려?"

"어머, 저도 그 정도는 알죠. 제가 벌써 백여덟 번이나 할머니의 칼국수를 먹었는데요. 그 정도야 모르겠어요?"

성자는 자신이 굉장히 단골손님임을 은근히 드러냈다. 그러면서 냉큼 박카스 종이상자를 뜯고 그중에 한 병을 꺼내 뚜껑을 열었다. 뚜껑 열리는 소리가 경쾌했다. 성자는 시원한 박카스를 내밀며 자신이 오늘은 칼국수를 먹으러 온 것이 아니라 칼국수계의 대모로부터 한 수 지도를 받고 싶다고 말했다.

"사실은 저도 칼국수 식당을 열고 싶어요. 물론 할머니 가게 근처에서는 열지 않을 거예요. 아주 먼 곳에, 할머니 칼국수 가게를 찾는 손님들이 절대로 알 수 없는 곳에 열 생각이에요. 비법을 좀 알려주세요. 여자 혼자 남편도 없이 애들을 둘이나 키우려니까 죽을 지경이에요."

성자는 사람이 지을 수 있는 가장 처절하고 절박한 표정을 지었다. 그리고 도박으로 탕진한 자신의 가여운 청춘에 대해, 도박에서 벗어나고 싶은 굳건한 의지에 대해, 감히 할머니가 만들어내는 깊고 품격 있는 칼국수를 재현하기 위해 얼마나 노력했는지에 대해 간략하지만 빼놓지 않고 이야기했다. 그러나 자신이 이미 칼국수 식당을 열고 있다는 말은 하지 않았다. 아무래도 상대의 경계심만 자극할 것 같았기 때문이다.

할머니의 얼굴이 다소 흔들리는 것만 봐도 자신의 절박함이 얼마간 전달된 것은 분명했다. 성자는 결코 할머니를 기만할 생각은 없었다. 할머니가 비법을 알려주기만 한다면, 그래서 버스로 두 정류장쯤 떨어진 자신의 가게가 너무 가깝다고 할머니가 지적한다면 더 먼 곳으로 가게를 옮길 각오도 돼 있었다. 진심이었다.

할머니는 흔들리는 얼굴로 앞치마를 조심스럽게 거머쥐었다. 누군가가 자기 옆으로 다가서면 흔히 짓는 몸짓이었다. 마치 위험을 느낀 동물이 몸을 움츠리듯 할머니는 예기치 않게 종업원이나 손님이 다가서면 앞치마를 움켜쥐는 버릇을 갖고 있었다. 돈주머니이니 그럴 만도 했다.

할머니는 하루 종일 번 돈을 모두 앞치마에 넣었다. 계산대 위 바구니에 천 원짜리와 동전을 담아두었지만 만 원짜리 지폐는 앞치마로 들어갔고, 일단 들어간 지폐는 다시 나오는 법이 없었다. 그 많은 단골손님 중에서도 할머니가 앞치마에서 무엇인가를 꺼내는 장면을 목격한 사람은 없었다.

할머니는 출근할 때부터 퇴근할 때까지, 가게 문을 닫고 총총히 가게에서 멀어질 때까지 단 한 번도 앞치마를 벗지 않았다. 돈에 대한 집착, 어쩌면 그것이야말로 인생에 대한, 성공에 대한 집착이라고 성자는 생각했다. 성자 역시 그런 할머니를 본받아 가게에서는 절대로 앞치마를 벗지 않았다. 엉덩이의 아름다운 굴곡과 나이에 비해 날씬하고 단단한 허벅지를 세상에 드러내고 싶은 마음이야 굴뚝같았지만 할머니가 앞치마를 벗지 않는 것처럼 그녀도 앞치마를 벗지 않았다.

할머니는 성자가 살아온 고난의 날들에 대해 깊은 동정을 표시했다. 더불어 앞으로 그녀의 삶이 꽃피기를 바란다며 격려의 말도 했다. 그럼에도 비법을 알려주지는 않았다.

"저는 할머니의 칼국수 비법을 꼭 알고 싶어요. 저 이번에 칼국수로 성공 못 하면 인생 접어야 해요. 이제 나이도 있고……."

순간 할머니의 눈이 이상한 빛을 발하며 성자를 노려보았다. 성자는 아차 싶었다. 예사롭지 않는 눈빛으로 볼 때 큰 실수를 한 것인지도 몰랐다. 그러나 할머니의 반응은 평범하기 그지없었다.

"새댁, 나이 이야기 할 때는 앞뒤를 돌아보고 말했으면 좋겠다. 나이 많은 사람 듣기 거북하네."

"죄송해요, 할머니. 사과드릴게요. 제발 할머니 칼국수 비법 좀 알려주세요. 무슨 일이든 다 할게요. 부탁드려요."

할머니는 비법이란 게 따로 있지 않다, 그저 손맛이라고 했다. 그리고 덧붙이기를, 설령 비법 같은 게 있고, 그걸 전수해준다고 해도 누구나 맛있는 칼국수를 만들 수는 없다고 했다. 단호한 거절이었다. 혹시나 했지만 역시나였다. 골목 입구까지 터벅터벅 걸어나온 성자는 문득 걸음을 멈추고 퉤, 침을 뱉었다.

'손맛이라고?'

그따위 새빨간 거짓말을 나한테 해? 내가 세상천지도 모르고 날뛰는 나이 어린 텔레비전 리포터처럼 보여? 내가 이래봬도 도박판에서 십수 년을 굴러먹은 사람이야. 그따위 새빨간 거짓말에 속을 사람이 아니라고! 마음잡고 한번 살아보겠다는 데 세상이 이렇게 비협조적이어도 되는 거야? 우리 사회가 언제부터 이렇게 이기심으로 똘똘 뭉쳐진 사회가 돼버린 거야? 승자녹식 사회가 얼마나 해로운지 모른단 말이야? 텔레비전에도 신문에도 맨날 나오잖아, 나누며 살자고. 서로 돕고 함께 살아가야 하는 세상이잖아? 게다가 난 이 집 단골손님이었잖아. 생판 낯모르는 거지한테도 몇 푼 나눠줘야 하는 게 우리 사회 아니냔 말이야? 내가 생살을 끊어달라고 했어, 재산을 뚝 잘라달라고 했어? 기껏 칼국수 아니야? 내가 노름 판에서 벗어나 건전한 사회인이 되겠다는 데 못 도와주겠다고? 그 게 사람이 할 소리야? 할망구, 비법이란 것도 알고 보면 칼국수라 는 인류의 유산 위에 자기가 조금 보탠 거잖아. 그러니 나눠 가져 야지. 이런 나쁜 할망구 같으니라고.

무엇인가 비법이 없다면 매일 아르바이트 아주머니들보다 먼저 나와 국물을 끓일 이유가 없다. 할망구가 나를 잘못 봐도 한참 잘 못 봤군. 골목 초입을 향해 힘없이 걷던 성자는 발길을 휙 돌려 할 머니의 칼국수 가게를 향해 성큼성큼 걸어갔다. 그리고 다짜고짜 쏘아붙였다.

"이봐요, 할머니! 손맛이라고 했어요? 말 다 했어요? 그깟 비법 좀 알려준다고 이 집 손님이 줄어? 할머니 재산이 거덜 나? 정말 너무 하는 거 아니에요? 젊은 사람이 한번 살아보겠다는 데, 응? 너무 하는 거 아니냐고? 사람 사이에 정이 그런 게 아니잖아, 안 그 래요?"

성자는 노름판에서 위아래 구분 없이 주고받던 애매한 반말을 쏟아냈다. 커다란 나무 주걱으로 국물을 휘젓고 있던 할머니는 이 뚱딴지같은 상황을 이해할 수 없어 멀뚱한 표정으로 성자의 악다 구니를 들었다. 그리고 성자가 더 이상 쏟아낼 적당한 말을 찾지 못해 호흡을 고르는 순간 할머니가 입을 열었다.

"비법 같은 건 없어!"

"내가 바보로 보여?"

"있어도 안 가르쳐줘. 내가 왜 가르쳐줘야 해?"

"이 인정머리 없는 할망구야!"

"이봐, 내 한마디 충고하겠는데, 비법은 배우는 게 아니라 스스로 터득하는 거야."

할머니의 말이 세상은 만만한 곳이 아니다는 훈계에 이르렀을 때 성자는 폭발할 뻔했다. 이 할망구가 어디다 대고 훈계야, 훈계가! 그러나 마침 중국집에 마주 앉아 성자가 사주는 만두와 진빵을 먹으면서도 비법을 모른다고 했던 나사 빠진 아르바이트 아줌마가 출근을 했기 때문에 대거리를 그만두었다.

분한 마음에 될 대로 되라 싶었다. 마음을 편하게 먹자고 다짐도 했다. 그러나 하루 이틀, 사흘 나흘이 가도 파리와 씨름하는 상황에는 변함이 없었다. 칼국수를 밀고 썰어야 할 손에 파리채가 쥐어 있고, 손님이 북적거려야 할 식당에 파리만 날아다녔다. 순간 성자의 눈이 빛났다.

'가르쳐주지 않겠다면 훔쳐야지!'

성자는 아침 일찍부터 골목 끝 칼국수 집 앞에 숨어 할머니가 도착하기를 기다렸다. 그리고 틈이 생기면 주방으로 숨어 늘어살 작정이었다. 비법을 알아내지 못한다면 칼국수 장사는 헛일이었다. 칼국수 장사를 망치는 것으로 끝나는 게 아니었다. 잔돈푼까지 긁고 빚까지 내서 시작한 최후의 일이었다.

나흘간의 침투 시도 끝에 성자는 할머니의 눈에 띄지 않고 칼국수 식당의 주방으로 숨어 들어가는 데 성공했다. 성자는 주방 안쪽에 쪼그리고 앉아 할머니의 일거수일투족을 관찰했다. 할머니는 식당 입구 쪽에 내놓은 커다란 찜통 앞에 서서 국물을 만드는 중이었다. 양파를 넣고, 다시마를 넣고, 대파 뿌리를 듬성듬성 썰어 넣었다. 들깨 가루에 이어 깻잎도 듬뿍 썰어 넣었다. 무와 대게도 넣었다. 성자가 훤히 아는 과정이었다.

'틀림없이 비법이 있다.'

성자는 침을 꼴깍 삼켰다. 할머니는 쉴 새 없이 놀리던 손을 멈추고 고개를 빼 골목 입구 쪽을 살폈다. 식당 안에 누군가 숨어서 지켜보고 있으리라고는 꿈에도 생각하지 못한 듯 식당 안쪽은 경계하지 않았다. 할머니는 앞치마를 조심스럽게 헤집어 그 속에서 무엇인가를 꺼냈다. 성자는 할머니가 앞치마에서 꺼낸 물건이 무엇인지 알 수 없었다. 할머니의 큼직한 손에 가려 보이지 않았던 것이다. 그러나 할머니가 내용물을 탈탈 털기 위해 봉지 끝을 잡았을 때 성자는 보고야 말았다.

'미원'이었다.

할머니의 비법은 미원이었다. 할머니는 커다란 양은 찜통에 물을 가득 채우고 다른 재료를 모두 넣은 다음 미원을 듬뿍 쏟아 부었다. 작은 봉지 하나를 통째 털어 넣었다.

순간 성자의 웃음이 터졌다. 어머니의 맛이며 고향의 맛이라는 할머니 맛은 손맛도, 정성도, 전통 비법도 아닌 미원이었다. 결국 사기도박 같은 것이었다. 하기야 미원은 오래된 조미료이니 굳이

194

전통이라고 우기면 그럴 만도 했다.

어쨌거나 성자는 할머니 칼국수를 먹고 나오던 모든 남자들이 칭송해마지 않던 '어머니가 만들어주시던 맛'을 그제야 이해할 수 있었다. 농사일과 집안일에 바쁜 데다 별반 재료도 없었던 1970년 대 어머니들은 누구나 미원으로 맛을 내곤 했다. 당시 미원의 종합적이고 오묘한 맛은 전통적이고 개별적인 부녀자들의 손맛 차이를 일거에 무너뜨렸다. 조총의 등장으로 과거 전통 무장들의 검술과 창술이 하루아침에 무력화됐듯 미원은 모든 세상 주부들의 손맛을 평준화시켰고, 삼천리 방방곡곡의 모든 재주 없는 주부들에게 공평한 힘, 곧 어머니의 힘을 부여했다. 대갓집 맏며느리도 산골 촌부도, 어촌의 나이 어린 과부도 미원 한 봉지만 손에 쥐면 세상 어떤 일급 요리사도 부럽지 않을 맛을 낼 수 있었다. 국이면 국, 찌개면 찌개, 조림이면 조림, 무침이면 무침…… 미원은 어떤 요리에서나 힘을 발휘했다. 그 덕분에 미원은 어머니의 맛, 고향의 맛으로 자리 잡았다. 어머니라면 누구나 낼 수 있는 어머니의 맛, 고향이 있는 사람이라면 누구나 한 번쯤 맛보았을 고향의 맛은 다름 아닌 '미원의 맛'이었다.

미원이 전국 주부들의 폭발적인 사랑을 받자 굴지의 대기업이 미원과 유사한 조미료 '미풍'을 제조, 시판했다. 그러나 미풍은 미원을 따라잡을 수 없었다. 궁지에 몰린 미풍 제조사는 전국 주부들을 관광버스에 태우고 명승지 관광과 더불어 첨단 시설로 무장한 미풍 제조 공장 견학을 시켜주었지만 허사였다. 관광버스를 얼어 타고 평생 처음 시골집을 떠나 전국을 주유하며, 맛있는 음식을 배가 터지도록 얻어먹고, 기계라고는 경운기밖에 보지 못한 촌 아낙네들의 눈을 번쩍 뜨이게 할 첨단 설비를 보여주었지만, 견학을 마치고 돌아서는 주부들 입에서는 '아아, 미원은 저렇게 만들어지는구나'라는 탄성이 터졌다. 좀 점잖은 체하는 주부들은 '미원 공장이 크기는 크네'라며 혼잣말을 하곤 했다. 주부들은 미풍에 대해 충분히 설명을 듣고, 충분히 얻어먹고, 충분히 알았지만 가게에 가서는 어김없이 '미원 한 봉지 주세요'라고 말했다. 그것은 기술도 맛도, 홍보도, 비용 때문도 아니었다. 그것은 별들의 운행, 그러니까 운명에 관련된 문제였다.

미원은 절대로 무너지지 않을 맛의 아성처럼 보였다. 미원이 주부들의 관심에서 멀어진 것은 자칭 라이벌이었던 미풍의 공세 때문도, 새로 나온 다시다의 감칠맛 때문도 아니었다. 미원의 거성을 무너뜨린 것은 건강에 대한 관심, 화학조미료가 몸에 좋지 않다는 민심 때문이었다. 민심은 천심이다. 이제 가족의 건강을 생각하는 주부들은 미원을 도외시했다. 건강을 생각하는 신세대 주부들이 화학조미료의 감칠맛을 걷어내자 어머니의 손맛, 전통의 맛, 고향의 맛은 사라졌다. 어머니의 손맛이 사라지자, 개별적이고 전통적인 개인의 손맛이 밥상 위에서 냉정한 평가를 받았다.

남자 아이들은 자라서 남편이 됐다. 엄마의 손맛에서 아내의 손맛으로 넘어온 남편들은 젊은 아내의 서툰 솜씨를 탓했을 뿐 식탁에서 엄마의 손맛이 사라진 진짜 이유를 알지 못했다. 맛대가리 없는 밥상을 받아든 남자들은 형편없는 아내의 솜씨를 타박했고, 이제는 사라진 어머니의 손맛을 그리워하며 자신의 불운을 안타까워했다.

골목 끝 칼국수 식당의 할머니는 누구를 속일 생각은 없었다. 그저 새댁 시절부터 아낌없이 써온 미원을 썼고, 칼국수 식당을 열었을 때도 당연히 미원을 썼을 뿐이었다. 다만 화학조미료가 나쁘다고들 하니, 손님들이 화학조미료라면 고개를 저으니 가급적 들키지 않으려고 애썼을 뿐이었다.

할머니가 막다른 골목의 맨 끝 집에 식당은 연 것 또한 누군가를 속이기 위해서가 아니었다. 월세가 싸다는 이유로, 지나가는 사람들이 하나도 없는 막다른 골목의 끝 집을 얻었을 뿐이다. 그러나 일이 되려고 하니 그랬을 것이다. 골목 끝 집이고 뒤가 막혀 있다 보니 국물에 미원을 풀 때 골목 앞쪽만 살피면 그만이었다.

손님이 차츰 늘어났고 혼자서는 도무지 밀려드는 손님들을 쳐낼 수 없을 때 할머니는 아르바이트 아줌마를 고용했다. 그러나 염려할 것은 없었다. 출근 시간을 명확하게 정하고, 아르바이트 아줌마들이 출근하기 전에 커다란 찜통에 미원을 풀면 그만이었다. 혼자 장사를 하던 시절에는 주방 찬장 구석에 미원 봉지를 넣어뒀지만, 아르바이트 아줌마를 고용한 다음부터 항상 입고 다니는 앞치마의 속주머니에 작은 미원 봉지를 넣고 다녔다. 아침에 집에서 작은 미원 봉지를 앞치마에 넣고 식당으로 나왔고, 찜통에 미원을 탈탈 털어 넣은 뒤에는 빈 봉지를 앞치마의 속주머니에 쑤셔 넣어두었다가 퇴근해서 아파트 쓰레기통에 버리면 그만이었다. 맛의 비밀은 앞치마와 쓰레기통 사이에 얌전히 앉아 있었을 뿐 새나가지 않았다.

세월이 흘러 미원은 잊혔지만 사람들은 전통의 맛을 기억하고 있었다. 다만 그 전통의 맛이 미원의 맛이라고 생각하지 못했을 뿐이다. 할머니의 맛있는 칼국수를 먹는 손님들도 그 맛이 미원의 맛일 것이라고는 꿈에도 생각하지 못했다. 요즘 같이 건강을 생각하는 세상에서 미원을 쓰는 집은 없을 것이라고 단정했던 것이다.

'어머니 손맛이네, 고향의 맛이네 라고 떠들어대던 손님들은 할머니의 칼국수 맛이 미원의 맛임을 알기나 할까……'

성자는 터지는 웃음을 참을 수 없었다.

'미원! 세상에 미원이라니. 호호호, 하하하.'

이제 자신도 비결을 알아낸 만큼 장사를 잘할 수 있겠다는, 경망스러운 웃음이 아니었다. 인생의 쓴맛을 알아버린, 인생의 비밀을 알아버린 여자의 웃음이었다. 그렇게 어렵고 멀다고 느낀 맛의 비결이 눈앞에, 손아귀에 있음을 깨닫자 자신도 모르게 웃음이 터졌다.

성자가 큰소리로 웃자, 할머니는 불에 댄 듯 놀라서 허겁지겁 미원 봉지를 앞치마에 쑤셔 넣었다. 그리고 홍두깨를 야무지게 들고 성자가 숨어서 웃음을 터뜨리는 주방 쪽을 향해 돌아섰다. 그러나 감히 다가서지는 못했다. 혹시 그 안에 자신을 해칠 도둑이 숨어 있다면 즉시 가게 바깥으로 도망치려는 수동적인 자세였다.

"거 누구여?"

홍두깨를 쥔 할머니의 목소리는 주방 쪽을 향하고 있었지만 몸은 가게 밖을 향하고 있었다.

성자는 피할 수 없음을 알았다. 가게를 빠져나가자면 어차피 할머니가 서 있는 가게 문 앞쪽, 할머니가 손님들을 향해 보란 듯이 반죽을 밀던 곳, 사람 몸통만큼 크고 깊은 찜통이 보글보글 끓는 앞을 지나가야 했다. 맛의 비밀을 알아낸 이상 숨고 말고 할 이유도 없었다.

"할머니, 나예요."

"아니, 새댁이 어떻게……."

여태까지도 할머니는 대충 새댁이라고 불렀지만, 성자는 별반 거부감을 느끼지 않았다. 그러나 지금 기분은 달랐다. 새댁이라니? 결혼하고 애를 낳고 이혼하고 애까지 빼앗긴 내게 새댁이라니! 이 할망구가 눈을 어디다 두고 다니는 거야! 그러나 성자는 살짝 참았다. 상대를 좀 더 곯려주고 싶은 사악한 마음이 들었던 것이다.

"그래요. 할머니, 나예요. 다 봤어요, 호호호."

"자네가 뭘 봐?"

다 봤다는 말에, 할머니의 성자에 대한 호칭은 새댁에서 금빙 자네로 변했다. '자네'라고 칭하는 그 목소리에는 '자네'라는 그 말 자체가 일반적으로 지니는 의미와 달리 분노가 배어 있었다. 그래서 성자는 화를 조금 더 돋우어주고 싶었다.

"숨겨도 소용없어요. 미원! 다 봤다고요. 호호호, 호호호."

"날아가는 새 뭐를 봤나, 웬 미친년이 남의 가게에 숨어서 웃고 지랄이여."

성자는 눈을 부릅뜬 채 할머니 곁으로 성큼성큼 다가섰다. 그리고 기습적으로 할머니의 앞치마 속으로 손을 집어넣어 미원 봉지를 낚아챘다. 성자의 손에 미원 봉지가 전리품처럼 쥐어져 있었다. 성자는 화투판에서 사기도박꾼의 사기패를 잡았을 때 그랬던 것처럼 미원 봉지를 할머니의 눈높이로 들어 올리고 흔들었다. 미원 봉지가 키 작은 할머니의 눈앞에서 갈 길을 잃어버린 나비처럼 흔들렸다.

"미원, 미원, 미원, 미원, 미원! 호호호호호."

할머니는 난처하고, 당혹한 얼굴로 성자를 보았다.

"이 사기꾼 할망구야. 비법이란 게 기껏 미원이었어? 이따위 조미료나 뿌리면서 고향의 맛이니 어머니 손맛이니 하는 소리를 듣고 있으려니 기분이 어땠어? 호호호호호호."

할머니는 난감하고 민망한, 그리고 모멸감과 분노가 뒤섞인 눈으로 성자를 바라볼 뿐 대꾸하지 않았다. 성자는 실컷 웃고 난 다음 미원 봉지를 국물이 펄펄 끓고 있는 찜통 아래 바닥으로 휙 던졌다. 그리고 할머니를 빤히 쳐다보며 천천히 가게를 나왔다. 할머니는 황급히 허리를 숙여 미원 봉지를 집어 들었다. 그녀는 미원 봉지를 앞치마에 쑤셔 넣으며 말했다.

"그렇게 호들갑을 떠는 걸 보니, 네년이 칼국수 맛을 내기는 어려울 것 같은데……. 나는 그렇게 웃지 않았거든."

성자는 할머니를 뒤돌아보며 생긋 웃었다.

"호호호, 어지간히 걱정되시는 모양이지?"

"걱정 안 해. 비법을 안다고 칼국수 맛을 낼 수도 없고, 칼국수 맛을 낸다고 손님이 줄을 서는 것도 아니니까."

"호호호, 어련하시겠어? 이 사기꾼 할망구야!"

성자는 발걸음도 가볍게 골목을 빠져나가면서 뒤를 두 번이나 돌아보았다. 그러면서 유행가 가락에 맞춰 '미원, 미원, 미원, 미원, 미원'이라고 노래를 불렀다.

성자는 곧장 슈퍼마켓으로 달려가 먼지가 뽀얗게 쌓인 미원을 열 봉지나 샀다. 할머니가 국물에 털어 넣었던 것과 꼭 같은 용량의 봉지였다. 그리고 부리나케 자신의 식당으로 달려와 국물을 끓였다. 할머니가 넣는 재료를 그대로 넣고, 할머니가 넣는 미원을, 할머니가 넣는 만큼 똑같이 탈탈 털어 넣었다.

그렇게 끓여낸 칼국수 맛은 할머니가 끓여내는 칼국수 맛과 꼭 같았다. 조금도 차이가 없었다. 성자는 득의양양한 얼굴로 미원을 듬뿍 쏟아 부은 칼국수를 손님들 앞에 내놓았다. 이제 손님들이 식당 앞에 줄을 서서 칼국수를 먹는 순간이 다가오고 있었다. 냉장고를 좀 더 큰 것으로 들여놓고, 맛으로 승부할 수 있게 된 만큼 칼국수 집에 어울리지 않는 네온사인 간판도 떼어버리고, 손님이 늘어날 때를 대비해 아르바이트 아줌마도 두어 명 정도 찾아봐야겠다고 생각했다.

그뿐이었다.

손님들은 성자의 칼국수가 맛있다고 했지만, 손님이 늘어나지
는 않았다. 이전과 맛이 달라졌다, 좀 느끼해진 것 같다고 말하는
손님도 있었다. 혀가 예민하고 성질이 경박한 손님은 '아줌마, 여
기 조미료 넣었어요? 세상이 어떤 세상인데 아직도 조미료 쓰는
사람이 있어요?'라고 준엄하게 꾸짖기도 했다. 같은 조미료를 썼지
만 사람에 따라 맛이 다른 것인지도 몰랐다.

비법을 알아내고 1년이 지났지만 성자는 여전히 호루라기를 불
어가며 손님들을 줄 세우는 대신 파리채를 들고 파리를 쫓아다녔
다. 눈앞에 빤히 보이는 파리를 탁 내리치고도 잡지 못하는 날이면
그녀는 '칼국수 맛을 낸다고 손님이 줄을 서는 것은 아니다'는 할
머니의 말을 떠올리곤 했다. 손님들이 줄을 서는 것은 맛과는 또
다른 문제였다. 사람들이 할머니의 칼국수와 자신의 칼국수에서
어떤 차이를 발견해낸 것인지, 아니 거기에 어떤 차이가 있기는 한
지 성자는 알 수 없었다.

이혼한 남편의 서슬에 눌려 엄마를 찾아오지 않던 성자의 딸은
대학생이 되자 엄마를 찾아왔다. 딸은 성자가 내민 칼국수를 후루
룩 후루룩 맛있게 먹었다.

"엄마, 칼국수 참 맛있네."

/이정희 선생님/

　　38세의 남자가 초등학교 시절 담임교사를 찾아가 흉기로 찌른 사건이 발생했습니다. 용의자는 초등학교를 졸업한 뒤 한 번도 담임교사를 만난 적이 없었는데, 오직 살해를 목적으로 당시 담임교사였던 피해 여성의 소재를 알아내고 집으로 찾아가 범행을 저질렀다는 점에서 충격을 주고 있습니다. 사회부 김길영 기자 연결합니다. 김 기자, 전해주시죠.

　　네. 28일 오후 여덟 시 서울시 도봉구의 한 아파트에서 오십 대 여성 이모 씨가 흉기에 찔려 신음하고 있는 것을 귀가한 딸이 발견해 경찰에 신고했습니다. 자택에서 발견된 이 여성은 현직 초등학교 교사인 것으로 확인됐습니다. 용의자는 30년 전 이 여교사가 담임을 맡았던 초등학교의 학생이었던 것으로 알려졌습니다. 경찰에 따르면 용의자는 30년 전 담임교사였던 이 씨로부터 받았던 외면과 냉대를 견딜 수 없어서 범행을 저질렀다고 합니다.

경찰은 피해 여성의 집 전화 통화 기록과 아파트의 폐쇄회로에 찍힌 영상을 통해 용의자를 확인하고, 사건 발생 열두 시간 만인 오늘 오전 일곱 시 자신의 집에서 태연하게 잠을 자고 있던 용의자를 체포했습니다. 체포된 용의자는 대기업의 과장으로 근무하다가 한 달 전 권고사직했으며, 권고사직 뒤 지인들과 연락을 끊고 거의 집에서만 지내왔던 것으로 알려졌습니다. 가족들은 용의자가 권고사직으로 조금 힘들어 하기는 했지만 특별히 이상한 점은 없었다고 진술한 것으로 알려졌습니다.

피해자 이 씨는 현재 서울의 한 병원에서 치료를 받고 있는데 다행히 생명에는 지장이 없는 것으로 알려졌습니다. 경찰 조사에 따르면 이 여성은 지역 교육청으로부터 30여 년 전 자신이 가르쳤던 학생이 선생님을 찾고 있다는 내용의 전화 연락을 받았다고 합니다. 며칠 뒤 용의자로부터 아내와 함께 인사차 방문하겠다는 말에 별 의심 없이 문을 열어주었다고 진술했습니다. 경찰은 용의자의 정신 감정을 의뢰하는 한편 정확한 사건 경위를 조사 중입니다.

강 형사는 자동판매기에서 밀크 커피 두 잔을 뽑아 한 잔에는 찬물을 보태고, 다른 한 잔은 그대로 들고 취조실로 들어갔다. 자판기 커피는 너무 진해서 삼분의 일 정도를 덜어내고, 대신 냉수를 채워 미지근하게 해서 마시는 게 강 형사의 오래된 버릇이었다.

206

"커피 좋아하시오? 자동판매기에서 뽑은 거지만."

강 형사는 종이컵을 책상 위에 놓았다. 용의자의 수갑 찬 두 손이 슬그머니 책상 위로 올라오더니 종이컵을 자기 앞으로 끌고 갔다. 그는 컵을 입으로 가져가는 대신 두 손으로 말아 쥐고 있었는데, 마치 추위에 떠는 사람 같았다. 추운 날씨도 아니었고, 습기로 취조실이 눅눅하지도 않았다.

용의자는 범행을 순순히 자백했다. 사건 당일 행적에 관해서도 비교적 꼼꼼하게 시간대별로 진술했다. 시간을 건너 뛰어가며 두세 번 같은 질문을 해도 무표정한 얼굴로 같은 대답을 반복했다. 그러니까 그는 애초부터 거짓말을 하지 않았고, 무엇인가를 숨기겠다는 의도가 없는 것 같았다.

강 형사가 다행히 피해자가 죽지 않았으며 생명에 지장이 없다는 말을 전했을 때 용의자는 다소 낙담하는 표정을 지었다. 자신의 계획이 어긋났음을 확인하는 순간 그런 느낌이 들 수도 있을 것이다. 그러나 많은 경우 용의자들은 홧김에 범행을 저지르기는 하지만 사람이 죽지 않았다는 사실에 오히려 안도한다. 분노를 이기지 못해 순간적으로 범행을 저질렀든, 치밀한 계획 아래 감행했든 일단 체포된 뒤에는 감옥살이를 생각하게 마련이고, 살인보다는 살인미수가 형량이 가볍다는 것을 알기 때문이다. 그런 점에서 용의자 김국철의 태도는 다소 의외였다.

그렇다고 그의 얼굴에 어떤 증오나 적개심이 배어 있지는 않았다. 죽이지 못했다는 사실을 알고 원한에 치를 떠는 것도 아니고,

다행스럽다는 표정도 아니었다. 김국철은 긴 한숨과 함께 "그랬군요. 결국 잘 안 됐군요"라고 자조적으로 말했다. 그의 말투는 부모의 설득과 강요에 못 이겨 정말 먹기 싫지만 먹지 않을 수 없는 감기약을 억지로 삼키기로 작정한 아이의 체념처럼 들렸다.

용의자의 진술을 듣는 동안 강 형사는 씁쓰레한 기분을 떨칠 수 없었다. 따지고 보면 강 형사 자신도 이 남자와 비슷한 이유로 방황한 적이 있었다. 말단 형사에게 어울리지 않게 박사 학위를 갖고 있는 것도 그의 경찰 입문 과정이 순탄치 않았음을 보여주는 일면이었다. 경찰이 되지 않았다면 무엇이 되어 있을까. 그럭저럭 잘나가는 대학원 동기들처럼 지금쯤 조교수 정도는 돼 있을까. 하다못해 전임강사 정도는 돼 있지 않을까. 그도 아니라면 아직도 보따리를 들고 이 구석 저 구석 산골짜기에 틀어박힌 자그마한 대학을 찾아다니느라 고물 자동차의 액셀러레이터를 죽어라고 밟아대고 있을까. 어쩌면 그럴듯한 연구 논문을 발표해 세상의 이목을 끌었을지도 모른다. 그래서 한때 서로 라이벌처럼 생각하던 친구들을 향해 득의에 찬, 그러나 너그러운 미소를 지어 보일 수 있었을지도 모른다. 그렇고 그런 대학의 전임강사로 근무하다가 일약 스타가 되어 중인환시리에 명문 대학의 교수 자리로 옮기는 드라마를 연출했을지도 모른다.

하지만 경찰이 된 것을 후회한 적은 없었다. 가끔씩 동창들이 모일 경우 서로 화제가 다르니 끼어들 여지가 적고, 할 말이 적다는 점을 빼면 주변의 시선쯤은 대수롭지 않았다. 대학교수가 아니면 죽는 줄 알았지만 죽지 않았고, 대학교수가 아니면 세상에 할 일이 없을 줄 알았지만 그렇지도 않았다. 우는 소리를 달고 사는 민원인이나 뻔뻔스럽기 짝이 없는 범죄자들과 상종해야 하는 삶도 견딜 만했다.

용의자 김국철은 무덤덤했다. 자신이 받고 있는 혐의를 모두 인정했고, 동기도 꽤 명확하게 밝혔다. 강 형사가 볼 때는 납득하기 어려운 부분도 있었지만, 사람은 저마다 살아가는 이유나 살아가는 방식이 다르고, 눈앞에 벌어진 상황에 대한 인식도 다른 법이다. '상식적'이라는 말도 사람마다 다르기 마련이다. 고용주의 상식과 근로자의 상식은 전혀 다르지 않은가. 그렇게 본다면 김국철의 범행 동기는 독특했지만 결코 납득할 수 없는 것도 아니었다.

김국철은 시종 낮은 목소리로 이야기했다. 강 형사가 강력계 근무를 시작한 이래 그처럼 유순한 용의자를 만난 적은 없었다. 글쎄, 그것을 유순하다고 해야 할지, 완고하다고 해야 할지에 대해서는 생각해볼 여지가 남아 있기는 했다. 김국철은 느리게, 그러나 분명한 어조로 자신이 범행을 저지르게 된 경위를 진술했다.

교정 가장자리를 따라 하얗게 피어 있던 목련꽃은 봄비와 함께 지고 말았다. 다른 꽃이 피기 전에 활짝 피어서 웃던 꽃, 크고 굳건하던 꽃, 하얗고 부드럽고 향기롭던 꽃이었다. 아직은 쌀쌀한 이른 봄 은은하고 탐스러운 백색 꽃잎을 펼쳐 나를 포근하게 감싸주던 목련꽃은 단 한 번 불어 닥친 비바람에 늦가을 나뭇잎처럼 우수수 떨어지고 말았다. 내 생에 처음 주어졌던 사랑은 그렇게 사라졌고, 기쁨으로 충만하던 내 어린 봄날도 그렇게 끝나고 말았다.

목련꽃이 지고 난 뒤에도 꽃향기를 실은 바람은 여전히 불어왔고, 철쭉과 찔레꽃이 차례로 피었다. 봄볕은 교정의 황토색 운동장으로 소리 없이 내려앉았고, 아이들의 웃음소리에는 여전히 봄의 햇볕 냄새가 남아 있었지만 한번 진 목련꽃은 다시 피지 않았다. 봄 먼지가 피어오르는 운동장에서는 푸른 봄 향기가 아지랑이처럼 피어났는데, 내 두 뺨은 얼음처럼 차가웠고, 목련꽃이 하얗게 피어 있던 자리에는 앙상하게 마른 가지만 남아 있었다. 쉬는 시간을 알리는 종소리가 나기 무섭게 아이들은 햇빛 쏟아지는 운동장으로 달려 나갔지만, 나는 어둡고 텅 빈 교실에 오도카니 앉아 벼락처럼 쏟아지던 아이들의 웃음소리를 들어야 했다. 창문을 넘어오는 그 소리는 나와는 아무런 관계도 없는, 먼 딴 세상에서 울러 퍼지는 아름다운 아우성이었다.

그 사건이 있기 전까지 나 역시 웃음을 터뜨리며 봄볕 속을 내달리던 아이였다. 입학하고 2주일도 채 되지 않아 한글을 막힘없이 읽고 썼고, 덧셈과 뺄셈을 틀리지 않고 척척 해냈다. 반대말과 비슷한말을 구별할 줄 알았고, 2학년이 되어서는 누구보다 먼저 구구단을 외웠다. 연필을 쓱쓱 잘 깎았고, 아줌마 특유의 파마머리이기는 하지만 시종 애써 웃음 짓던 내 어머니의 아름다운 얼굴을 그릴 줄도 알았다. 그 시절 아이들 사이에서 유행하던 칼 따먹기에서도 뛰어난 재능을 발휘했다. 내 필통에는 매일 서너 개 이상의 연필깎이 칼이 새로 자리를 차지했다. 나는 그렇게 딴 칼을 친구들에게 조건 없이 나누어줄 줄도 알았다.

요즘 아이들은 초등학교에 입학하기 전에 한글을 배우고, 덧셈과 뺄셈을 익히지만 30년 전 내가 입학할 때는 그렇지 않았다. 당시 우리는 학교에 입학하기 전에 읽기와 쓰기에 대해 배우지 않았다. 공부란 학교에서 시작하고, 학교에서 끝내는 것이었다. 초등학교에 입학하기 전에 한글과 산수를 모르는 것은 당연하고 자연스러웠다. 초등학교에 입학하고 나서야 '기역과 니은 디귿'을 배우기 시작했고, 1과 2와 3과 4, 5를 배웠다. 초등학교 2학년이 될 때까지 한글을 익히지 못하는 아이들이 수두룩했고, 그것을 특별히 문제라고 생각하는 부모는 없었다. 실제로 산골 오지에서 평생을 살아가는 사람들에게 학교에서 배운 것을 알든 모르든 그다지 문제가 되지도 않았다.

초등학교 1학년과 2학년 내내 나는 선생님을 지시를 받아 방과 후에 아이들에게 읽기와 쓰기를 가르쳤고, 덧셈과 뺄셈을 가르쳐주었다. 선생님이 내주신 숙제를 이해하지 못하는 아이들에게 무엇을 어떻게 해야 할지를 차근차근 알기 쉽게 설명해주었고, 아픈 아이를 부축해 양호실로 데려가기도 했다. 그 대가로 내가 선생님으로부터 받은 것은 끝없는 칭찬과 사랑이었다.

2학년 때 담임이었던 이정희 선생님은 스무 살을 갓 넘겼는데, 웃을 때 양 볼에 앙증맞은 보조개가 맺히는 사람이었다. 우리 학교에서 가장 가까운 동네인 상부의 방앗간 집 딸이라고 했는데, 교원

양성학교를 마치고 학년마다 두 학급뿐인 우리 학교로 처음 부임한 선생님이었다. 당시 우리 학교에는 한 개 면 산하의 자그마치 열두 개 마을의 아이들이 다녔다. 학교에서 가장 가까운 마을은 이정희 선생님이 사는 상부 마을로 학교에서 걸어서 7, 8분 거리였고, 우리 마을처럼 10리 이상 떨어진 마을도 셋이나 있었다.

종일 쪼그려 앉아 들일을 했기에 땀 냄새가 났던 나의 엄마와 달리 이정희 선생님의 몸에서는 아카시아 꽃향기가 났다. 선생님이 발걸음을 옮길 때마다 길고 빛나는 머리카락은 양쪽으로 찰랑찰랑 흩어졌다. 반짝반짝 윤이 나는 구두를 신은 그녀가 절도 있게 걸을 때 마루를 깐 복도에서는 또각또각 경쾌한 소리가 났다. 이정희 선생님이 호루라기를 불며 앞서서 행진할 때 우리는 병아리처럼 그녀를 따르며 목청껏 '셋! 넷!'을 외쳤다.

쉬는 시간에 나는 창 너머로 겨우 얼굴을 내놓고(아직 키가 작았기 때문에) 교실 밖의 아이와 장난을 치고 있었다. 그때 누가 뒤에서 내 두 눈을 가렸다. 누구의 손일까. 몸을 비틀며 빠져나오려고 했지만 좀처럼 헤어날 수 없었다. 내 눈을 가렸던 손가락을 하나씩 하나씩 뜯어내고 돌아섰을 때, 아! 거기에는 햇살처럼 환한 미소를 지으며 나를 바라보는 아름다운 이정희 선생님이 서 있었다.

"누군지 몰랐지?"

"선생님!"

선생님은 허리를 살짝 굽히고 내 두 뺨을 어루만지셨다. 이정희 선생님의 따뜻하고 부드러운 손 안에서 내 얼굴이 형체도 없이 녹아 사라지는 것 같았다. 내 얼굴이 녹아서 사라지고, 내 몸이 녹아서 없어지고, 내 두 다리가 녹아서 형체도 없이 멀어지는 동안 내 몸을 타고 흐르던 그 전율을 어떻게 설명할 수 있을까. 어떤 수사를 동원한다고 할지라도 그날 내가 느꼈던 전율을 설명할 수는 없을 것이다. 그만큼 어지럽고 달콤하고 저릿한 전율을 나는 그 뒤로 어떤 순간에도 느껴본 적이 없었다. 선생님은 우리 반 70여 명의 아이들 앞에서 나를 칭찬했다.

"국철이는 한글을 참 잘 읽네."

"국철이가 잘하니까 방과 후에 명호 좀 가르쳐줄래?"

"국철이가 그린 그림은 참 예쁘구나."

수업 중에 책상 위에 놓인 내 손에 자신의 손을 포개며 '국철이는 손이 참 귀엽구나'라고 말씀하신 적도 있었다. 그럴 때 선생님은 허리를 살짝 굽히고 내 귀에만 들리도록 말씀하셨다. 다른 아이들 귀에는 들리지 않게, 누구도 눈치채지 못하게 내게로만 건너온 선생님의 사랑과 관심은 더없이 달콤했다.

"국철이는 이마가 참 반듯하구나."

"우리 국철이는 이가 참 희구나."

이정희 선생님이 '우리 국철이'라고 말했을 때 나는 정말 내가 '이정희 선생님의 국철이'라고 생각했다. 그 순간 나는 어머니의 아들도, 세상에 없는 아버지의 아들도, 매일 10리를 함께 걸어 다니며 온갖 이야기를 나누던 단짝 상길의 친구도 아니었다. 나는 이정희 선생님의 국철이었다. 그 시절 만일 누군가가 내게 '나의 국철'이라는 말을 썼더라면 불같이 화를 냈을 것이다. 상대가 누구든 그 녀석의 친구가 되지 않기 위해 나는 그 녀석과 1년 내내 말도 하지 않았을 것이다. 그 대상이 홀로 나를 키워내느라 분투하시던 어머니라고 할지라도 불쾌감은 마찬가지였을 것이다. 나는 오직 이정희 선생님의 국철이어야 했다.

이정희 선생님은 풍금을 치며 '고향의 봄'을 노래했다. 그 아름다운 봄노래를 배울 때 나는 어떤 아이들보다 맑고 큰 목소리로 노래했다. 그때의 내 목소리는 내 의지와 무관하게 솟아나오는 울림이었다. 사랑의 소리였다.

나의 살던 고향은 꽃피는 산골 복숭아꽃 살구꽃 아기 진달래~, 울긋불긋 꽃 대궐 차린-동네 그 속에서 놀던 때가 그립습니다.

울긋불긋 꽃 대궐 차린-동네, 그 속에서 놀던 때가 그립습니다. 이정희 선생님은 우리가 '차린-동네'를 부를 때 '차리인'이 아니라 '차린-'이라고 반복해서 설명했다. 같은 마디를 반복해서 연습했지만 아이들은 선생님이 바라는 음정을 내지 못했고, 박자를 맞추지 못했다. 아이들의 그 우둔한 노래를 듣느라 내가 화가 날 지경이었다. 아이들이 틀렸다는 단순한 사실 때문이 아니라 아이들의 우둔한 노래가 이정희 선생님의 아름다운 풍금 소리를 방해하기 때문이었다. 선생님의 풍금 소리는 바람을 따라, 바람의 속도로 멀리 퍼져나가야 했다. 우리 반 아이들의 아둔한 '차리인'에 묶이거나 고여서는 안 되는 것이었다. 그 풍금 소리를 따라 선생님과 나의 노래는 산을 넘고 들을 건너 아무도 모르는 곳으로 훨훨 날아가야 했다.

풍금을 치면서 이정희 선생님은 내 눈을 바라보았고, 나는 이정희 선생님을 바라보았다. 우리는 눈을 맞추고, 박자를 맞추고, 함께 고개를 끄덕이며 '고향의 봄'을 노래했다. 우리가 함께 노래할 때 고향의 봄은 붉고 푸르렀으며, 진저리가 나도록 아련하고 따뜻했다. 이정희 선생님과 내가 함께 애를 써서 그 마디를 무사히 넘겼을 때, 선생님의 얼굴에 피어나던 아름다운 미소를 또렷이 기억하고 있다.

선생님은 손가락으로 풍금을 치고, 입으로 노래를 부르고, 고개를 끄덕여 박자를 맞추면서도 눈은 나를 바라보았다. 우리 두 사람이 우둔하기 짝이 없는 70명의 아이들을 이끌고 그 틀리기 쉬운 마디를 무사히 넘어갔을 때 선생님은 나만이 알아볼 수 있는 미소를 지었고, 나는 이정희 선생님의 눈에만 보이는 미소를 지었다. 고향의 봄은 시리도록 아름다웠다.

그 시절 아이들 사이에서 가장 인기 있는 반찬은 콩조림이거나 오징어를 잘게 찢어 말린 뒤 꿀과 고춧가루로 조린 마른 반찬이었다. 산골 오지의 부모들은 가난했고, 소시지나 쇠고기 조림을 도시락 반찬으로 싸오는 아이는 없었다. 나는 거의 1년 내내 강된장 한 숟가락을 반찬으로 싸가지고 다녔다. 70개의 도시락 반찬 중에 가장 맛없는 반찬이었기에 게걸스럽기 짝이 없는 아이들조차 내 도시락 반찬에는 눈독을 들이지 않았다. 그러나 이정희 선생님이 내가 싸온 된장에 자신의 풋고추를 푹 찍어서 먹었을 때, 내 가난한 반찬은 성찬이 되었다. 이정희 선생님이 풋고추를 도시락 반찬으로 싸오는 한 내 강된장은 최고의 도시락 반찬이었다. 선생님은 하루도 빠지지 않고 풋고추를 가지고 왔다.

상길과 나는 단짝 친구였지만 선생님의 사랑이 우리의 우정을 방해하지는 않았다. 오히려 선생님의 사랑과 관심이 깊을수록 상길과 나의 우정도 깊어갔다. 선생님이 나를 칭찬하는 날 상길은 내게 더 다감했던 것은 분명하다. 어쩌면 그것은 선생님의 사랑에 취한 내 착각이었는지도 모른다.

초등학교에 입학하던 날부터 왕복 20리를 하루도 빠짐없이 함께 다닌 상길은 언제나 나를 지지했다. 내가 늦잠을 자는 바람에 지각할 게 불 보듯 뻔한 날에도 상길은 동네 아이들이 모두 학교로 떠나버려 텅 빈 동구에서 나를 기다렸고, 내가 부진한 우리 반 아이들을 가르치느라 교실에 늦게까지 남아 있을 때에는 학교 운동장에서 나를 기다렸다. 그런 날이면 나는 이정희 선생님이 사주신 빵으로 간식을 먹었지만 상길은 종내 굶은 채로 기꺼이 텅 빈 운동장을 지켰다. 집으로 가는 길과 학교로 오는 길에 상길과 나는 세상을 열고 닫을 만큼 많은 이야기를 나누었다. 우리는 틀림없이 키가 작은 아이에 불과했지만 먼 길을 걸어 다니느라 온갖 세상에 대한 이야기를 나눌 수 있었다.

상길은 내가 하는 말에 자주 웃었고, 오래 웃었다. 내가 묻는 말에 지체 없이 대답했고, 내 제안에 토를 달지 않고 흔쾌히 받아들였다. 그는 나와 함께 걷는 그 먼 길을 좋아했고, 나 역시 그와 함께 걷는 길을 좋아했다.

이정희 선생님은 백색 쉰소리로 아이들을 꾸짖기 일쑤였지만, 내게는 언제나 분홍빛의 혹은 노란색의 따뜻한 목소리로 말씀하셨다. 선생님의 말씀처럼 나는 똑똑한 아이였고, 귀여운 아이였다. 틀림없이 나는 선생님의 사랑을 받을 만큼 가치 있는 아이였다. 내가 맨 처음 선생님의 사랑을, 따뜻한 관심의 눈길을 받았던 것은 운이 있었는지도 모른다. 그러나 나는 내 어떤 점이, 어떤 행동이, 어떤 낯빛이 이정희 선생님의 관심과 사랑을 얻어내는지 알아차렸다. 나는 다른 아이들처럼 쭈뼛거리지 않았다. 물론 맨 처음 이정희 선생님이 내게 따뜻한 눈길을 보내지 않았더라면 쭈뼛거렸을지도 모른다. 그러나 단 한 번 선생님의 사랑을 받은 나는 두 번째와 세 번째와 네 번째의 사랑을 받기 위해 노력했다. 교무실까지 달려갔다 와야 하는 출석부 심부름을 도맡았고, 다른 반 선생님께 전해야 할 이정희 선생님의 이야기나 물건이 있으면 맨 먼저 일어나 달려갔다. 선생님이 아이들을 둘러보며 '누가 아는 사람 있나요?'라고 묻자마자 손을 들었고, 선생님이 유난히 좋아했던 미소를 띠며 대답했다. 그러니 나는 순전히 운이 좋아서 이정희 선생님의 사랑을 받았던 것이 아니라 선생님의 사랑을 받을 만큼 노력했고, 사랑을 받아도 좋을 만큼 가치 있는 아이였다.

이정희 선생님은 먼 데서도 나를 알아보았다. 교문 앞에 서서 등교하는 학생들을 지도하던 선생님은 내가 저 멀리 나타나기만 해도 금방 알아보고 손을 흔들어 인사를 건넸다. 선생님이 나를 향해 손을 흔들면 나는 노루처럼 뛰어서 교문으로 달려갔다. 내가 문득 달리기 시작하면 함께 걷던 상길은 영문을 모른 채 나를 따라 달렸다. 이정희 선생님은 고만고만한 아이들이 잔뜩 모여 수군거리는 운동장 한구석의 느티나무 아래를 지나칠 때도 한눈에 나를 찾아내고 "국철이 요 녀석, 모여서 무슨 못된 장난을 하려는 거지?"라며 웃곤 했다. 누구나 알 만한 문제를 선생님이 냈을 때, 아이들은 누구나 서로 대답하겠다고 주둥이가 노란 제비 새끼처럼 입을 벌렸지만, 이정희 선생님은 유독 내 목소리에만 귀를 기울였다.

"국철이가 맨 먼저 대답했구나."

나는 그렇게 아름다운 날들을 보내는 중이었다. 이정희 선생님이 나만을 사랑했는지는 알 수 없다. 아마 선생님은 선생님답게 다른 아이들에게도 어여쁜 관심을 주었을지도 모른다. 그러나 어쨌든 내게 이정희 선생님의 사랑은 특별하고 유일했다.

누구에게나 잊을 수 없는 기억이란 것이 있다. 그것을 단순히 기억이라고 해야 할지, 불운이라고 해야 할지 알 수 없다. 그 일이 있고 30년이 지났지만 나는 아직도 그 끔찍한 고통에서 벗어나지 못한다.

첫째 시간을 마치고, 둘째 시간을 시작할 때였다. 쉬는 시간에 교무실에 다녀온 이정희 선생님은 잠시 자신의 책상 서랍과 교탁 안을 뒤적거리더니 몹시 상기된 얼굴로 고개를 들고, 우리 반 아이들 얼굴을 찬찬히 살펴보았다. 그렇게 아이들 얼굴을 하나씩 하나씩 살피던 선생님은 끝내 결심을 굳힌 듯 입을 열었다.

"2학년 3반."

선생님이 2학년 3반이라고 우리를 부를 때는 '그만 떠들고 선생님 말씀에 주목해라'는 말이었다. 아이들은 선생님의 말뜻을 알았지만 금방 입을 다물지 않았다. 하던 이야기를 끝까지 해야 했고, 듣던 이야기를 끝까지 들어야 했기 때문이다. 그러면 선생님은 으레 다시 '2학년 3반'이라고 말해 주목을 끌었다. 그날도 그랬다.

"2학년 3반."

백색의 쇳소리도 노란색의 따뜻한 목소리도 아니었다. 그날 이정희 선생님의 목소리에는 어떤 높낮이도 질감도 색감도 묻어 있지 않았다. 선생님의 그 침묵에 가까우리만치 무미건조하고 낮은 목소리를 들었을 때 아이들은 심상치 않은 일이 생겼음을 깨달았다. 우리는 일제히 입을 다물었고, 자세를 바로잡았고 선생님을 바라보았다. 어리석은 한두 녀석은 그때까지도 키들거렸지만 곧 잠잠해졌다.

"모두 눈 감아라. 선생님이 눈 뜨라고 말하기 전에 눈을 뜨는 녀석은 용서하지 않겠다. 자, 모두 눈 감아."

아이들이 눈을 감자 교실에는 정적이 흘렀다. 옆 반 아이들이 우루루 교실로 뛰어 들어가느라 쿵쾅대는 소리가 들렸다. 좀 전까지 뛰어다닌 탓에 거칠게 숨을 몰아쉬던 아이들의 숨소리가 고르게 가라앉았고, 의자를 고쳐 앉느라 삐걱대는 소리가 간헐적으로 났다. 잔기침이 두어 번 터졌지만 곧 숙졌다. 이제는 더 이상 의자를 고쳐 앉느라 삐걱대는 소리도 나지 않았다.

선생님이 책상 서랍 안에 넣어두었던 불우이웃돕기성금이 없어진 것이다. 선생님은 사흘 동안 불우이웃돕기성금을 거뒀고, 사흘이 지나도록 끝내 내지 못한 대여섯 명의 아이들 몫을 제외한 성금을 그날 교무실에 갖다 낼 예정이었다. 그러나 첫째 시간 수업을 마치고 선생님이 잠깐 교무실에 다녀온 사이 성금이 없어졌다.

그 성금이 정말로 첫째 시간을 마친 뒤 휴식 시간에 없어졌는지, 전날 없어졌는지 아는 사람은 없었다. 이정희 선생님이 그날 첫째 시간을 마치고 왜 그 돈을 교무실로 가져가지 않았는지도 알 길이 없다. 어쩌면 깜빡 잊었을 수도 있을 것이다. 어쨌든 선생님은 그 성금이 첫째 시간을 마친 뒤 없어진 것으로 결론 내렸다.

"선생님 서랍에 있던 불우이웃돕기성금 가져간 사람은 조용히 손을 들어라. 아무 말 할 필요 없다. 조용히 손만 들어라."

선생님은 꾸중하지 않겠다고 약속했다. 누구에게도 말하지 않겠다고 했다. 그 순간 나는 대체 누가 그 많은 돈을 훔쳤을까, 궁금했다. 아이들마다 겨우 10원씩 20원씩 이웃돕기성금을 냈다고 하더라도 거의 천원에 가까운 돈이었다. 10원짜리와 20원짜리 과자가 흔하던 시절이었다. 천원이라면 감히 초등학교 2학년짜리가 탐내거나, 남몰래 쓸 만한 돈은 아니라는 것이 그때의 내 생각이었

220

다. 선생님이 낮은 목소리로 아이들을 달래고 채근했지만 돈을 훔쳐간 아이는 나타나지 않았다.

"사람은 누구나 실수할 수 있다. 게다가 너희는 어린 학생들이니까 얼마든지 실수를 할 수 있다. 다시 한 번 말하지만 꾸중하거나 때리지 않겠다. 소문내지도 않겠다. 선생님만 알고 넘어간다고 약속하마. 조용히 손만 들어라."

돈을 훔쳐간 아이는 나타나지 않았다. 그쯤에서 나는 슬슬 화가 났다. 대체 어떤 놈이 불우이웃돕기성금을 훔쳐 반 분위기를 흐리는가. 돈을 훔친 행위보다 부당하게 강요당하는 침묵과 암흑의 고통이 싫었다. 눈을 감은 채 침묵하려니 형형색색의 왁자지껄한 세상과 격리된 듯한 느낌마저 들었다. 그 침묵과 암흑은 의외로 견디기 힘들었고, 돈을 훔쳐간 아이가 어서 손을 들기를 바랐다.

끝내 범인이 나타나지 않자 선생님은 우리 모두를 책상 위에 올라가 꿇어앉도록 했다. 눈을 감고 있다가 책상 위에 올라가기 위해 잠시 뜰 수 있어서 다행이었다. 아이들이 책상 위에 올라가 앉느라 덜그럭대는 소리가 오히려 나를 편안하게 했다. 그러나 곧 암흑과 침묵이 다시 찾아왔다.

눈을 감고 책상 위에 꿇어앉아 있으니 미리기 어질어질한 것 같았다. 몸이 이리저리 흔들린다는 느낌도 들었다. 몸이 균형을 잡지 못하고 책상 밑으로 떨어질 것 같은 착각도 들었다. 눈을 감고 침묵했을 뿐인데, 묘한 체면에 걸린 듯했다.

돈을 훔쳐간 아이가 빨리 자수해서 그 어질어질한 침묵의 시간

이 끝나기를 바랐다. 그러나 돈을 훔쳐간 아이는 나타나지 않았
다. 그렇게 한 시간이 가고 쉬는 시간을 알리는 종이 울렸을 때, 나
는 그 긴 침묵의 형벌이 끝날 줄 알았다. 옆 반 아이들이 복도로 뛰
어나와 운동장으로 달려가는 소리가 났다. 아이들끼리 서로 부르
는 소리도 났고, 그 안에 아이다운 상스러운 말도 섞여 있었다. 쉬
는 시간임을 알리는 종소리, 쉬는 시간임을 확실히 증명하듯 옆 반
아이들이 떠드는 소리에도 선생님은 침묵과 암흑의 형벌을 거두지
않았다.

　화장실에 다녀오고 싶은 아이들도 있었을 것이다. 그러나 누구
도 감히 화장실에 가고 싶다고 말하지 않았다. 선생님 역시 교탁
앞에 서서 꼼짝도 않았다. 또각또각 경쾌한 구두 소리를 내며 걷던
선생님은 어떤 소리도 내지 않았다. 교실은 완전한 고요였다. 그렇
게 쉬는 시간이 아쉽게 끝나버렸고, 셋째 시간 수업 시작을 알리는
종이 울렸다. 운동장에서 뛰어놀던 옆 반 아이들이 복도를 내달려
교실로 뛰어 들어갔고, 쾅쾅 문을 여닫는 소리가 났다. 교실은 다
시 고요해졌다.

　"가져간 사람이 없어? 돈이 제 발로 걸어서 나갔다는 거니? 자
기 때문에 이렇게 반 전체가 화장실도 못 가고 벌을 서는 데 미안
하지도 않아? 선생님 화나려고 한다. 화내기 전에 어서 손을 들어."

　돈을 훔쳐간 아이는 나오지 않았다. 급기야 선생님은 아이들에
게 각자 자기 의자를 들고 꿇어앉아 눈을 감으라고 했다. 침묵과
암흑의 형벌에 더해 이제는 팔이 떨어질 것 같은 고통이 엄습했다.

그러나 감히 의자를 내릴 수 없었다. 왼팔에 주로 힘을 주고 오른팔을 좀 쉬게 했다가, 반대로 오른팔에 힘을 주어 왼팔을 쉬게 하기도 했다. 그렇게 버텼지만 바들바들 떨리는 두 팔의 고통을 줄일 수는 없었다. 셋째 시간 수업을 마치는 종소리가 나도 형벌이 끝나지 않을 것이라는 내 짐작은 옳았다. 종소리가 났지만 형벌은 끝나지 않았다. 교실 밖 복도는 옆 반 아이들로 왁자지껄하고 분주했다. 그리고 우리 교실을 지배하는 침묵에 관해 수군거리는 소리도 들렸다.

'3반 의자 들고 벌서고 있다.'

우리 반의 차가운 침묵이 옆 반 아이들에게도 전해졌는지 복도는 눈에 띄게 조용해졌다. 아이들은 틀림없이 우리 반 앞 복도를 빠르게 달려갔을 테지만 소리를 내지는 않았다. 운동장에서는 여전히 아이들이 떠들어대는 소리가 났다. 화사한 봄볕 아래에서 아이들은 마땅히 누려야 할 자유를 만끽하는 중이었다.

슛!

패스, 패스!

축구를 하는 모양이었다. 한 아이가 공을 패스하라며 지르는 소리가 운동장을 가로질러, 귓속을 파고들었다. 감히 고개를 돌려 아이들이 뛰어다니는 광경을 볼 수는 없었지만 그들이 어떤 모습으로 뛰어다니는지 눈에 선했다. 그러나 그것은 딴 세상의 풍경이었다. 우리는, 나는 부당한 형벌을 받고 있었다. 쉬는 시간에 나는 마땅히 운동장으로 나가 공을 차며 뛰어놀아야 했다. 공을 패스하라고 친구들에게 악을 쓰며 고함을 질러대야 했다. 침묵과 암흑의 형벌은 내 몫이 아니었다. 그날 아침까지만 해도, 첫째 시간을 마쳤을 때까지만 해도 나는 초등학교 2학년짜리가 당연히 누려야 할 권리를 누렸다. 그러나 한순간 모든 것이 변해버렸다. 야트막한 벽과 그 위에 얹힌 창문을 경계로 옆 반 아이들은 봄날을 만끽하느라 고함을 질러대는 중이었고, 우리 반 아이들은 손가락 하나 까닥하는 것도 허용되지 않는 침묵의 형벌 속에 갇혀 있었다.

그 끔찍한 침묵의 형벌을 끝내는 방법은 돈을 훔쳐간 아이가 자수하는 길 뿐이었다. 그러나 범인은 나오지 않았다. 다시 넷째 시간 시작을 알리는 종이 울렸고, 교실 한쪽에서 누군가가 고통을 이기지 못해 신음하는 소리가 났다. 어쩌면 그 아이는 울음을 삼키고 있는 중인지도 몰랐다. 그 아이에 이어 또 다른 아이가 억눌리고 뒤틀린 신음을 토했다. 아이들은 참았던 신음, 참았던 울음을 터뜨렸다.

"조용히 못 해."

분명히 나무라는 말이었지만 선생님의 목소리에는 높낮이가 없었다. 나는 차라리 선생님이 버럭버럭 고함을 지르며 난리 치기를 바랐다. 그러나 그날 선생님의 목소리는 지옥의 얼음 밑에서나 들릴 것처럼 차갑고 낮았다. 소변이 마려웠지만 감히 화장실에 가고 싶다고 말할 수 없었다. 어쩐지 화장실에 가고 싶다고 말하는 것은 선생님의 권위에 도전하는 것처럼 여겨졌다. 아니, 화장실에 가고 싶다고 말하는 것이 마치 내가 돈을 훔쳤습니다, 라고 고백하는 것처럼 보일지도 모른다고 생각했다. 나는 도둑이 아니었고, 사소한 실수로 도둑으로 몰리고 싶지 않았다.

　내가 진정으로 견딜 수 없었던 것은 소변이 아니라 침묵과 암흑이었다. 침묵을 견디지 못하는 성향은 어른이 된 뒤에도 나아지지 않았다. 친구들과 모임에서나, 회사의 동료들과 술자리에서 열심히 떠들다가도 한순간 모두가 입을 다무는 바람에 침묵이 흐르는 순간이 있다. 나는 그런 순간을 견딜 수 없었다. 그런 순간이 닥치면 나도 모르게, 누구보다도 먼저 '왜 이렇게 갑자기 조용해?'라고 좌중을 둘러보며, 누구라도, 무엇에 관해서라도 입을 열어주기를 바랐다.

　또 하나 내가 견딜 수 없었던 것은 바닥없는 형벌의 깊이였다. 한밤중까지라도 좋고, 내일까지라도 좋고, 모레까지라도 좋다. 그 암흑과 침묵의 형벌이 언제 끝날 것인지 알고 있었다면 나는 어떻게든 견뎠을 것이다. 치매에 걸린 부모를 단 1년도 보살피지 못하는 자식의 입장이 그런 것일 거다. 그 고통스러운 시간이 1년 뒤에 끝난다는 사실을 알고 있다면 자식은 임종을 앞둔 부모를 위해 지극정성을 다할 것이다. 소변과 대변을 받아내고, 부모의 터무니없는 강짜를 웃는 낯으로 마중하고, 부모가 평소에 가보고 싶어 했던 곳으로 함께 여행도 떠날 것이다. 그러나 시한을 알 수 없는 형벌은 단 열흘도 견디기 힘든 법이다. 그날 우리에게 가해졌던 형벌이 그랬다. 수업의 끝과 시작을 알리는 종소리가 규칙적으로 울렸지만 형벌은 끝나지 않았고, 나는 바닥없는 나락으로 끝없이 떨어지는 중이었다.

"지금이라도 손을 들어라."

넷째 시간이 끝날 무렵이었을 것이다. 오랜 침묵 끝에 이정희 선생님이 여전히 질감 없는 목소리로 그렇게 말했을 때 나는 문득 눈을 뜨고 대꾸했다. 가만히 손을 든 게 아니라 누구도 알지 못하게 은폐해놓았던 내 죄를 고백하며 울음을 터뜨리고 말았다.

"제가 훔쳤습니다."

나는 불우이웃돕기성금을 훔치지 않았다. 나는 다만 끝을 알 수 없는 침묵과 암흑을 견딜 수 없었다. 그리고 어쩌면 나만이 이정희 선생님의 용서를 구할 수 있을 것이라고 믿었던 것인지도 모른다. 다른 아이들은 결코 선생님의 사면을 받을 수 없을 것이다. 선생님은 백색 쇳소리를 퍼부어대며 매질을 해댈지도 몰랐다. 돈을 훔쳐간 아이는 바로 그 점을 두려워하고 있을 것이다. 그러나 나라면 이야기는 달라질 것이다. 내게만은 이정희 선생님이 변함없이 따뜻한 미소를 지을 것이라고 생각했다. 지금 생각하면 터무니없는 기대였지만 그때 나는 그렇게 믿었던 것 같다.

"나쁜 놈!"

성큼성큼 또각또각 침묵을 깨는 구둣발 소리를 내며 다가온 선생님은 내 따귀를 올려붙였다. 그 순간 마주친 이정희 선생님의 눈을 죽어도 잊지 못할 것이다. 분노와 증오, 절망과 배신, 원한과 미움을 비롯해 온갖 악감정을 집대성해놓은 듯한 눈빛이었다. 이글이글 타오르는 그 눈빛에 질려 나는 울음조차 터뜨릴 수 없었고, 숨조차 쉴 수 없었다. 대체 나는 어쩌자고 그런 어처구니없는 거짓 고백을 했다는 말인가. 사실은 그게 아니라고, 무엇인가 변명을 하려고 했을 때 이정희 선생님이 한 손으로 내 귀를 야무지게 비틀어 잡고 다시 뺨을 후려쳤다. 그 순간 나는 절망했다. 그것은 이정희 선생님이 성큼성큼 내게로 다가와 후려친 첫 번째 따귀와는 달랐다.

나는 맞은 따귀보다 이정희 선생님에게 쥐어뜯긴 귀가 더 고통스러웠다. 그것은 육체가 겪는 종류의 고통이 아니었다. 내 귀를 그렇게 쥐어뜯을 수는 없는 것이다. 그것은 결코 아끼고 사랑하는 사람에게 가할 수 있는 행위가 아니었다. 이정희 선생님은 내 귀를 야무지게 쥐어뜯는 것으로 나를 파면했다.

봄비에 목련이 지듯이 이정희 선생님의 사랑은 그렇게 끝났다. 언젠가 진실을 말할 날이 오리라 생각했지만 마흔이 다 되도록 그런 날은 오지 않았다.

선생님을 찾아간 것은 오래 전에 땅 속 깊은 곳에 묻혀버린 진실을 캐내고 싶어서였다. 부당하게 잃어버린 사랑을 되찾고 싶어서였다. 사실은 그렇지 않았다고, 나는 다만 두렵고 겁이 났을 뿐이라고 말하고 싶었다. 그 침묵과 암흑의 고통을 끝내고 싶었을 뿐이라고 말하고 싶었다. 나는 진실로 그날의 내 자백은 거짓이었다고 고백하고 싶었고 이정희 선생님이 알아듣기를 바랐다. 그래서 오래 전에 잃어버린, 그리고 채울 수 없었던 허기를 채우고 싶었다. 충분히 그럴 수 있으리라고 믿었다.

나는 결코 이정희 선생님을 죽이고 싶지 않았다. 그녀를 죽이고 싶었던 게 아니라 진실을 이야기하고, 사랑을 되찾고 싶었을 뿐이다. 내가 세상의 온갖 흙먼지와 쓰레기와 오해와 모멸의 세월 속에 묻혀 있던 진실을 끄집어냈지만 이정희 선생님은 알아듣지 못했다. 나는 스스로 배를 가르고 내장을 끄집어내는 심정으로 진실을 밝혔지만 이정희 선생님은 그날의 일을 기억하지 못했다. 선생님을 찾아가기 전에 전화로 내 이름을 이야기하지 않았다면 내가 누군지조차 몰랐을지도 모른다. 아니, 어쩌면 선생님은 마주 앉아 내 이야기를 들으면서도 내가 누구인지 알아보지 못했는지도 모른다.

선생님의 눈은 텅 비어 있었다. 성금 도난 사건이 있은 뒤로 70명의 아이들 사이에서 나를 구분하지 못하고 무심히 스쳐가던 그 시절의 눈빛이었다.

그날 넷째 수업 시간이 반쯤 지났을 때 나는 돈을 훔쳤다고 거짓 고백함으로써 침묵과 암흑의 고통을 끝내고 싶었다. 침묵과 암흑의 시간은 나뿐만 아니라 이정희 선생님에게도 뼈아픈 시간이었을 것이다. 내 고백이 이정희 선생님과 내 고통을 끝장내고, 우리를 자유롭게 하고, 우리의 사랑을 다시 이어가는 길이라고 믿었다. 선생님과 나 사이에 놓인 암흑과 침묵의 장막을 걷어내기 위해 내장이 타들어가는 고통을 참으며 거짓 고백을 삼켰지만 침묵과 암흑을 걷어내기는커녕 나는 더욱 끔찍한 고통에 빠지고 말았다.

나는 불우이웃돕기성금을 훔쳐서 감추지 않았으므로 내놓을 수 없었다. 이정희 선생님은 그 돈을 내가 이미 써버린 것이라고 결론 내렸다. 선생님이 우리 반에 할당됐던 불우이웃돕기성금을 어떻게 해결했는지는 알 수 없다.

이정희 선생님은 반성문을 쓰라고 했다. 돈을 언제, 어떻게 훔쳤으며, 어디에 썼는지 소상하게 밝히고, 앞으로 어떻게 할 것인지에 대해 쓰라고 했다. 억울하지만 벌을 받을 수는 있었다. 비록 사실이 아니더라도 내가 자처한 일이니 감당할 수 있었다. 그러나 반성문이라니, 어떻게 내가 반성문을 쓸 수 있다는 말인가. 훔치지 않은 돈을 어떻게 훔쳤다고 쓸 것이며, 쓰지 않은 돈을 어디에 어떻게 썼다고 고백할 것인가. 내가 저지르지 않는 죄에 대해 내가 어떻게 용서를 구할 수 있다는 말인가. 나는 다만 내가 돈을 훔쳤다고 고백하는 것으로 침묵과 암흑의 형벌이 끝날 것이라고 믿었을 뿐이다. 침묵과 암흑의 형벌에서 벗어나기 위해 나는 빠져나올 길 없는 덫에 스스로 발목을 집어넣고 말았던 것이다.

수업이 모두 끝난 뒤 나는 아이들이 모두 떠난 텅 빈 교실에 홀로 남았다. 그날은 부진아들을 위한 나머지 공부도 없었고, 숙제를 안 해온 무책임한 아이들에게 가해지는 처벌도 없었다. 다른 아이들의 읽기와 쓰기, 숙제를 도와주기 위해 교실에 남아 있곤 했던 내가 그날은 내 잘못 때문에 홀로 남아야 했다. 내 앞에는 반성문을 쓸 공책이 펼쳐져 있었고, 내 손에는 연필이 쥐어져 있었다. 이정희 선생님은 맨 앞쪽의 자기 자리에 앉아 고개를 숙인 채 무엇인가를 쓰고 있었을 뿐, 나를 바라보거나, 반성문을 다 썼느냐고 묻지 않았다.

그날은 네 시간 수업을 하는 날이었던 것으로 기억하고 있다. 이미 점심시간을 훌쩍 넘겼지만 선생님은 식사를 하지 않았고, 도시락을 싸오지 않았던 나 역시 식사를 하지 않았다. 도시락을 싸왔다고 해도 먹지 못했을 것이다. 네 시간 수업을 마치고, 식사가 없는 점심시간이 끝나고, 오 교시와 육 교시의 시작과 끝을 알리는 종소리가 났지만 나는 단 한 줄도 쓸 수 없었다.

운동장은 여전히 시끌벅적했다. 학교 근처 동네인 상부 아이들이 집으로 돌아가지 않고 운동장에서 축구를 하는 소리가 들렸다. 교실의 중간쯤의 내 자리에 앉아 창밖을 바라보았다. 멀리 운동장에서 아이들이 공을 좇아 달리는 모습이 보였고, 눈앞에서는 꿀벌이 교사(校舍) 밖 화단 위를 날아다니는 모습도 보였다. 나는 꿀벌 잡기를 좋아했다. 다른 아이들은 꿀벌을 잡기 위해 고무신을 벗어 꽃잎에 앉은 꿀벌을 홱 낚아챈 다음 팔을 빙글빙글 돌려 꿀벌을 한껏 어지럽게 한 다음 땅바닥에 패대기를 치는 방법을 썼다. 그렇게 잡은 꿀벌은 머리나 내장이 터져 죽기 일쑤였고, 용케 살아 있다고 해도 이미 벌이 아니었다. 나는 엄지와 검지로 꽃잎에 앉아 있는 꿀벌의 날개를 부드럽게 잡았다. 벌을 다치게 하지 않았고, 어지럽게 하지도 않았다. 그렇게 잡은 꿀벌을 병 속에 가두어두었다가 풀어주곤 했다. 때때로 짓궂은 아이들의 요구에 못 이겨 날개를 뗀 뒤에 괴롭히기도 했지만 그런 일은 드물었다. 나는 벌이 날개를 다치지 않게 잡았고, 온전한 그대로 날려 보내려고 애썼다. 장난기로 똘똘 뭉친 아이들의 요구에 못 이겨 날개를 떼서 못된 장난을 친 다음에는 언제나 심한 죄책감에 시달렸다.

운동장에서 상길이 상부 아이들과 어울려 축구하는 모습이 보였다. 먼저 집으로 돌아간 줄 알았던 상길을 상부 아이들 속에서 발견하자 괜히 울적했다. 수업을 마치고 함께 조잘거리며 집으로 걸어갔어야 할 우리였다. 그러나 나는 교실에 홀로 남았고, 상길은 평소에 좀처럼 어울리지 않던 상부 아이들과 함께 운동장에 남아 서글픈 해를 바라보고 있었다.

해가 느릿느릿 서산을 향해 기울고 있었다. 해가 좀 더 떨어지면 상부 아이들은 엎어지면 코 닿을 자기 집으로 가면 그만이었지만, 상길과 나는 10리나 되는 먼 길을 걸어가야 했다. 함께 어울려 축구를 하고 있었지만 상길은 상부 아이들과는 다른 초조함에 시달리고 있었으리라. 아직 어린아이들에게 해지는 10리 길은 결코 만만한 거리가 아니었다. 점심까지 굶은 작은 아이들에게 그 먼 거리는 물리적으로 피로할 뿐만 아니라 서글프기 짝이 없는 시간이기도 했다.

이제는 축구가 시들해진 아이들이 학교를 빠져나갔을 때 홀로 남은 상길은 가방을 들고 교실 쪽으로 걸어왔다. 상길은 창밖에서 까치발로 서서 얼굴을 창틀 위에 올려놓았다. 선생님이 교탁 앞에 앉아 있는 것을 발견한 상길은 소리를 내지 않고 입 모양으로 내게 물었다.

"다 썼나?"

나는 고개를 저었다.

"빨리 써라. 집에 가자."

나는 다시 고개를 저었다. 쓸 수 없다는 말인지, 쓸 말이 없다는 말인지 그 순간의 나로서도 알 수 없었다. 어쩌면 상길이 나를 두고 홀로 집으로 가버릴지도 모른다는 생각이 들었지만 이야기를 나눌 수도 없었다. 내가 불우이웃돕기성금을 훔쳤다고 내 입으로 고백했고, 상길은 그 말을 믿었을 것이다. 그러나 상길은 나를 나무라지 않았다. 나무랄 틈도 없었지만 나무라고 싶지도 않았을 것이다. 그가 나를 나무라고 싶었다면 그 막막하고 난감한 10리 길을 앞에 두고 집이 코앞인 상부 아이들과 어울려 축구 따위를 하지는 않았을 것이다. 상길은 그 순간 나를 지지해준 유일한 동무였다.

교정의 나무 그림자가 길게 늘어지고 있었다. 이제 곧 해가 지리라. 해가 지면 어떻게 될 것인가. 운동장 가장자리로 터벅터벅 걸어갔던 상길이 다시 교실 창문 앞으로 걸어왔다. 상길의 얼굴에는 난처함과 두려움이 배어 있었다. 이제 곧 해가 질 것이다. 상길은 늦도록 돌아오지 않는 자식을 걱정하는 부모님 생각을 했을 것이다. 배도 고팠을 것이고, 홀로 걸어가야 할 그 먼 길을 걱정했을 것이다. 친구인 나는 언제 끝날지 기약 없는 형벌을 받고 있었고, 그에게는 홀로 걸어가야 할 10리 길이 놓여 있었다. 창틀에 얼굴을 겨우 올려놓은 상길은 다시 물었다.

"다 썼나?"

나는 세차게 고개를 흔들었다. 그리고 소리 내지 않고 "먼저 가라"고 말했던 것 같다. 그러나 상길이 먼저 가기를 바라지는 않았다. 햇볕이 들지 않아 어둡고 음습한 교실, 동무들이 모두 떠나버린 교실에 나를 홀로 남겨두고 상길이 떠나기를 바라지 않았다. 나는 그가 조금만 더 기다려 주기를, 선생님이 이제는 나를 집으로 보내주기를 바랐다. 이정희 선생님은 내 그런 다급한 마음을 아는지 모르는지, 고개를 들지 않았고, 말을 걸지도 않았다. 만약 그때 이정희 선생님이 무엇이든 내게 말을 걸었다면, 나는 내가 훔치지 않았다고 말했을 것이다. 난처한 표정으로 국기 게양대와 교실 창문 사이를 오고가던 상길은 마침내 집으로 떠났다. 상길은 언제 끝날지 모를 내 형벌의 시간을 더 이상 기다릴 수 없었다.

상길이 운동장을 가로질러 학교 정문을 향해 걸어갈 때, 나는 울음을 터뜨리고 말았다. 소리 없는 울음이 뺨을 타고 흘러 내 공책 위로 검은 점을 만들며 뚝뚝 떨어졌다. 멀어지는 상길의 모습은 단짝 친구가 나를 두고 먼저 집으로 가버리는 것이 아니라, 내 유년의 한 조각이 베어져나가는 장면이었다. 내 어린 날이 완전하게 유배되는 순간이었다.

그날 이후 나는 웃지 않았다. 성장하지도 않았나. 아이들은 웃으면서 자라는 법이다. 상처가 아이를 어른으로 키운다는 말, 경험이 아이를 지혜로운 어른으로 만든다는 말은 거짓말이다. 아이들은 웃으면서 자라는 법이다. 아이들이 작은 일에도 까르르 숨넘어갈 듯이 웃음을 터뜨리는 것은 그들이 자라고 있기 때문이다. 아니, 아이들은 까르르 터뜨리는 웃음 속에서 자란다.

그날 밤이 이슥해서야 나는 집으로 돌아왔다. 혼자 먼 길을 걸어왔지만 무섭지도 지루하지도 않았다. 밤에는 여우가 신작로로 내려와 사람을 홀린다고 했지만 두렵지 않았다. 이정희 선생님의 사랑을 되찾을 수 있다면 여우 따위는 얼마든지 만나도 좋다고 생각했다. 차라리 여우를 만나는 편이 더 나았을지도 모른다. 여우는커녕 먼지 하나 일어나지 않는 텅 빈 신작로를 걸어, 역시 텅 빈 골목길을 돌아 나는 집으로 왔다. 일찍이 남편을 잃고 홀로 자식을 키운 어머니는 그날 밤 내내 울었다. 내가 아비 없이 자라는 자식 티를 냈으니 그럴 수밖에 없었을 것이다.

나는 끝내 반성문을 쓰지 않았고, 선생님은 나를 용서하지 않았다. 어머니가 나를 붙들어 앉히고 반성문을 쓰라고 했을 때 나는 돈을 훔치지 않았다고 고백했다. 어머니는 긴 한숨을 쉬었을 뿐 반성문을 강요하지 않았다. 어머니가 내 진실을 알았기 때문에 반성문을 강요하지 않은 것인지, 반성문으로 내 행실을 바로 잡을 수 없다고 믿은 것인지 나로서는 알 길이 없다.

불우이웃돕기성금 도난 사건이 있은 뒤로 나는 더 이상 이정희 선생님의 눈에 띄는 아이가 아니었다. 70명이나 되는 아이들 중에서도 금방 나를 찾아내고, 내 작은 몸짓에도 시선을 집중하고, 오직 내 목소리에만 귀를 기울이고, 나와 자주 눈을 맞추던 선생님은 더 이상 나를 쳐다보지 않았다. 나는 이전과 마찬가지로 반짝이는 두 눈으로 선생님을 응시했지만 여러 아이들 사이를 빠르게 스쳐가는 선생님의 눈은 나를 알아보지 못했다. 비슷하게 작고, 비슷하게 더러운 아이들 속에서 나를 알아보지 못했던 것만 아니라 선생님의 질문에 내가 손을 번쩍 들었을 때조차 나를 알아보지 못했다. 나는 명랑한 목소리로 질문했지만 퉁명스러운 대답을 들었고, 아름다운 미소를 보냈지만 차가운 외면을 받았다. 선생님은 더 이상 내게 사랑이 담긴 눈빛을 주지 않았고, 부드럽고 따뜻한 두 손으로 내 눈을 가리지도, 내 두 뺨을 어루만지지도 않았다. 나는 여느 아이와 다를 바 없는 평범한 아이가 돼 있었다.

따지고 보면 나는 이정희 선생님의 사랑을 받을 만한 자격이 없었다. 나는 내가 그렇고 그런 아이에 불과하다는 사실을 천천히, 그러나 명백하게 깨달았다. 기껏해야 나는 아비 없는 자식으로, 남의 집 일이나 거들어주는 가난한 홀어미의 자식에 불과했다. 봄이 부풀어서 터질 지경이 될 때까지 두툼한 겨울옷을 입고 다니는 아이, 가을이 붉게 익어 떨어질 때까지 해진 여름옷을 입고 지내는 남루한 행색의 아이였다. 도시락 반찬으로 강된장 한 숟가락 외에 가져올 게 없는 가난한 산골 집의 아이, 공책이 떨어지면 엄마가 이웃에서 돈을 꾸어올 때까지 다 쓴 공책을 지우개로 지우고 다시 써야 하는 아이, 쉬는 시간마다 앞 시간에 필기한 내용을 모조리 지우는 아이, 그래서 결국에는 읽을 게 하나도 남아 있지 않은 아이, 가난한 낙도 어린이를 돕기 위한 학교의 모금 행사에 쌀을 낼 수 없어 보리쌀 반 홉을 가져와 남몰래 교탁 앞 봉투에 부어넣던 아이였다. 선생님의 사랑은커녕 외면을 받아 마땅한 아이였다.

만약 가난이 죄라면 나는 처벌 중에서도 가장 엄한 처벌을 받는다
고 해도 억울할 게 없는 아이였다. 내게 잘못이 있었다면 그 마땅
한 처분을 내 몫으로 받아들일 수 없었다는 것이다.

　이정희 선생님의 특별한 관심이 그렇게 중요했느냐, 그렇다고
이정희 선생님이 당신을 학대하거나 다른 아이들보다 못한 대접을
한 것은 아니지 않느냐, 라고 묻는다면 할 말이 없다. 세상에는 이
정희 선생의 사랑 말고도 얻을 수 있는 사랑이 많다. 이정희 선생
님 외에도 바라볼 만한 사람은 많다. 사람이 아니더라도 관심을 가
질 만한 것들은 부지기수다. 공부를 열심히 해서 자기만족을 얻을
수도 있었고, 친구들과 소중한 우정을 쌓을 수도 있었을 것이다.
다행스럽게도 나는 공부에 다소 재주가 있었으니 마음만 먹는다
면 무엇이든 차지할 수 있었을 것이다. 그러니 당신의 아픔이란 것
은 기껏해야 칭얼거림에 불과하다고 쏘아붙인다 해도 할 말이 없
다. 어쩔 것인가. 나는 그때 여덟 살이었고, 이정희 선생님의 사랑
외에는 쳐다볼 것이 없었다 대체 내기 이정희 선생님 외에 누구를
쳐다볼 수 있었다는 말인가.

　2학년이 끝날 때까지 이정희 선생님은 단 한 번도 나를 알아보
지 못했다. 그런 날들이 이어지면서 나는 내가 불우이웃돕기성금
을 훔쳤을지도 모른다는 어처구니없는 생각을 했다.

　'어쩌면 내가 불우이웃돕기성금을 훔쳤던 것은 아닐까. 내가 다
만 그 사실을 잊어버린 것은 아닐까. 그렇지 않고서야 이정희 선생
님이 저렇게까지 나를 외면할 수 있을까.'

이정희 선생님이 나를 외면했기 때문에 이제는 나 스스로도 나를 외면했다. 선생님이 나를 미워했으므로 나 역시 나를 미워했다. 선생님이 나를 용서하지 않았으므로 나 역시 나를 용서할 수 없었다. 선생님이 내게 미소 짓지 않았으므로 나 역시 내게 미소를 지을 수 없었다. 그렇게 어리석은 짓이 세상에 어디에 있느냐고 묻는다고 해도 도리가 없다. 나는 어떤 자부심도 가질 수 없었고, 내 자신의 무죄에 대한 확신도 없었다. 나는 명백히 돈을 훔치지 않았지만 그것은 사실관계일 뿐이다. 많은 경우 사실관계가 사람에 대한 평판을 좌우하지만 일단 내가 이정희 선생님의 사랑을 잃고 난 뒤에 사실관계 따위는 중요하지 않았다.

내가 나를 외면했던 것, 내가 나에 대해 어떤 자부심도 갖지 못했던 것, 내가 나의 무죄에 대해 어떤 확신도 갖지 못했던 것은 나도 모르게 내가 도둑질을 했을지도 모른다는 의구심 때문이 아니라, 이정희 선생님의 사랑을 잃어버렸기 때문이었다.

칭찬은 고래를 춤추게 한다고 한다. 이정희 선생님은 나를 춤추는 고래로 만들었다가, 더러운 고래로 만들었고, 염치없고 뻔뻔스러운 고래로 만들었고, 생각 없는 고래로, 있으나 마나 한 고래로 만들었다. 나는 틀림없이 춤추는 고래였지만 그 사건이 있은 뒤에는 죽어서 해안으로 밀려온 고래 고기에 불과했다.

이정희 선생님의 사랑을 잃고 있으나 마나 한 아이가 된 뒤로도 나는 변함없이 걸어서 10리를 다녔다. 포슬포슬한 흙먼지가 부드럽게 발바닥을 감싸주던 신작로는 이제 딱딱하고 지루한 길이 되어 나를 지치게 했다. 나는 아침에 터벅터벅 걸어서 학교로 갔고, 오후에 돌멩이를 툭툭 차며 다시 집으로 왔다.

나는 여전히 글을 잘 읽었고, 덧셈과 뺄셈과 나눗셈을 잘했지만, 더 이상 아이들을 가르치지 않았다. 명호는 여전히 한글을 읽지 못했고, 덧셈과 뺄셈을 할 줄 몰랐고, 나누기를 이해하지 못했지만, 그런 것은 나와 아무런 관련이 없는 일이었다. 내가 무엇인가를 알고 있다는 사실, 명호가 초등학교 2학년이라는 나이에 걸맞게 알아야 할 것을 모르고 있다는 사실에는 변화가 없었지만, 명호와 내가 머리를 맞대고 앉아 읽어야 할 책도 없었고, 풀어야 할 산수 문제도 없었다.

내가 스스로 불우이웃돕기성금을 훔친 아이라고 자백했을 때까지만 해도 단짝 친구였던 상길은 나를 버리지 않았다. 그러나 어느 날부터인가 상길은 아침에 동구에서 나를 기다리지 않았다. 다음 날도, 그 다음 날도 나를 기다리지 않았다. 수업을 마친 뒤에도 상길은 다른 아이들과 어울려 집으로 갔다. 아침에 내가 먼저 동구로 나가 기다리고 있던 날 나를 발견한 상길은 머뭇거렸고, 땅바닥을 바라보며 터벅터벅 학교로 걸어갔다. 학교로 가는 내내 상길은 내가 묻는 말에 짧게 대답했을 뿐 먼저 말을 걸지 않았다. 내가 상길의 사랑을 잃어버린 것은 불우이웃돕기성금을 훔쳤기 때문이 아니었다. 그런 이유였다면 '내가 성금을 훔쳤다'고 고백하던 날 상길은 먼저 집으로 갔어야 했다. 그날 상길은 나를 기다리느라 외롭게 운동장을 지켰다.

상길이 동구에서 나를 기다리지 않았기 때문에 나도 더 이상 상길을 기다릴 수 없었다. 상길이 아침마다 동구로 나온 것은 학교로 가기 위한 것이었지 나를 기다리기 위해서가 아니었다. 나는 여전히 70명의 고만고만한 아이들 속에 있었지만, 홀로 집구석에 처박혀 있는 것이나 다름없었다. 나는 혼자 교실에 남아 있었고, 홀로 도시락을 먹었고, 홀로 학교로 가고 집으로 왔다.

해안으로 밀려온 고깃덩어리는 그렇게 어른이 됐다. 구름이 여러 가지 모양을 만들며 빠르게 흘러가고, 비가 내리고, 바람이 불고, 어떤 날은 무더울 만큼 해가 쨍쨍했다. 아이들과 어른들이 번갈아 해변을 걸어갔고 갖가지 발자국을 남겼지만, 나는 바다로 돌아가지 못하고 해안에 엎드려 있었다.

나는 이제 막무가내로 떼를 쓰거나 울지 않는다. 똘망똘망한 눈으로 이정희 선생님을 바라보며 미소 짓는 것만으로 사랑을 얻고, 포옹을 얻어낼 수 있었던 날들이 끝났다는 것을 알고 있다. 하얀 이를 드러내고 웃는 것만으로 선생님의 사랑을 얻어낼 수 없다는 것도 알고 있다. 울거나 웃거나 떼를 쓰거나 뒤뚱거리며 걷는 것만으로 관심을 얻어낼 수는 없다. 그럼에도 그날 내가 잃어버린 사랑은 여전히 방금 벤 상처처럼 아프다.

강 형사는 식은 커피를 쭈욱 들이켰다. 요즘은 취조실에서조차 담배를 피울 수 없도록 규정하고 있지만, 살다보면 왠지 담배 한 대쯤 같이 피워야 할 것 같은 사람이 있는 법이다. 김국철이 그랬다.

강 형사는 담배에 불을 붙여 김국철에게 권했다. 그는 오랫동안 담배를 피우지 않았는지 한 모금을 들이키자마자 기침을 해댔다.

"초등학교에 다닐 때 이정희 선생님께 사실을 고백하지 그랬어요?"

"그럴 수 없었어요. 다시 기회가 온다고 해도 고백하기는 어려울 것 같아요. 선생님을 찾아갈 용기를 내는데도 마흔 가까운 나이와 소주 두 병이 필요했어요. 그러고도 실패했는걸요."

백설공주는 왕자의 달콤한 키스를 받아 죽음과 같은 잠에서 깨어난다. 신데렐라는 구두 한 짝을 들고 먼 길을 찾아온 왕자를 만나 행복하게 살아간다. 두꺼비가 와서 콩쥐의 밑 빠진 독을 메워주고 새들이 날아와서 산더미처럼 쌓인 나락의 껍질을 까주지만, 김국철에게는 왕자도 새도, 두꺼비도 없었다. 지지리도 복이 없는 사람이라고 해야 할지, 그런 복이야말로 동화 속에나 있는 것이고, 현실 속에서 살아가자면 누구라도 김국철과 같은 불행을 감당해야 한다고 해야 할지 알 수 없었다.

"그렇다고 사람 죽일 생각을 해요?"

"나는 여덟 살이었어요."

후우.

강 형사는 한숨을 쉬었다. 사람의 인생이 이처럼 단순하고, 무지막지하고, 상처 받기 쉽다는 말인가. 전문의의 정신감정 결과 김국철의 정신 상태는 '정상'으로 판명됐다. 정신적으로 전혀 문제가 없는 사람이 어쩌면 이토록 세상을 간단하게 이해하고 받아들이는

지 알다가도 모를 일이었다.

"처음부터 이정희 선생을 죽일 의도는 없었다고 했는데, 칼을 갖고 침입한 것은 처음부터 살해 의도가 있었다는 거 아닌가요?"

김국철은 멍하게 강 형사를 쳐다보았다. 변명거리를 찾는 눈빛은 아니었다. 변명거리를 찾는다기보다, 죽일 의도를 갖고 있지 않았음에도 칼을 지니고 가택에 침입한 이유를 스스로 찾아내려는 것 같았다.

"끝내 이정희 선생님의 사랑을 얻을 수 없다면, 그 사랑에서 벗어나는 도리밖에 없다고 생각했어요."

"사람을 죽여서라도?"

"꼭 이정희 선생님을 죽여야 한다고 생각하지는 않았어요."

"그럼?"

"이정희 선생님의 사랑을 얻을 수 없다면, 내가 죽을 수도 있지요. 내가 죽어버리는 것도 해결책이 될 수 있으니까요. 이정희 선생님의 사랑을 갈구하는 사람은 많을 테니까, 어쩌면 내가 죽는 게 가장 빠르고 정확한 해결책일 수도 있어요."

"자살할 생각이었다는 말인가요?"

"사랑을 얻을 수 없다면 선생님을 죽이거나 내가 죽을 수밖에요."

사랑을 얻을 수 없다면, 상대를 죽이거나 자신이 죽을 수밖에 없다고 생각한다면 정신병자가 아닌가. 이런 사람이 어떻게 정상적인 사람으로 판단되며, 대기업에 입사해서 아무런 문제도 일으키지 않고 오랜 세월 근무할 수 있다는 말인가. 강 형사는 납득하기 어려웠다. 그의 직장 동료들과 친구들을 만나본 결과 김국철은 폭력 성향을 보인 적이 없는 반듯한 사람이었다.

"피해자는 당신이 술에 취해 있었다고 하던데, 얼마나 마셨습니까?"

"소주 두 병 정도 마셨습니다."

"술을 마시고 홧김에 찾아갔다는 말인가요?"

"아닙니다. 앞에서도 말씀드린 대로 선생님 집에 찾아갈 용기를 내기 위해 일부러 마셨습니다."

"취했습니까?"

"엉망으로 취한 상태는 아니었지만 일상과 다른 감정 상태였던 것은 맞습니다. 이정희 선생님과 마주 앉을 용기를 낼 정도였으니까요."

"마지막으로 확인합시다. 그러니까 김국철 씨는 어린 시절 잃어버린 이정희 선생의 사랑을 되찾고 싶어서 깁으로 찾아갔고, 죽일 의도는 없었지만 여의치 않자 살인을 시도했다는 거죠?"

"예."

"확실히 인정하는 거죠?"

"예."

"술을 마시기는 했지만, 술에 취한 것은 아니었다는 것도?"

"예."

"홧김에 찾아간 것이 아니라 찾아가서 따지기 위해 술을 마셨다는 것도 인정합니까?”

“예.”

“김국철 씨?”

김국철은 고개를 들어 강 형사를 바라보았다. 멀건 눈이었다. 강 형사는 잠시 머뭇거렸다. 대체 왜 형사인 자신이 이런 질문을 해야 하는가, 의구심이 들었다. 그러나 묻지 않을 수 없었다. 이대로 김국철을 검찰로 넘긴다는 것은 야박하다 싶었다.

“이 부분은 조심스럽게 답해야 합니다. 술을 마시고 피해자를 찾아갔다는 점에서는 다를 바가 없지만, 술을 마시다가 보니 화가 치밀어서 찾아갔다는 것과 피해자를 찾아가기 위해 술을 마신 것은 전혀 다른 결과를 가져올 수 있습니다. 다시 물을게요. 술을 마시다보니 홧김에 찾아간 것입니까?”

“이정희 선생님을 찾아가기 위해 술을 마셨습니다.”

“체념한 겁니까?”

“……”

“내일부터 현장 검증할 텐데, 진술을 번복할 부분 있어요?”

“없습니다.”

“그럼 조사는 이 성노로 합시다.”

“……”

“필요한 거 있습니까?”

“없습니다.”

김국철은 고개를 떨어뜨리며 무덤덤하게 대구했다. 그런 모습이 오히려 못마땅했다. 차라리 감형을 기대하고 무엇인가를 숨기려 한다거나 살해 의사가 없었다고 적극 호소했더라면 마음이 편했을 것이다. 악질이니까, 어쨌든 형량을 높일 수 있는 동기나 증거를 파헤치고 싶은 마음이 들었을 것이다. 그러나 김국철은 일상적인 범죄자와 다른 태도를 보였다.

강 형사는 취조실을 나가려다 반쯤 열린 문손잡이를 잡은 채 뒤를 돌아보았다. 김국철은 여전히 고개를 떨어뜨리고 있었다.

"더 할 말 없어요?"

"예."

강 형사는 사무실의 자기 자리로 돌아가 조사 보고서를 책상 위에 던지고 의자에 털썩 앉았다.

'나는 여덟 살이었어요.'

김국철의 목소리가 귓가에서 쟁쟁쟁 낮게 울렸다. 김국철은 초등학교 시절에만 여덟 살이었을까. 그는 마흔이 다 됐지만 여전히 여덟 살에 불과한 사람은 아닐까. 이정희 선생의 사랑을 얻을 수 없다면 그녀를 죽이거나 자신이 죽는 길밖에 없다고 단정한 것을 보면 말이다.

김국철만 여덟 살일까. 어쩌자고 이렇게 생겨먹은 것일까.

/뻐꾸기를 보다 /

　내가 이런 이야기를 하면 사람들은 거짓말이라고 합니다. 가끔 몇 마디 질문으로 관심을 보이는 사람들도 있기는 합니다만 드물어요. 내 이야기에 귀를 기울이는 사람들은 나이와 상관없이 '영혼이 맑은 사람'일 것입니다. 얼굴에 주름이 얼마나 깊든지 간에 아직도 아이 같은 영혼을 가진 사람들은 내 말을 믿는다, 이 말씀이지요. 하지만 세상 공부를 좀 했다거나 험한 세상에서 돈푼깨나 벌어본 사람들은 피식 웃어버려요. 나름대로 눈물 날 만한 사연이라도 있는 사람들은 아주 못 들을 얘기를 들었다, 하는 표정을 짓기도 해요.

　'요컨대 네 말을 믿으면 영혼이 맑은 사람이고, 네 말을 안 믿으면 세상 험하게 산 사람이다, 그 말이냐?'라고 말씀하시면 할 말이 없습니다. 굳이 우긴다고 해서 내가 뭘 얻겠어요. 좌우지간 내 이야기에 귀를 기울이는 사람도 있고, 아예 내 말을 들으려 하지 않는 사람들도 있습니다. 고등학교 동창들 중에는 아예 대놓고 '자자, 헛소리 그만하고 술이나 한잔씩들 하지' 하면서 건배를 제의하는 놈들도 있어요. 어릴 때부터 친했으니 체면 따위를 생각할 필요는 없고, 말도 안 되는 소리를 들어줄 필요가 없다는 식인 거죠.

하지만 생각해보세요. 요즘이 어떤 세상입니까? 거짓말을 하면 금세 드러나는 세상 아닙니까? 과장을 좀 보태서 말하자면 인터넷 검색 한 번으로 누구 집에 숟가락이 몇 갠지도 금방 알아낼 수 있다, 이 말입니다. 컴퓨터 스피커를 켜기만 하면 저녁 밥상 차리는 이웃집 아줌마의 도마질 소리까지 들릴 지경 아닙니까? 그러니까 내 이야기는, 내가 거짓말을 하는 게 아니라, 사람들이 내 말을 믿을 마음의 준비가 안 되어 있다는 말입니다.

나는 1960년대 후반에 태어났습니다. 1960년대 생이라니까 까마득한 옛날 사람 같지만, 따지고 보면 많지도 않은 나이입니다. 이제 겨우 마흔하나예요, 첫애가 올해 초등학교에 늘어갔습니다. 말하자면 지금 초등학생쯤 되는 아이를 기르는 남자나 여자들은 대부분 저보다 나이가 많거나 엇비슷하다는 거지요. 그러니까 내 또래 사람들이라면 대부분 나와 비슷한 어린 시절을 보냈을 텐데, 세상이 갑자기 변해버린 것인지, 사람들의 기억력이 형편없이 나빠져버린 것인지 내 이야기를 무슨 전설의 고향에나 나오는 이야기쯤으로 치부한다는 거예요.

나는 경상남도의 산골짜기 마을에서 태어나 자랐어요. 황강이 허리띠처럼 돌아 흐르는 마을이었는데, 한 50호쯤 될까 말까 한 동네였지요. 모두 가난했습니다. 자라는 동안 나는 점심으로 밥을 먹어본 적이 없어요. 아침은 꽁보리밥이었고, 저녁은 밥 한 그릇에 배추와 무를 썰어 넣고 물을 한 바가지나 부어 쑨 갱죽을 다섯 식구가 나누어 먹었습니다. 점심은 굶거나 국수를 먹거나 아니면 산이나 들에서 과일을 따먹거나 개구리나 여치 따위를 잡아먹기도 했어요. '에이 설마'라고 하실지 모르지만, 내 또래 벽촌에서 자란 사람들은 대부분 그랬을 겁니다. 그 덕분인지 모르지만 나는 서른 중반이 될 때까지 뱃가죽 두께가 1센티미터도 되지 않았어요. 팔이나 다리 피부처럼 뱃가죽이 얇았다, 이 말입니다.

만약 당신이 우리 어머니와 아버지를 보신다면 놀랄 겁니다. 이제 겨우 칠순 안팎인데, 완전히 귀신같은 몰골을 하고 있어요. 얼굴은 햇볕에 그을어 검고 몸은 나무토막처럼 말랐는데, 팔에는 검푸른 핏줄이 도드라지게 튀어나와 있지요. 줄곧 도시에서만 살아온 노인들과는 전혀 달라요. 머리는 하얗게 새었고, 그나마 반 이상이 빠져서 검붉은 두피가 훤하게 보여요. 이는 여기저기 탈이 나서 빠졌고, 남아 있는 것들도 성한 게 드문데, 썩고 허물어져서 통 뭘 씹지도 못해요. 그만큼 오래 살았다기보다, 그만큼 가난하고 힘들게 살았다는 말입니다.

나는 운 좋게 평생 농사지을 운명에서 벗어났는데, 식구들이 모두 도시로 이사하는 바람에 중학교 때부터는 대도시에서 학교를 다녔습니다. 열심히 공부하지는 않았지만 그럭저럭 직장도 구했고 결혼도 했지요. 일은 수월한 편인데 월급이 적어요. 뭐 괜찮습니다. 워낙 적게 벌고 적게 쓰는 데 익숙해 있으니까요. 학창 시절에도 남들보다 적게 공부하고, 남들보다 못한 성적을 받는 데 만족했어요. 정말 열심히 공부하고도 성적이 나빴다면 억울했겠지만, 나는 열심히 하지 않았으니까 억울할 것도 없어요. 직장 생활도 마찬가지입니다. 동기들 중에서도 맨 꼴찌로 과장으로 승진했고, 이제 동기들 중에 과장이라고는 나밖에 없지만 아쉬울 건 없습니다. 굳이 진급해야겠다는 생각이 없으니까요. 실적이 가장 나쁘니까, 억울할 것도 없고요.

사실 나는 열세 살 때까지만 해도 호랑이와 대화하는 법을 알고 있었습니다. 마음이 통했다는 게 아니라 진짜로 호랑이와 이야기를 나누었어요. 불편함 없이 대화를 나눌 수는 있었지만, 호랑이의 마음이랄까, 정신이랄까, 영혼에 대해서까지 내가 이해했다고 말할 수는 없어요. 호랑이 마음이 어떤 건지에 대해서는 그때나 지금이나 전혀 모르니까요. 하지만 열세 살 때까지 호랑이와 대화가 가능했다는 것은 확실해요. 어릴 때는 더 잘했죠. 자라면서 점점 떠듬거리게 됐지만 확실히 열세 살 때까지는 의사소통 정도는 가능했던 것 같아요. 그런데 그 이후로는 완전히 잊어버렸어요. 말이란 게 자꾸 써야 잊어버리지 않는데, 여덟 살 이후로는 한 번도 써본 일이 없고, 중학교에 입학할 무렵부터는 조금씩 바빠졌거든요. 그왜 있잖아요. 슬슬 공부도 해야 하고, 장래에 대한 걱정도 해야 하고, 하여간 뭐 남들이 다 겪는 일들인데, 아무래도 능력이 부족한 저로서는 그게 힘들더군요.

보통 사람보다 조금 모자라는 내가 남들만큼 하려고 했으니 힘이 들 수밖에요. 남들과 엇비슷하게 살겠다고 발버둥 치느라 남들과 다르다면 다른, 나만의 재주를 잃어버렸다고나 할까요? 정말이지 한순간이었어요. 어제까지 호랑이와 대화가 가능하다고 생각했는데, 어느 순간 호랑이 말을 완전히 잊어버렸어요. 그렇다고 특별히 나빠진 것은 없습니다. 설령 내가 아직까지 호랑이와 대화를 나눌 수 있는 재주를 갖고 있다고 해서 무슨 도움이 되겠어요, 밥벌이가 되겠어요, 돈이 되겠어요, 사람들이 나를 우러러 보기를 하겠어요. 어차피 이야기를 나눌 호랑이도 없잖아요. 동물원 호랑이들이 남아 있기는 하지만, 그놈들과 이야기를 나누어봐야 '처우 개선'이니 뭐니 하는 불만밖에 더 늘어놓겠어요? 동물원에서도 호랑이들의 불만만 대변하는 직원을 곱게 봐줄 리 없고요. 오히려 불만을 털어놓는 호랑이를 어르고 달래는 직원이라면 또 모를까.

호랑이가 처우 개선을 요구하다니 이상하다고요? 황당하다고요? 왜 그렇게 생각하세요?

동물원 호랑이가 어째서 일조권이나 수면 시간, 먹는 음식이나 동물원 개장 시간, 관람객들 소음, 아이들의 욕설, 추위와 더위 대책 같은 처우 개선을 요구하지 않을 것이라고 장담하십니까? 모름지기 야생에는 처우라는 게 없어요. 자연의 처우에 맞게 적응하거나 아니면 쓸쓸히 죽는 거죠. 하지만 수성(獸性)을 잃어버린 모든 동물의 관심사는 '처우' 내지는 '삶의 질'에 집중되기 마련입니다.

한번 둘러보세요. 내 말이 거짓말인지. 야성을 잃어버린 모든 생물은 처우에 대해 불만을 터뜨리기 마련입니다. 일단 야생을 벗어나면 아무리 살기가 좋아도 불만이 생기니까요. 훨씬 악조건에 처해 있지만 야생에서는 불만이란 게 없지만요.

재작년에 아이와 함께 동물원에 가서 뻐꾸기를 보았습니다. 애가 지금 여덟 살이니까 그때는 여섯 살이었죠. 나는 산골 벽촌에서 태어나고 자란 덕분에 봄과 여름 내내 뻐꾸기 소리를 들으며 자랐습니다. 먼지 풀풀 날리는 신작로를 걸을 때도, 산속 오솔길을 걸을 때도, 낮잠을 자다가도 저 먼 숲에서 뻐꾹뻐꾹 하고 울어대는 뻐꾸기 소리를 들었습니다. 일정한 간격을 두고 끊임없이 울고 있는 뻐꾸기 소리를 듣고 있노라면 따스하고 무미한 봄날이, 다소간 지루한 날들이 끝없이 이어질 것 같은 느낌이 들곤 했습니다. 그 시절에는 하루가 참 길었는데, 일 년을 보내는 것이 정말 한세상을 사는 것만큼이나 길었어요. 그래서 한 살 더 먹는다는 거, 한 해가 끝나고 또 새해가 시작된다는 것은 굉장한 일이었어요. 지금이야 한 해가 가고, 새해가 오는 게 아무렇지도 않지만, 그때는 정말 엄청난 변화였습니다. 봄에 꽃이 피는 것도, 여름에 긴 장마가 시작되는 것도, 겨울에 강이 꽝꽝 얼어 몸이 무거운 어른들이 그 위를 성큼성큼 걸어서 강을 건넌다는 것도 놀라웠지요. 모든 게 놀라웠어요. 지금은 놀랄 일이 하나도 없지만요.

종일 뻐꾸기 소리를 들으며 자랐지만 뻐꾸기를 직접 본 적은 없었는데, 소리로만 듣던 뻐꾸기를 동물원에서 직접 보니까 기분이

묘하더군요. 눈앞에 보이는 새가 고향에서 종일 소리로 듣던 뻐꾸기와 같은 종류라는 게 어쩐지 믿어지지 않았어요. 어린 시절 우리들에게 뻐꾸기는 모습이 아니라 울음소리로만 다가왔거든요.

쇠창살 앞에 아이와 나란히 서서 안내문을 유심히 읽었습니다. 아이는 그때 막 한글을 배웠는데, 떠듬거리면서도 자랑스럽게 한 글자, 한 글자 읽어나가더군요.

학명 Cuculus canorus: 뻐꾸기목 두견과, 몸길이 33센티미터. 난생(卵生), 한국 등 전 세계에 분포.

뻐꾸기는 뻐꾹뻐꾹 하고 우는 바람에 이름이 뻐꾸기가 됐다고 합니다. 뻐꾹뻐꾹 우는 것은 수컷이고, 암컷은 삐삐삐삐 하고 울어요. 잘 아시겠지만 뻐꾸기는 다른 새 둥지에 알을 낳고 떠나는데, 주로 뱁새나 박새나 딱새처럼 작은 새들의 둥지에 몰래 알을 갖다 놓는다고 해요. 뻐꾸기 새끼는 그 둥지의 주인인 다른 새의 새끼보다 4, 5일쯤 먼저 부화하는데, 부화하자마자 다른 새의 새끼나 알을 둥지 밖으로 밀어내버려요. 가짜 어미의 먹이를 독차지하기 위해서죠. 이제 막 부화한 새끼 뻐꾸기가 맨 처음으로 하는 짓이 다른 새의 알이나 새끼를 둥지 밖으로 밀어내는 짓이라니요! 그 모습을 텔레비전에서 보았는데, 정말 잔악해 보이더군요. 부화하자마자 다른 새의 알을 밀어내는 것을 보면 뻐꾸기 새끼 스스로도 자신이 도둑놈의 자식이라는 것을 아는 거죠. 아무것도 모르는 어미 뱁새나 딱

새는 잔악한 뻐꾸기 새끼가 자기 새끼인줄 알고 키웁니다.

　뻐꾸기는 좀 자라면 먹이를 갖다 주는 어미 새를 삼키고도 남을 만큼 덩치가 커버리는데, 그래도 어미 새는 계속 먹이를 갖다 줘요. 새끼 뻐꾸기가 커다란 부리를 쩍 벌리고 뱁새 어미로부터 먹이를 받아먹는 모습은 정말 극악무도하고 가증스러워 보입니다. 그런 장면을 보고 있노라면 뱁새나 박새가 정말 모르고 속는 것인지, 알고도 기른 정 때문에 체념하는 것인지, 아니면 남의 새끼를 키우는 것이 또 그 새들의 운명인지 모르겠더군요.

　사실 뻐꾸기가 남의 둥지에 알을 몰래 갖다놓는다고 언제나 번식에 성공하는 것은 아닙니다. 어미 박새나 뱁새가 자기 알이 아닌 것을 알고 품기를 거부하거나, 둥지를 버리는 경우도 많다고 해요. 말하자면 탁란은 상당히 위험한 도박이라는 것이지요. 하지만 그렇게라도 하지 않으면 번식을 못하니까 궁여지책인지도 모르겠습니다. 진짜 그런지 어떤지는 모르지만 뻐꾸기는 체온이 낮아서 알을 부화할 수 없다고 하더군요. 알을 낳기는 하는데, 부화시킬 만한 체온이 안 된다니, 세상이 참 묘해요. 정말 그렇다면 뻐꾸기의 탁란을 싸잡아 욕할 것만은 아닌 것 같기도 해요. 그렇다고 그게 옳다거나, 그렇게라도 새끼를 키우려는 뻐꾸기를 가엽게 봐주자는 말은 아닙니다. 염치없는 놈들은 딱 질색이니까요. 말이 나왔으니까, 그런 새도 있고, 그런 사람도 있다는 말을 해두고 싶을 뿐입니다. 세상은 고르지 않고, 착하고 부지런하게 열심히 노력한다고 다 잘되는 것도 아니잖아요. 나쁜 짓을 한 놈이 늘 벌을 받는 것도 아

254

니고 말이지요.

　아무튼 나는 동물원에서 뻐꾸기를 처음 보았어요. 이상한 건 황강가 산골 고향 마을의 뻐꾸기는 봄부터 여름 내내 울었는데, 동물원 새장 안의 뻐꾸기는 울지 않더군요. 쇠창살에 붙은 안내문을 보면서 아이가 "아빠 저게 뻐꾸기야?"라고 확인했을 때 "으응" 하고 대답할 수밖에 없었어요. 도대체 울지 않으니 나로서는 그게 진짜 뻐꾸기인지, 좀 헷갈리기는 했습니다. 고향에서는 소리를 듣기만 했을 뿐 본 적이 없고, 지금 눈앞에 있는 녀석은 뻐꾸기임을 증명할 소리를 내지 않으니 말입니다. 하지만 어쩌겠어요. 울지 않거나 울거나 간에 뻐꾸기라고 턱 써붙여놓았는데, 내가 아니라고 할 수는 없잖아요. 어쨌거나 당시 여섯 살짜리 제 아이나 저나 뻐꾸기를 본 것은 그때가 처음입니다. 그래서 속으로 생각했죠.

　'뻐꾸기가 저렇게 생겼구나.'

　얼마 뒤에 우연히 그 동물원에서 사육사로 일한다는 사람을 만난 적이 있는데, 그때 물어보았어요. 왜 뻐꾸기가 울지 않느냐고, 어디 아픈 거 아니냐고요. 사육사가 씩 웃더군요.

　"동물원 사자가 사냥하는 거 보셨어요?"

　"네?"

　"먹을 걸 코앞에 다 갖다 주는데 뭐 하러 힘들게 사냥을 하겠어요? 뻐꾸기도 마찬가지예요. 다른 새 둥지에 알을 낳은 일도 없는데 걱정할 일이 뭐가 있겠어요? 암컷을 부를 일도 없고요."

　듣고 보니 그 사육사의 말에도 일리가 있다 싶었어요. 새끼 걱정도 먹이 걱정도 없는데, 뭐 하러 울 것이며, 숨차게 달려가서 사냥을 할 필요가 있겠어요. 뻐꾸기는 암컷을 부를 때 울고, 제 새끼가 뱁새나 박새 둥지에서 다 자랄 즘이면 다가가서 '뻐꾹뻐꾹' 하고 울어요. 그러니까 '너는 사실 뱁새가 아니란다. 박새도 아니란다. 뻐꾸기란다'라고 알려주기 위해 우는 거죠. 자식을 버릴 수밖에 없었던 부모의 사정을 구구절절 설명하고, 그 슬픈 운명이 뻐꾸기로 세상에 나온 것들이 짊어지고 가야 할 운명임을 새끼에게 뻐꾹뻐꾹 전하는 것인지도 모르지요. 제 새끼를 남의 둥지에서 자라게 했지만, 나 몰라라 하고 잊어버리거나, 뉘 집 새끼인지 모르겠다고 부정하지는 않는 거죠. 묘한 녀석입니다.

동물원의 뻐꾸기는 더 이상 먹이나 새끼 걱정이 없기는 한데, 제 목소리를 잃어버렸으니 어느 쪽이 나은지 모르겠어요. 먹이 걱정도 새끼 걱정도 없는 동물원이 나은지, 걱정이 있더라도 숲속에서 사는 게 나은지는 뻐꾸기가 돼봐야 알겠지요. 아무튼 숲에는 점점 뻐꾸기가 사라지는데 동물원에는 뻐꾸기가 여전히 살아 있는 것을 보면 뻐꾸기 입장에서는 동물원이 그다지 견디지 못할 장소는 아닌지도 모르겠습니다. 그거야 뻐꾸기뿐만 아니라 멸종 위기에 처한 많은 동물들이 다 엇비슷한 입장이겠지요. 야생에서는 더이상 살 수 없는 동물들에게는 갇혀 살더라도 차라리 동물원이 더나은 곳일까요?

그런데 말입니다. 뻐꾸기가 동물원에서 사느라 뻐꾹뻐꾹 울 필요가 없는 것처럼, 나도 도시로 나와 살면서 호랑이와 대화하는 법을 잊어버린 것은 아닐까요? 호랑이와 대화하는 법을 지금도 알고 있다면 내게 어떤 일이 생길까요?

말씀드렸다시피 나는 황강을 허리띠처럼 두른 산골 마을에서 자랐습니다. 띄엄띄엄 그러나 끊어지지 않고 종일 우는 뻐꾸기의 소리를 들으며 어질어질하게 피어오르는 아지랑이를 보고 있노라면 왠지 슬펐습니다. 어떤 때는 지루해서 스르르 잠이 들기도 했어요. 한참을 잤다고 생각했는데도 눈을 떠보면 해가 여전히 하늘에 떠 있었고, 뻐꾸기는 일정하게 울고 있었지요. 나는 꿈속에서 산을 넘고 강을 건너고, 여러 친구들과 갖가지 놀이를 마쳤는데, 세상은 내가 잠들기 전이나 잠에서 깬 뒤에나 변한 게 없었어요. 꿈속에서 수많은 사람을 만났고, 먼 데를 다녀왔는데, 해는 아직도 뜨겁고, 여전히 뻐꾸기가 구슬프게 울고 있을 때면 설명하기 힘든 서글픔 이 밀려왔어요.

뻐꾸기 소리가 구슬프게 들렸던 것은 할머니가 들려주셨던 이 야기 때문일 겁니다. 내가 마루에 앉아 뻐꾸기를 소리를 들으며 먼 산을 바라보고 있으면 할머니는 말씀하셨어요.

"뻐꾸기는 지 새끼를 다른 새한테 맡겨두고 걱정이 돼서 저렇게 운단다."

"지 새끼를 왜 다른 새한테 맡겨?"

"자기 힘으로는 키울 수 없으니까."

"키울 수 없는데 왜 낳았어?"

할머니는 물끄러미 나를 바라보았을 뿐 대답하지 않았어요. 무엇이든 잘 설명해주시던 할머니가 그때만큼은 참 난처한 표정을 지었습니다. 할머니는 대답할 수 없었던 것일까요, 아니면 할머니의 말을 내가 이해할 수 없을 것이라고 생각했기 때문일까요? 어느 쪽이든 할머니가 적절한 답을 주시지 못했다는 사실에는 변함이 없어요. 뻐꾸기는 키울 수 없는 새끼를 왜 낳았을까요? 이건 생물학자나 조류학자가 대답할 수 있는 성질의 문제는 아닙니다. 나는 지금 생물학적이거나 생태학적인 의문을 던지는 게 아니거든요.

내가 자란 동네에서 평지는 모두 논이나 밭이었어요. 야트막한 언덕에는 다랑논을 만들었고, 강가 모래밭에는 땅콩을 심었어요. 집들은 산자락에서부터 산허리 쪽으로 기어올라 가며 고만고만하게 자리를 잡고 있었습니다. 자투리땅마다 콩이나 마늘, 대파가 자라고 있었고, 어느 한구석 놀리는 땅이 없었습니다. 지붕은 낮았고 몇몇 집을 빼면 모두 초가지붕을 이고 있었습니다. 집집마다 지붕 뒤로 굴뚝이 하나씩 솟아나와 있었는데, 아침저녁으로 그 굴뚝에서는 흰 연기가 올라와 하늘로 사라졌습니다. 해가 지고 어스름해질 무렵 지붕 위로 연기가 피어올라 하늘로 올라가는 모습은 장관이었어요. 옹기종기 모여 앉은 지붕 위로 가느다랗지만 또렷한 연기가 흐느적흐느적 피어올라, 결국에는 흩어져서 사라지는 모습 말입니다. 나는 화가들이 왜 밥 짓는 연기가 피어오르는 집들을 그리지 않는지 늘 불만입니다. 밥 짓는 연기가 피어오르는 지붕보다 좋은 풍경은 없을 듯싶은데. 굴뚝 뒤로 붉게 물드는 하늘까지 그려

258

넣을 수 있다면 참 좋을 텐데 말입니다.

저녁 짓는 연기가 피어오를 무렵이면 잠에서 깬 박쥐들이 떼를 지어 날아올랐습니다. 그때쯤 엄마들은 해지는 줄 모르고 밖에서 뛰어노는 자식들을 집으로 불러들였고, 아이들은 제 엄마의 목소리를 따라 하나둘 집으로 돌아갔습니다. 아이들이 떠난 자리를 어둠이 차지하는 것은 금방이었어요. 어둠이 그렇게 몰려왔기에 엄마들이 아이들을 부르는 것인지, 엄마들이 아이들을 제 품으로 불러들이기를 기다렸다가 어둠이 몰려오는 것인지 궁금할 때가 많았어요.

별게 다 궁금하다고요?

글쎄요. 그렇게 생각할 수도 있겠네요. 그런데 그 시절 그 많던 박쥐들은 다 어디로 가버린 걸까요? 어둠이 내리기 시작하면 하늘을 까맣게 뒤덮으며 찍찍대던 박쥐들이 요즘은 통 보이지를 않네요.

어린 시절 나는 늘 뛰어다녔어요. 엄마의 심부름을 갈 때도, 아침에 학교로 갈 때도, 친구들과 놀기 위해 집을 나설 때도 뛰어다녔어요. 굽은 골목으로 접어들 때는 내가 마치 자동차 운전사라도 된 듯 두 팔로 핸들을 돌리는 시늉도 했습니다. 어떤 때는 부우웅 소리를 내기도 했어요. 그렇게 부우웅 소리를 내며 골목을 휘돌아 달려갈 때면 아버지는 '와, 우리 아들 운전 잘하네'라고 말씀하시곤 했어요.

급하게 가야 할 곳은 없었어요. 지각을 한 것도 아니에요. 그런데 왜 늘 뛰어다녔는지 모르겠습니다. 요즘 아이들은 좀처럼 뛰어다니지 않아요. 뛰어다니면 위험하니까, 뛰지 말라고 부모들이 자주 주의를 주는 탓도 있겠지만, 꼭 그 때문만은 아닌 것 같습니다. 기운이랄까, 분위기랄까, 무엇인가 달라진 것은 분명한데 그게 뭔지는 모르겠습니다.

황강은 한국에서 제일 아름다운 강입니다. 그 강을 허리춤에 낀 내 고향의 집들도 아름답기는 마찬가지였어요. 푸르고 무성했던 여름이 가면 살찐 가을이 왔고, 세상이 온통 단단하게 말라붙었던 겨울이 끝나면 어김없이 봄이 왔습니다. 봄에 씨앗이 꽝꽝 얼어 있던 땅을 뚫고 솟아나오잖아요? 그것은 새싹의 힘만으로 펼치는 장관이 아닙니다. 겨울 끝에 땅이 얼었다가 녹았다가 하면서 흙이 점점 부풀어 오르거든요. 그러면 그만큼 대지는 느슨해지고 헐거워집니다. 봄이 그런 거예요. 새싹이 땅밖으로 나올 수 있도록 온 세상이 응원하고 협력해서 땅을 부드럽게 만들고, 봄비가 또 새싹에 기운을 불어넣어 주거든요. 봄의 새싹뿐만 아니라 가을의 열매도 마찬가집니다. 어느 날 문득, 어느 것 한 가지가 무엇을 뚝딱 만들어내는 게 아니지요. 아무튼 봄과 여름에 황강의 물고기들이 은빛 비늘을 반짝이며 뛰어오르는 모습은 참 깨끗했습니다. 그 산과 강을 보며 뛰어다녔으니 나는 운이 좋은 사람입니다.

그 시절엔 황강에 거북이 떼가 나타난 적도 있어요. 장마가 지고 황강에 홍수가 크게 났을 때입니다. 아이들이 강 건너 학교로 가기 위해 강가로 몰려왔지만 사공 할배는 감히 배를 띄울 엄두를 내지 못했지요. 강물이 누런 거품을 일으키며 쿨럭쿨럭 휘몰아치

260

며 흘러가고 있었거든요. 이 무시무시한 강물을 뚫고 아이들을 학교로 보내야 하나, 말아야 하나 고민하던 동네 어른들은 결국 아이들을 학교로 보내기로 결정했습니다. 힘이 센 동네 아저씨와 사공 할배가 배의 이물과 고물에서 노를 젓기로 하고 아이들을 태웠어요. 곧장 강을 건널 수 없어서 강가를 따라 상류 쪽으로 한참 올라갔다가 조금씩 떠내려 오면서 강을 건너기로 나름대로 작전도 세웠습니다. 잘 되어가나 싶었는데, 배가 강 중간에 이르렀을 즈음 쿨럭이는 파도에 휘말려 뒤집어지고 말았어요. 아이들을 열한 명이나 태우고 있었는데 말입니다. 강 이쪽에서 불안한 마음으로 배를 바라보고 있던 엄마들이 탄성과 울음을 터뜨렸어요. 뒤집어진 배가 빠른 속도로 떠내려가고, 물에 빠진 아이들 머리가 누런 강물 위로 나타났다가 사라지고, 다시 나타났다가 또 사라졌어요. 엄마들이 강가의 질퍽한 바닥에 주저앉아 울음을 터뜨리고 있는데, 물에 빠졌던 아이들의 뒤통수와 책보를 질러 멘 등이 누런 강물 위로 차례차례 떠올랐어요. 열한 명 모두요. 뱃사공과 동네 아저씨도 떠올랐고요. 강물에 빠진 아이들을 받쳐 업고 나타난 것은 거북이 떼였어요.

믿을 수 없는 이야기 같지만 사실입니다. 단 한 명도 빠져죽지 않았어요. 한참 뒤에 황강에 다리가 건설됐는데, 면사무소에서는 그 다리 이름을 '황강교'라고 지었지만, 동네 사람들은 그 다리를 '구교(龜橋)'라고 불렀어요. 열세 마리 거북이가 만든 다리라는 뜻입니다.

우리 동네의 당산(堂山)나무는 마을의 끝이자 숲이 시작되는 자리에 서 있었습니다. 당산나무를 경계로 아래쪽에는 사람이 사는 집들이 옹기종기 모여 있었고, 위쪽으로는 나무와 풀, 산의 정령들과 짐승들이 사는 숲이 펼쳐졌습니다. 동네 사람들은 나무를 하거나 소를 먹이려고 자주 산에 들어갔지만, 숲에서 함부로 떠들지 않았습니다. 누가 가르쳐준 적은 없었지만 어른이나 아이 할 것 없이 숲에서 떠드는 것은 무례한 짓이라는 것을 알았지요. 남의 집에 가서 제 집에서처럼 떠들어대는 것은 예의가 아니잖아요.

우리 마을 사람들은 자주 당산나무 아래로 가서 빌었습니다. 큰일을 시작하거나 어려운 일을 앞둔 사람들은 언제나 당산나무 아래로 가서 정성을 다해 비는 것으로 일을 시작했습니다. 평소에는 허름한 옷을 입고 지냈지만 당산나무 아래로 갈 때면 비록 해졌지만 깨끗하게 세탁한 옷을 입었습니다. 빈손으로 가는 사람은 없었어요. 가난한 사람일지라도 당산나무 아래로 갈 때는 적게나마 음식을 장만했습니다.

우리 마을 어른들은 정성을 다해 빌면 당산 나무의 정령이 사람의 수고를 덜어준다고 믿었습니다. 어른들이 그렇게 믿으니 아이들도 그렇게 믿었고, 실제로도 그랬어요. 봄과 여름에 땀 흘려 일하면 가을에 곡식을 얻을 수 있는 것과 마찬가지 이치라고 할까요. 당산나무를 향해 정성을 다해 빌고 또 비는 사람은 불행과 눈이 마주치지 않았습니다. 어쩌다가 불행과 마주친다고 해도 사람이 견뎌내지 못할 정도는 아니었어요. 요즘은 불행과 마주치는 바람에 자살하는 사람이 흔하지만, 우리 동네 사람들은 스스로 죽지 않았어요. 다 당산나무가 보살펴주신 덕분입니다.

그 시절 동네 어른들은 자기 힘으로 할 수 있는 일과 할 수 없는 일이 있다는 걸 알고 있었습니다. 아무리 애를 써도 사람이 해낼 수 없는 일이 있고, 그것을 이상하게 여기거나 애달파하지 않았어요. 그렇다고 손 놓고 기다린 것은 아닙니다. 사람이 할 수 있는 일을 다 하고, 사람이 할 수 없는 나머지 일은 산의 정령에게 부탁했습니다. 우리 마을에서는 당산나무가 바로 산의 정령이었지요. 마을 사람들은 다만 정성을 다해 빌고 또 비는 것으로 충분했습니다. 그 정성이, 그 기원이 정령들의 귀에까지 닿기만 하면 되니까요. 간절히 비는 사람의 목소리를 들은 정령들은 사람이 이기지 못할 슬픔이나 견디지 못할 아픔을 주지 않았습니다.

황강은 마을 뒤로 느리게 흘러와서 집들이 앉은 산허리를 돌아 앞으로 비껴 나갔습니다. 논밭들 너머로 낮은 산들이 넘실넘실 이어졌고, 봄바람이 들판을 쓸고 지나갔지요. 물고기가 뛰어오르는 강에서 아이들은 수영을 했고, 썰매를 탔습니다. 강가의 키 큰 버드나무가 쏴아아아 하고 이파리를 떨 때면, 바람에 머리카락이 갈라져 아이들의 흰 이마가 환하게 드러났습니다.

햇빛을 받아 눈부시게 빛나는 황강의 모래를 본 적이 있습니까? 없다면 꼭 한번 보실 것을 권합니다. 그 빛나는 모래를 보고 나면 제 이야기가 훨씬 생생하게 와 닿을 것입니다. 아무리 고운체로 친다고 해도 황강의 모래만큼 곱고 빛나는 모래를 얻을 수는 없을 것입니다. 황강의 모래는 사람이 성긴 어레미로 서둘러 친 게 아니라, 만년이 넘는 동안 강물과 바람이 정성을 다해 친 것이니까요.

황강가 마을의 아이들은 할 일이 많지 않았습니다. 그래서 하루는 참 길었습니다. 낮 동안 우리가 하는 일이라고는 강과 산과 들판을 쏘다니며 노는 게 전부였습니다. 아침마다 학교에 가야 했지만 해가 중천에 떠 있을 때 집으로 돌아왔고, 그 다음부터 다음 날 아침까지는 노는 게 전부였습니다. 우리는 때때로 송아지를 괴롭히기도 했는데, 괴롭히려고 괴롭힌 게 아니라 매미채가 없었기 때문입니다. 매미를 잡는 데는 송아지 꼬리털만큼 좋은 덫이 없었지요. 송아지 잔등에 안장을 얹어 타기도 했어요. 송아지 때부터 아이들의 짓궂은 장난을 견뎌온 덕분에 황강가 우리 마을에서 자란 소들은 점잖았습니다.

"황강의 모래는 고와서 체로 칠 것이 없고, 우리 동네 소는 점잖아서 다섯 살짜리 아이도 부릴 수 있다."

어른들은 자주 이런 말을 했는데, 틀린 말이 아니었습니다.

내 아버지는 동쪽 들판에 막 해가 얼굴을 내밀면 논밭으로 나갔고, 해가 질 무렵 붉고 긴 햇빛을 등에 업고 집으로 돌아왔습니다. 집으로 오는 길에 아버지는 황강으로 가서 종일 일한 삽을 씻었습니다. 붉게 노을 물든 강물에 삽을 씻고 있는 아버지의 모습은 평화로웠습니다. 내일이면 다시 땅을 헤집을 삽이었지만 아버지는 쇠의 속살이 드러나도록 깨끗하게 씻었지요. 하루의 일을 마친 삽날에서 붉은 강물이 뚝뚝 떨어졌습니다. 헛간 앞에 세워둔 아버지의 삽에서는 흙냄새가 아니라 강물 냄새와 쇳내가 났어요. 봄 냄새와 비슷한 강물 냄새와 서늘하고 비릿한 쇳내를 맡고 있노라면, 현실 속이 아니라 아득히 먼, 어떤 몽환의 세계 속에 머물러 있는 것 같았습니다.

자라는 동안 나는 언제나 한군데쯤 아팠습니다. 무릎이 아프거나 목이 아프거나 팔꿈치가 아프거나 머리가 아프거나 하다못해 마음이 아팠어요. 가장 대수롭지 않은 통증이 마음이 아픈 거였어요. 아이들의 마음은 쉽게 아프고, 쉽게 아물었어요. 심각할 게 없었으니까요. 어딘가 한군데쯤 아픈 것은 익숙한 일이었습니다. 사실은 한군데라도 아픈 데가 없었다면 나는 내가 살아 있다는 걸 몰랐을지도 모릅니다. 늘 꿈속인 듯, 물 위를 미끄러지듯 살았거든요.

내가 더 이상 아프지 않게 된 것은 아마 열세 살을 지날 때쯤일 것입니다. 어쩌면 열네 살 언저리인지도 모르겠습니다. 아프지 않게 된 뒤로 나는 뭔가를 잃어버렸다는 것을 알았습니다. 그게 무엇인지는 모르겠습니다. 아프지 않으니 통증을 잊었다는 것인지, 아니면 내가 모르는 무엇을 잃어버린 것인지 모르겠습니다. 호랑이와 대화하는 법을 잊어버린 것도 그 언저리였다고 생각합니다.

한군데쯤 아픈 상태로 나는 황강에서 수영을 했고 썰매를 탔습니다. 아픈 몸으로 아침에 학교로 뛰어갔고, 학교를 마치면 역시 달려서 집으로 왔습니다. 집으로 오는 길에 남의 밭에 들어가 마늘종을 뽑거나 무를 뽑아 먹기도 했습니다. 때때로 고구마와 땅콩을 뽑아서 집으로 들고 오기도 했습니다.

마늘종과 무는 매웠는데, 그래도 맛이 좋았습니다. 맨손으로 무 껍질을 벗기면 흙이 무 속살에 고스란히 묻곤 했는데, 개의치 않고 아삭아삭 씹어 먹었습니다. 요즘 같으면 꺼림칙한 일이지만, 그때만 해도 꺼림칙하다는 걸 몰랐으니까요. 그것은 내가 다만 여덟 살이거나 아홉 살이기 때문만은 아닙니다. 그 시절에는 어른들도 흙을 쓱 닦아내고 무를 껍질째 아작아작 씹어 먹곤 했습니다.

황강가 마을 사람들은 낮에 논밭으로 나가 땀 흘려 일했고, 밤에 깊은 잠을 잤습니다. 밤늦도록 불을 켜두는 집은 없었고, 마지막 새벽닭이 울기 전에 불을 켜는 집도 없었습니다. 마을의 어른들은 해가 지면 잠자리에 들었고, 해가 뜨면 미적거리지 않고 일어나 논밭으로 나갔습니다. 해가 진 뒤에 논밭에서 해야 할 일이 없었고, 해가 뜬 뒤에는 방에 앉아 미적거릴 일이 없었습니다.

무척 드문 일이기는 하지만 간혹 아침 일찍 삽이나 괭이를 들고 논밭으로 나가는 대신 덕붕재를 넘어가는 사람이 눈에 띄기도 했습니다. 누군가 아친 일찍 덕붕재를 넘어 읍내로 나가는 모습이 눈에 띄면 마을 사람들은 걱정했습니다. 밤사이에 누가 아프거나 급한 변고가 생기지 않고서야 날이 밝자마자 덕붕재를 넘어 읍내로 나갈 일이 없었으니까요. 그런 날이면 종일토록 덕붕재를 넘어간 누구네 집 어른의 근황이 화제가 되곤 했습니다. 종일 마을 사람들 사이에서 오고갔던 이야기와 걱정은 덕붕재를 넘어갔던 어른이 다시 덕붕재를 넘어 집으로 돌아온 다음에야 숙졌습니다.

황강가 마을의 집들은 대문이 없었고 논밭은 경계가 모호했는데, 걱정할 것은 없었습니다. 땅은 터주신이 지켰고, 집은 성주신이 지켰으니까요. 정지(부엌)에는 조왕신이 버티고 있었습니다. 신들이 제자리를 지켜주었기 때문에 사람들은 마음 놓고 제 할 일을 했습니다. 아침부터 종일 집을 비워도 집은 늘 그대로였습니다.

우리 할머니는 평생 일념으로 논밭을 갈아온 사람입니다. 돌아가시기 나흘 전까지도 집 앞 채마밭에 쪼그리고 앉아 일을 했습니다. 맑은 날도 흐린 날도, 더운 날도 선선한 날도 그랬습니다. 젊어서 황강가 마을로 시집온 여자는 그렇게 주름 많은 늙은이가 될 때까지 일만 했습니다. 지독하게 재미없는 인생처럼 보이지만 할머니는 그 세월을 복되다고 말씀하시곤 했습니다.

"복되고말고."

할머니는 자주 그런 말씀을 하셨습니다. 그러니 할머니가 살아온 날들은 틀림없이 복된 날들이었을 겁니다. 아이들 여섯은 모두 건강하게 자라 시집 장가를 갔고, 당신 속으로 낳고 기른 자식 중에 잃은 자식이 하나도 없었습니다. 그 자식들은 자라서 또 많은 자식들을 낳았습니다. 아직 어린 손자 손녀들이 옆에서 재잘거리고, 저녁이면 식구들이 둘러앉아 밥을 먹는 일, 할머니는 그것으로 충분히 복되다고 했습니다. 이웃의 할머니들은 누구나 자식을 중 한둘을 호랑이나 늑대에게 빼앗겼다고 합니다. 호랑이나 늑대 밥으로 자식을 내준 적이 없으니 우리 할머니의 삶은 복되고 평화로웠다고 할 수 있을 것입니다. 요즘 사람들 기준으로 본다면 도무지 복되다고 할 수 없을지도 모르겠습니다만.

할머니는 말년에 귀가 멀어 잘 들을 수 없었고, 눈이 지독하게 어두워지는 바람에 볼 수 없었습니다. 그렇다고 할머니의 늙은 날들이 고통스러웠던 것은 아닙니다. 눈과 귀가 멀었지만 할머니는 불편을 토로하지 않았고 지루해 하지도 않았습니다. 집에 있는 모든 물건의 위치를 눈이 밝은 사람만큼이나 분명하게 알고 있었거든요. 여름 저녁이면 할머니는 눈을 감고도 모깃불을 피웠고, 겨울 밤에는 땅에 묻어둔 무를 꺼내 깎았습니다. 할머니가 깎은 무 껍질은 다른 누가 깎은 것보다 얇고 길었습니다. 나는 여태 우리 할머니만큼 무 껍질을 얇고 길게 깎는 사람을 본 적이 없습니다. 눈이 밝다고 누구나 무 껍질을 얇게 깎을 수 있는 것은 아니니까요. 할머니의 일은 눈이 하는 게 아니라 손이 하는 일이었고, 할머니를 원하는 장소로 데려다 준 것은 밝은 눈이 아니라 부지런한 발이었습니다. 할머니는 누구의 도움도 없이 집 근처의 밭으로 나가서 일했고, 사람이 가서 부르지 않아도 식사 때가 되면 솎아낸 푸성귀를 대바구니에 담아서 집으로 돌아왔습니다.

해가 뜨고 지는 것을 볼 수는 없었지만 할머니는 식사 시간을 알았고, 하늘이 어두워지는 것을 볼 수 없었지만 빨래를 널고 걷을 시간을 알았습니다. 삽을 어깨에 걸치고 밭으로 나가는 사람이 누구인지, 막 우리 집 마당으로 들어서는 사람이 누구인지도 다 알았습니다. 더 이상 볼 수 없었지만, 할머니는 기억 속의 즐거운 날들을 보고 들었지요. 무엇보다 할머니에게는 할 일이 많았습니다. 그래서 눈이 먼 뒤로도 할머니는 쉬는 법이 없었습니다.

저녁상을 물린 뒤, 할머니는 우리가 잠이 들 때까지 이야기를 들려주셨는데, 할머니가 하시는 여러 가지 일 중에 우리가 가장 좋아했던 것이기도 합니다. 할머니의 이야기보따리는 아무리 끄집어내도 쪼그라들지 않았어요.

"옛날 옛적에, 그러니까 호랑이가 담배 피우던 시절에 착한 나무꾼이 살았단다. 나무꾼은 가난했지만 자신이 해온 나무를 이웃의 할아버지와 할머니들에게 나누어줄 줄 알았지. 이제는 산에 올라갈 수 없을 만큼 늙어버린 마을의 할아버지와 할머니들도 걱정할 게 없었단다. 착한 나무꾼이 나누어준 땔감 덕분에 겨울에 따뜻하게 불을 땔 수 있었거든. 마음씨가 착한 나무꾼은 예쁘고 착한 아내를 맞이했단다. 그리고 많은 아들과 딸들을 낳고 오래오래 행복하게 살았단다."

할머니의 이야기는 언제나 행복한 결말로 이어졌습니다. 사람살이에 어디 행복한 결말만 있겠습니까. 그래도 할머니 이야기에 등장하는 사람들은 언제나 행복하기만 했습니다. 할머니의 삶이 행복했기 때문일 것입니다.

할머니는 구박만 받던 콩쥐, 가난하지만 착한 흥부, 엄마를 잃고 호랑이에게 쫓기던 오누이, 효녀 심청에 대해 이야기했습니다. 착한 사람이 복을 받고 나쁜 사람이 벌을 받는다는 뻔한 이야기였는데, 우리는 할머니의 이야기에 질리지 않았습니다. 할머니는 글을 배운 적이 없었고 책을 읽은 적도 없었지만, 엄청나게 많은 이야기를 알고 있었습니다. 그리고 같은 이야기를 하더라도 할 때마다 조금씩 다르게 했습니다. 더운 여름 날 밤에는 눈 내리는 겨울이 배경이 되었고, 겨울에는 따뜻한 봄날이 배경이 되었습니다. 비가 내리는 날엔 '그날은 오늘처럼 비가 추적추적 내렸지……'라고 이야기를 시작했고요. 그래서 할머니의 이야기는 언제 들어도 생생했습니다.

아마도 할머니의 기억 속에는 글자가 없는 그림책이 여러 권 들어 있는 것 같았습니다. 글자가 없었던 까닭에 이야기는 조금씩 다를 수밖에 없었겠지요. 그래서 우리는 줄거리를 뻔히 알고 있었지만 늘 새로운 이야기를 들을 수 있었습니다.

무서운 이야기도 많았습니다. 할머니가 무서운 이야기를 들려주는 밤이면 나는 변소에도 가지 못하고 마당에서 오줌을 누었습니다. 그때 나는 아마 다섯 살이나 여섯 살이었을 겁니다. 변소까지 가지 않고 마루에 서서 마당을 향해 오줌을 내갈겨도 나무라는 사람은 없었습니다. 부르르 떨며 오줌을 눈 뒤에는 할머니가 이야기했던 이리가 눈앞에 나타나기라도 한 양 재빨리 방으로 뛰어들곤 했지요.

할머니가 들려준 이야기 중에 가장 무서웠던 것은 흉년이 들면 호랑이와 늑대가 마을로 내려와 아이들을 물어간다는 이야기였습니다. 나는 그런 이야기에 유난히 겁을 먹었는데, 그도 그럴 것이 호랑이나 늑대가 밤에 마을로 내려와 어린아이들을 잡아먹는 사건은 할머니의 이야기 속에서뿐만 아니라, 실제로도 벌어졌습니다.

황강가 우리 동네 사람들은 여름이면 마당에 들마루를 내거나 멍석을 깔고 잠을 청하곤 했습니다. 더위 때문에 방에서는 좀처럼 잠들지 못하던 사람들도 선선한 마당에서는 쉽게 잠을 잘 수 있었습니다. 그해 더위가 기승을 부리던 날 처은이네도 그랬습니다. 아마 내가 일곱 살이던 해 여름이었을 겁니다. 벌써 서너 달째 비가 한 방울도 내리지 않았고 논밭이 타들어가는 중이었습니다. 작물은 말할 것도 없고, 사람도 가축도 혀를 내밀고 축축 늘어지던 날이 이어졌습니다.

처은이네는 마당 한쪽에 모깃불을 피워놓고 잠이 들었다고 합니다. 처은이는 나와 동갑이었는데 겨울이면 길게 흘러내린 콧물을 후욱 다시 빨아들이는 아이였습니다. 아무튼 그날 새벽에 요의를 느낀 처은이 아버지가 눈을 떴을 때, 제 엄마 옆에서 자던 막내가 보이지 않더랍니다. 처은이의 동생은 세 살이었는데, 평소에도 자면서 몸부림을 심하게 쳤다고 합니다. 처은이 아버지는 막내가 몸부림을 치다가 한쪽 구석으로 굴러간 것이라고 생각했답니다. 그래서 느긋하게 오줌을 누고 돌아와 다시 잠을 청하려고 했는데, 아무래도 이상하더라는 겁니다.

막내는 보이지 않았습니다. 눈을 씻고 둘러보아도 보이지 않았습니다. 처은이 아버지는 코를 골며 자는 아내를 깨우고, 처은이를 깨웠습니다. 겨우 눈을 뜬 처은이는 눈을 비비며 불평을 늘어놓았지요. 그런데 식구들이 모두 일어나 찾았지만 막내는 보이지 않았습니다. 헛간에도 부엌에도 방에도 돼지우리에도 아이는 없었습니다. 이제 겨우 걸음마를 시작한 아이가 저 혼자 먼 데로 가지는 않았을 것입니다. 갑자기 불길한 생각에 휩싸인 처은이 엄마는 울면서 막내의 이름을 불렀습니다. 처은이 아버지는 급하게 횃불을 만들어 들고 집 안을 구석구석 비추며 아이를 찾았지요.

“막둥아, 막둥아!”

온 가족이 소리쳐 불렀지만 막둥이는 대답하지 않았습니다. 온 식구들이 밤새 마을을 헤집고 다녔지만 아이를 찾을 수 없었어요. 처은이네 식구들이 밤새 이 집 앞 저 집 앞, 이 골목 저 골목을 살폈지만 마을 사람들 중에 누구도 내다보는 사람은 없었습니다. 그런 날 밤에는 등잔불을 켜지 않아야 한다는 것을, 밖을 내다보지 않아야 한다는 것을, 깊은 잠에 빠져 있어야 한다는 것을 동네 어른들은 누구나 알고 있었습니다.

“막둥아, 막둥아!”

그날 새벽 처은이 엄마는 동네 골목을 구석구석 헤집고 다니며 막둥이를 불렀습니다. 동네 어른들은 처은이 엄마의 울음 섞인 목소리를 들었지만 결코 일어나 호롱불을 켜지는 않았습니다. 처은이 엄마는 지쳐서 울다가, 다시 막둥이를 부르다가 혼절해버렸습니다. 처은이 아버지와 엄마는 사람들이 사는 마을의 끝이자 숲의 시작인 당산나무 아래까지 살펴보았지만 끝내 아이를 찾지 못했습니다.

마을의 맨 위쪽, 당산나무 바로 아래에 움막 같은 집을 짓고 혼자 사는 낙동 할머니도 처은이 아버지와 어머니의 목소리를 들었습니다. 여든이 넘은 할머니의 귀에 먼저 들린 것은 젊은 여자의 훌쩍임이었습니다. 당산나무를 지나 그 위 숲에서부터 들려오는 소리였습니다. 훌쩍거림은 점점 가까이 다가왔고 끝내는 할머니의 집 근처에까지 닿았습니다. 여자가 훌쩍거렸고 남자가 낮은 목소리로 여자를 달래는 소리도 들렸습니다. 처은이 아버지와 처은이 엄마였습니다. 처은이 엄마는 좀처럼 울음을 그치지 않았습니다.

"그만 좀 해. 어쩔 거야. 다 죽을 거야. 엉? 다 죽을 거냐고!"

낮지만 단호한 목소리로 아내를 달래는 처은이 아버지의 목소리에는 터뜨릴 수 없는 분노, 어찌할 수 없는 체념과 절망, 엄청난 일을 저질러버린 사람의 두려움이 고스란히 배어 있었습니다. 살기 위해 저지른 일이지만 용서받을 길 없는 짓임을 처은이 아버지도, 어머니도, 동네 사람들도 모두 알고 있었습니다.

처은이 엄마의 훌쩍거림은 집들이 옹기종기 모여 있는 마을을 향해 점점 멀어졌습니다. 세상을 오래 살아온 낙동 할머니는 어둠 속을 더듬어 곰방대를 찾았습니다. 마른 담배 가루를 곰방대에 꾹꾹 눌러 다져넣고 불을 붙였습니다. 무시무시한 밤이었지만 낙동 할머니는 등잔불을 켜지는 않았습니다. 젊은 시절부터 어둠이라면 진저리쳤던 할머니이지만 그날 밤만은 불을 밝히지 않았습니다. 불을 밝히지 않아야 하는 밤이었습니다.

'에이고 무시라. 에이고 무시라…….'

할머니는 힘주어 곰방대를 빨며 좀처럼 비를 주지 않는 하늘을 원망했습니다. 밤새 낙동 할머니의 담뱃불이 꺼지지 않았고 한숨

소리도 잦아들지 않았습니다.

그 무렵 가뭄이 3년째 이어졌고, 그해 봄부터는 석 달이 넘도록 비 한 방울 내리지 않았습니다. 논바닥은 갈라지고 부서졌고, 흙은 끝내 가루가 되어 하늘로 날아올랐습니다. 삽을 들고 걷는 농부의 발치에서 부연 흙먼지가 일어나 신작로를 훑으며 지나갔습니다. 마른 바람은 보리 이삭처럼 깔끄러웠고, 푸른 강물이 넘실대던 황강은 허연 바닥을 맥없이 드러내고 있었습니다. 멱을 감던 아이들은 집으로 돌아갔고, 은빛 비늘을 반짝이며 수면 위로 뛰어오르던 물고기들은 사라졌습니다.

'사람이 호랭이를 이길 수야 없지……'

낙동 할머니는 그날 밤 호랑이나 늑대 울음소리를 듣지는 못했습니다. 그러나 처은이 엄마가 훌쩍거리며 막둥이를 찾아다닐 때 산짐승이 다녀갔다는 것을 알았습니다. 그런 무서운 일이 어제 오늘의 일은 아니었으니까요. 80년을 사는 동안 잊을 만하면 다시 들려오던 훌쩍거림이 있습니다. 낙동 할머니 역시 젊었던 시절 두 아이를 호랑이에게 빼앗기고 그렇게 울었습니다. 무심한 하늘을 원망하고, 야속한 남편을 원망하고, 가난한 세월을 원망했지만 도리없는 일이었지요.

'살아 있으마, 몇 살이고……'

손가락을 꼽으며 죽은 아이의 나이를 세는 할머니의 눈가에 이슬이 맺혔습니다.

다음 날 날이 밝았을 때 동네 어른들이 당산나무 너머에서 아이의 옷가지를 찾아냈습니다. 갈가리 찢어진 데다 피가 묻어 있었지요. 거기서 좀 더 들어간 산속에서 손목 아래만 남은 어린아이의 손이 발견됐습니다. 뜯어 먹은 모양으로 볼 때 호랑이가 아니라 늑대가 왔던 모양입니다. 마을 어른들은 수군거리며 혀를 찼고, 긴 한숨을 뱉었습니다.

'밤새 정출이 아가 죽었다는구만……'

'쯧쯧쯧.'

'어이휴…… 언제나 비가 내릴랑고.'

막내의 피 묻은 옷가지를 받아든 처은이 엄마는 오래오래 울었습니다. 누구도 그 처절하고 잔혹한 울음을 달래지 않았습니다. 달랠 수 없는 울음이었으니까요. 사람이 호랑이를 이길 수 없는 세월이었고, 막내를 물어간 짐승이 호랑이가 아니라 늑대라고 해도 달라질 것은 없었습니다.

'밤새 그놈의 호랭이가 마실을 댕겨갔어.'

혀를 차던 어른들이 하나둘 자리를 떴습니다. 겁에 질린 아주머니들이 제 아이의 손목을 잡아끌고 집으로 들어갔습니다.

호랑이나 늑대에게 아기를 빼앗긴 엄마들은 울었지만 변한 것은 없었습니다. 운다고 죽은 아이가 살아올 리도 없었고, 가뭄이 끝나는 것도 아니었습니다. 마을 사람들은 호랑이에게 아이를 빼앗긴 엄마와 아버지를 위로하지 않았습니다. 하얀 이를 드러내며 웃던 아이의 해맑은 얼굴에 대해서도 말을 꺼내지 않았습니다. 어른들은 다만 남몰래 긴 한숨을 뱉었고 혀를 찼을 뿐입니다. 사람이 호랑이를 이길 수는 없지 않습니까. 그저 가뭄이 이어지지 않기를, 흉년이 들지 않기를, 그래서 호랑이나 늑대가 마을로 내려오지 않기를 빌 뿐이었습니다. 사람이야 빌고 또 비는 일 외에 더 무슨 일을 할 수 있겠습니까.

산짐승에게 아이를 빼앗긴 엄마들은 물에 밥을 말아 마시듯 들이켜고, 호미를 들고 밭으로 나갔습니다. 쪼그리고 앉아 호미질을 하는 젊은 여자의 등으로 쏟아지는 햇볕이 따가웠습니다. 자식을 잃은 아버지는 이따금 고개를 들어 당산나무 너머 먼 산을 바라보았을 뿐, 어설프게 아내를 위로하는 말을 꺼내지는 않았습니다. 그런 날이면 제 새끼를 남의 둥지에 맡긴 뻐꾸기도 멀리서 슬프게 울었습니다. 그렇게 세월이 오고갔습니다. 낯익은 세월이 가고, 다시 낯선 세월이 오면 아이를 호랑이에게 빼앗긴 젊은 부부는 다시 아기를 낳았습니다.

"할머니, 비가 많이 내리면 호랑이나 늑대가 안 나타나?"

"비가 제때 내리고, 제때 그치면 짐승들이 마을로 내려오는 일은 없지."

"호랑이는 비를 무서워해?"

할머니는 이번에도 대답하지 않고 나를 바라만 보았습니다. 그리고 나를 꼭 안고 등을 다독다독 두들겨주었습니다. 내 등을 두들기던 할머니는 코를 훌쩍 빨아들였습니다. 할머니의 두 눈에는 눈물이 고여 있었습니다.

"할머니 왜 울어?"

"울기는."

할머니는 코를 팽 풀었습니다.

나는 비가 제때 내리고, 제때 그치기를 빌었습니다. 밤마다 그렇게 간절히 빌고 난 다음에야 겨우 잠이 들곤 했습니다.

'비가 좀 와야 할 낀데, 가물어도 너무 가물어.'

어른들 입에서 가뭄을 걱정하는 말이 나오면 나는 겁에 질렸습니다. 오랫동안 비가 내리지 않고, 논밭이 갈라지고, 신작로에 흙먼지가 날리기 시작하면 늑대나 호랑이가 마을로 내려와 아이들을 물어갈 테니까요. 그런 날이면 나는 제발 비를 내려달라고 하늘에 빌었고, 밤에 호랑이나 늑대가 마을로 내려오지 않도록 해달라고 빌었습니다. 유별나게 두려움이 엄습하는 날 밤이면 잠들지 않겠다고 다짐하기도 했습니다. 깨어 있으면 호랑이가 나타나더라도 도망칠 수 있을 테니까 말입니다. 잠들지 않겠다고 굳게 다짐했지만 어느새 까무룩 잠이 들었고, 아침에 눈을 떠 벌건 해를 보았을 때 겁도 없이 잠든 나를 질책했고, 밤사이 호랑이나 늑대에게 물려가지 않았다는 사실에 안도하곤 했습니다.

그해 여름에는 호랑이나 늑대보다 비가 먼저 왔습니다. 꽈르릉 꽈르릉 검은 하늘에서 천둥이 울렸고 비가 쏟아졌습니다. 한번 내리기 시작한 비는 사흘 밤낮을 쉬지 않고 내렸습니다. 거북이 등처럼 갈라지던 논에 물이 차올라 찰랑댔고, 흙먼지 풀풀 날리던 밭은 질척거렸습니다. 타들어가던 밭작물들이 꼿꼿하게 줄기를 세웠지요.

비가 내리자 마을 어른들은 하늘에 감사하며 기쁨에 찬 노래를 불렀습니다. 어제까지만 해도 세상이 끝장난 듯한 절망에 움츠려 있던 사람들은 새봄을 맞이한 듯 가슴을 펴고 걸었습니다. 삽을 어깨에 얹고 논으로 나가는 아저씨들의 이마에 웃음꽃이 피었습니다.

비가 너무 내려도 걱정이었습니다. 황강의 강물이 누런 거품을 일으키며 소용돌이 쳤고, 상류의 마을에서 소와 돼지, 초가의 지붕이 떠내려왔습니다. 은밀하면서도 무시무시한 저음과 황토 거품을 일으키며 밀려오는 강물은 가뭄만큼이나 무서웠어요. 상류의 마을에서 떠내려온 돼지를 건져내기 위해 강물로 뛰어들었던 홍식이 아버지가 누런 강물에 휩쓸리고 말았습니다. 한참 떠내려가다가 겨우 물 밖으로 헤엄쳐 나온 홍식이 아버지는 파르스름한 입술로 부들부들 떨었습니다. 떠내려가는 남편을 쫓아 강둑 위를 정신없이 뛰어갔던 홍식이 엄마는 그제야 땅바닥에 주저앉아 엉엉 울었습니다. 내가 지금 내 아들 나이만 한 때였으니 그디지 오래전 일은 아닙니다.

황강 상류에 댐이 생길 것이라고 어른들이 말했습니다. 댐이 건설되면 가뭄도 홍수도 걱정 없다고 했습니다. 나는 댐이 무엇인지 몰랐지만, 댐이 건설되면 가뭄을 걱정할 필요도, 홍수를 걱정할 필요도 없다는 말에 안도했습니다. 가뭄이나 홍수 걱정이 없는 한 호랑이나 늑대에게 물려갈 일은 없을 테니까요.

"할머니, 댐이 생기면 가뭄이나 홍수가 안 나?"

"글쎄다. 아버지한테 물어봐."

할머니는 자신이 대답할 수 없는 것을 아버지한테 미루는 법이 없었습니다. 그러나 댐에 관해서는 아버지한테 물어보라고 했습니다.

"할머니, 댐을 만들면 호랑이나 늑대가 아이들을 물어가지 않는 거야?"

그 시절 내 관심은 가뭄이나 장마, 혹은 댐이 아니라 늑대나 호랑이가 마을로 내려와 아이를 물고 가느냐, 아니냐에 쏠려 있었습니다.

"아버지한테 물어봐."

"댐은 호랑이보다 더 무서워?"

"글쎄."

댐이 호랑이보다 힘이 센지, 약한지 아는 사람은 없었습니다. 아버지도 그 문제에 대해서는 대답해주지 않았습니다. 동네 어른들은 다만 댐이 생기면 홍수나 가뭄 걱정이 없다는 말만 했습니다. 상류에 댐이 언제, 어떻게 만들어졌는지는 기억나지 않습니다. 한동안 지독한 가뭄이나 홍수가 없었고, 호랑이나 늑대가 마을에 출몰해 아이를 물어갔다는 이야기도 없었습니다.

처은이 동생이 짐승에게 물려간 이듬해 나는 학교에 입학했습니다. 강 건너편에 가까운 학교가 있었지만 홍수가 나면 학교에 갈 수 없으니 우리 동네 아이들은 모두 산길로 10리나 떨어진 먼 학교를 다녔습니다. 학교로 가는 길은 산자락을 타고 구불구불 이어져 있었고, 길 위쪽은 산이었고, 아래로는 논밭이 펼쳐졌습니다. 먼 길을 걸어 다녔지만 피로해 하거나 지겨워하지 않았습니다. 불평하지도 않았습니다. 태어나서부터 자동차나 자전거를 타고 다니는 것보다 걷는 일에 훨씬 익숙했습니다.

그날 나는 청소 당번이었습니다. 함께 다니던 동네 아이들은 먼저 집으로 가버렸고, 혼자 집으로 돌아오는 길이었지만 심심하지는 않았습니다. 산모퉁이를 돌 때마다 이야기를 품은 나무와 바위, 계곡이 이어졌기 때문에 무섭기도 하고, 우습기도 하고, 흥미롭기도 했습니다.

매끈하고 반질반질 윤이 나는 돌멩이를 줍기 위해 허리를 굽혔다가 일어섰을 때 무서운 일이 벌어졌습니다. 오솔길 저 앞쪽에 집에서 키우는 개보다 두 배는 더 커 보이는 늑대 한 마리가 나타난 겁니다. 숲에서 길로 불쑥 뛰어든 늑대는 나를 향해 곧장 달려왔습니다. 늑대는 나와 10미터쯤 거리를 두고 문득 멈춰 섰습니다. 윤기 나는 털은 햇빛을 받아 반짝반짝 빛났고, 눈빛은 무표정했을 겁니다. 지금이라면 놀라서 어쩔 줄 몰랐겠지만 그때 나는 이해할 수 없을 정도로 담담한 마음이었습니다. 어째서 그때 그런 기분이었는지 지금도 알 수 없었습니다. 늑대가 아이를 물어간다는 할머니의 이야기를 들을 때는 밤에 오줌 누려고 방 밖으로 나가는 것도 두려워했는데 말입니다.

늑대는 이빨을 드러내고 으르렁거리거나 숨을 헐떡이지 않았습니다. 놈은 우뚝 선 채 날카롭고 무표정한 두 눈으로 나를 노려보았습니다. 좁은 산길에서 마주 선 채 나도 늑대도 움직이지 않았습니다. 꽤 긴 시간이 지났다고 생각했지만 아마 10초나 20초쯤 밖에 안 지났을 겁니다. 늑대가 드디어 길쭉한 주둥이를 하늘로 쳐들며 울부짖기 시작했습니다.

'오우우우우-'

늑대가 동료를 부르는 소리라는 것을 알고 있었습니다. 사냥감을 발견한 늑대는 홀로 공격하는 대신 동료들을 불러 집단으로 공격한다는 이야기를 어른들한테 들어서 알고 있었습니다. 동네에서 장골로 소문난 청년들도 늑대를 만나 살아 돌아오지 못하는 것은 바로 그 때문입니다. 늑대가 홀로 장골 한 사람을 상대해서 이기기는 쉽지 않으니까요. 늑대가 신호를 했고 이제 곧 다른 늑대들이 몰려올 것이라는 것도 짐작할 수 있었습니다.

나는 꼼짝 않고 서서 울부짖는 늑대를 바라보았습니다. 형장을 향해 걷고 있는 죄수가 그런 기분일까요. 그 길 끝에 죽음이 기다리고 있음을 알면서도 걷지 않을 수 없는 상황 말입니다. 늑대가 제 동료들을 불러 모으고, 나를 공격할 때까지 기다리는 것 외에 내게는 달리 할 일이 없었고, 나는 그런 내 처지를 담담하게 받아들였습니다. 지금이라면 나무 위로 올라가기라도 했을 텐데 그때는 그런 생각조차 못했습니다. 늑대는 울부짖다가 가만히 나를 보았고, 다시 또 주둥이를 하늘로 쳐들고 울부짖기를 반복했습니다. 강렬하고 고요한 눈빛은 놈이 얼마나 영리하고 대범한지를 보여주는 것 같았습니다.

한동안 꼼짝 않고 나를 노려보던 늑대가 다시 주둥이를 하늘로 쳐들고 울부짖기 시작했을 때 오솔길 양쪽의 숲에서 늑대들이 달려 나왔습니다. 어디에 있다가 달려온 것인지 알 수 없지만, 놈들은 거의 동시에 내 눈앞에 나타났습니다. 숲에서 길 위로 나온 늑대들은 껑충껑충 뛰어오르거나, 쿵쿵거리며 땅바닥을 파헤치기도 했습니다. 모두 여섯 마리였습니다. 놈들이 발톱으로 땅바닥을 긁었을 때 부연 흙먼지가 일어나 천천히 어디론가 쓸려갔습니다. 늑대들은 저희들끼리 주둥이를 맞대거나 몸을 틀며 쉴 새 없이 움직이고 있었어요. 내 쪽으로 다가오지 않고 거리를 유지한 채 좁은 산길을 왔다 갔다 하며 헤매는 모양이 사냥을 앞두고 마음을 가다듬는 것 같아 보이기도 했어요. 마치 출발을 앞둔 달리기 선수가 몸을 풀기 위해 팔과 다리를 끊임없이 털어대는 모양 같았다고나 할까요.

그해는 가뭄이 이어지지도 않았는데, 논바닥이 갈라지거나 밭에서 흙먼지가 날리지도 않았는데…… 어째서 늑대들이 나타난 것일까. 그 순긴 그런 생각을 했습니다만, 할머니의 이야기를 들을 때만큼 겁에 질리지는 않았습니다.

'아, 이렇게 늑대의 먹이가 되는구나.'

그런 생각을 했을 뿐입니다. 어쩌면 체념했기 때문인지도 모르겠습니다. 저 날카로운 주둥이에 물리면 얼마나 아플까. 저놈들은 언제쯤 나를 공격할까. 죽는 순간까지 얼마나 오랫동안 고통에 시달려야 할까. 오직 그런 생각뿐이었습니다. 지금이라면 만감이 교차하고, 보고 싶은 얼굴이 떠오르고, 마지막 인사조차 나누지 못하고 떠나는 것이 억울하고 서럽다는 생각을 했겠지만요.

나는 종종 그런 생각을 합니다. 마지막 인사조차 전하지 못하고 세상과 작별하는 사람들은 원통해서 어떻게 눈을 감을까. 저녁이면 마땅히 집으로 돌아올 줄 알고 기다리는 가족들에게 아무런 소식도 전하지 못하고 죽어가는 사람의 심정은 얼마나 기막히고 막막할까. 자신의 의지와 하등 관계없이 이별을 선언해야 하는 사람의 안타까운 심정을 어떻게 설명해야 할까요. 마땅히 해야 했지만 하지 못했던 일에 대해, 결코 하지 말았어야 할 말을 내뱉었던 것에 대해, 용서도 양해도 구하지 못하고 떠나야 하는 사람의 심정을 누가 알까요. 자신이 죽었는지 살았는지도 모르고 날마다 골목 앞에 나와 기다리는 가족들의 슬픈 얼굴을 어떻게 잊을까요.

늑대가 얼마나 인내심이 강한 동물인지 아십니까. 놈들은 일단 사냥감을 정하면 결코 포기하지 않습니다. 열두 시간 이상 쉬지 않고 소 떼를 쫓아 달리기도 합니다. 끝없이 도망치던 소가 지쳐서 끝내 쓰러지면 그때서야 다가가서 물어뜯습니다. 우리 마을에서는 늑대가 돼지우리로 들어와 돼지를 밖으로 몰아간 적이 있습니다. 겁에 질린 돼지는 꿀꿀거리며 도망치고, 늑대는 날이 밝을 때까지 돼지를 쫓아 논밭을 헤매고 다녔습니다. 다행히 그때까지 돼지는 쓰러지지 않았고, 날이 밝고 동네 어른들이 달려간 덕분에 목숨을 구할 수 있었습니다. 일단 쓰러졌다 하면 그것으로 끝입니다. 늑대는 사람과 싸울 때 넘어뜨리기 위해 머리 위로 획획 날아다니거나 주둥이로 다리를 자꾸 밀기도 합니다. 늑대는 사냥감을 일단 넘어뜨린 다음에 공격하는 습성을 갖고 있거든요. 그러니 당시 나로서는 달려서 도망친다는 것은 불가능한 일이었습니다.

그런데 막 사냥에 나서려던 늑대들이 갑자기 용수철 튀듯이 양쪽 숲으로 사라졌습니다. 한 마리씩 차례차례로 나타났던 늑대들이 동시에 숲으로 팽 소리 나게 달아난 것입니다.

'이것은 꿈일까? 내가 헛것을 본 걸까. 여섯 마리나 되는 늑대들은 어째서 갑자기 사라져버린 걸까. 동네 아이들 중에서 내가 힘이 가장 세다는 것을, 싸움을 제일 잘한다는 것을 알고 겁을 먹은 것일까.'

한참 동안 늑대들이 숨어든 숲을 바라보았습니다. 놈들이 숨어서 나를 노려보는 것은 아닐까, 걱정이 됐으니까요. 숲 어디에서도 늑대의 기척은 없었습니다. 조금 전까지 눈앞에서 허공으로 펄쩍펄쩍 뛰어오르고, 땅바닥을 긁어 흙먼지를 일으키던 놈들이 눈 깜빡할 사이에 떠나버리다니 알다가도 모를 일입니다. 구불구불하고 텅 빈 길을 바라보다가, 더 이상 늑대의 기척이 없다는 확신이 들었을 때 걷기 시작했습니다. 아니요, 아마 막 걸음을 떼려고 했을 때일 것입니다.

크르르…….

낯설고 묘한 기척, 무엇인가 엄청난 놈이 바로 뒤에 와 있다는 것을 알았습니다. 감히 고개조차 돌릴 수 없는 엄청난 기운이 느껴졌습니다. 나는 걸음을 떼지도 못했고, 뒤를 돌아볼 수도 없었습니다. 한참을 망설이던 내가 조심스럽게 뒤를 돌아보았을 때 거기에는 소만큼 커다란 산짐승이 서 있었습니다. 내게 최면이라도 걸려는 듯 이글거리는 눈동자, 주황색과 검은색 줄이 죽죽 그어져 있는 얼룩무늬, 호랑이었습니다. 나는 그때까지 한 번도 호랑이를 본 적이 없었지만 그것이 호랑이라는 것을 금방 알아차렸습니다. 그때서야 늑대들이 갑자기 꼬리를 말고 용수철이 튀듯이 도망친 까닭을 알았습니다.

크르르…….

호랑이 소리는 낮았지만 장중했고, 멀리까지 뻗어나갔습니다. 몸통 저 깊은 곳에서 서서히 올라오는 소리는 가까운 곳에서 나는 소리가 아니라, 먼 데서 울려 퍼져온 소리처럼 아득했습니다. 뭐랄까요. 그 울림은 빽빽하게 늘어선 나무와 나무 사이를 지나, 이름 모를 풀들이 자라는 구릉을 넘어, 높은 봉우리와 깊은 계곡, 너른 강을 골고루 훑고 온 소리, 오랜 세월을 건너온 소리였습니다.

'늑대가 아니라 호랑이 밥이 되는구나. 어른들은 내가 호랑이 밥이 된 걸 알까. 지금쯤 아버지와 엄마는 밭에 쪼그리고 앉아 호미질을 하고 계시겠지. 내가 호랑이 밥이 된 줄은 꿈에도 모르시겠지. 해가 지도록 내가 집에 돌아오지 않으면 화를 내시겠지. 어쩌면 내가 또 학교에서 말썽을 피우다가 벌을 서느라 늦는 줄 아시겠지. 저녁 늦게 돌아오면 혼쭐을 내줘야겠다고 생각하시겠지. 오늘은 말썽을 피우지 않았는데. 선생님의 꾸지람을 듣지도 않았는데. 호랑이 밥이 되다니. 아, 아버지…… 엄마…….'

호랑이는 커다란 아가리를 벌려 나를 덥석 무는 대신 내 옆으로 다가와 앉았습니다. 앞으로 나란히 뻗은 커다란 앞발은 다 큰 황소의 발보다 굵어 보였습니다. 그 발을 한번 휘두른다면 사람이 아니라 황소라도 맥없이 쓰러질 것 같았습니다. 그러나 호랑이는 두 다리를 쭉 뻗고 앉아 있었을 뿐 나를 잡아먹으려 하지 않았습니다. 저 깊은 곳에서 솟아오르듯 터져 나오는 호랑이 소리는 두려웠지만, 그 소리에는 분명히 평온함이 감돌았습니다.

어쩌자는 거야. 아직 배가 고프지 않은 걸까. 배가 고플 때까지 나를 잡아두려는 걸까. 호랑이는 앞발을 들어 나를 툭툭 쳤습니다. 나는 움찔 물러났지만 도망치지는 않았습니다. 도망쳐봐야 소용없는 일이라는 걸 알고 있었고, 왠지 도망치지 않아도 된다는 것을 알 수 있었습니다.

내가 움찔 놀라자 호랑이가 빙긋이 웃었습니다. 내가 잘못 본 것일까요. 아닙니다. 줄무늬가 죽죽 그려져 있었기에 알아보기 힘들었지만 호랑이는 틀림없이 웃었습니다. 호랑이기 웃을 수 있느냐고 묻는다면 나는 모르겠습니다. 호랑이가 웃으면 대체 어떤 표정을 짓느냐고 물으면 나는 설명할 수 없습니다.

그 호랑이는 사람처럼 웃지 않았습니다. 말하자면 그날 내가 보았던 호랑이의 웃음은 사람의 웃음과는 다른 무엇이었습니다. 그러나 호랑이가 웃었던 것은 분명합니다. 사람이든 동물이든 살아 있는 존재가 웃을 때 번지는 기분 좋은 기운이 내게 와 닿았으니까요.

"겁낼 것 없다. 늑대들은 갔다. 이제는 냄새조차 희미하구나. 아주 멀리 달아난 모양이다."

　주위를 둘러보았지만 아무도 없었습니다. 분명히 누가 이야기하는 소리가 났는데, 사람 그림자도 보이지 않았습니다. 내 귀를 의심해야 했지만, 호랑이가 말을 한 것입니다. 도대체 있을 수 없는 일이지만, 분명히 나는 들었습니다. 얼떨결에 내가 물었습니다.

　"방금 말을 한 거예요?"

　"그래."

　"호랑이가 어떻게?"

　내가 놀라자 호랑이는 이상하다는 표정으로 나를 보았습니다. 마치 내가 왜 사람 말을 못 한다는 거지, 라고 되묻는 듯한 얼굴이었습니다.

　"지금 제가 꿈을 꾸고 있는 건가요?"

　"네가 들은 그대로야."

　"호랑이가 사람 말을 할 수 있다는 거예요?"

　"내가 사람 말을 하는 것이 아니라, 네가 호랑이 말을 알아듣는 거지."

　"내가 호랑이 말을 하고 있다는 건가요?"

　"너는 사람 말을 하고, 나는 호랑이 말을 하고 있어. 하지만 나는 너의 말을 알아들을 수 있고, 너는 나의 말을 알아들을 수 있는 거지."

　"어떻게 그럴 수 있어요?"

　"어째서 그럴 수 없지?"

　"호랑이가 어떻게 사람 말을 알아들어요?"

　"호랑이 말과 사람 말은 본래 다르지 않다. 사람은 누구나 날 때

287

부터 호랑이 말을 알아들을 수 있단다. 호랑이도 사람 말을 알아들을 수 있고."

"그럼 우리 아버지와 엄마도 호랑이 말을 알아들을 수 있나요?"

"네 아버지와 엄마도 아이 때는 호랑이 말을 알아들을 수 있었겠지. 하지만 지금은 어떤지 모르겠다. 아마 못 알아들을 거야."

"왜 그렇죠?"

"그건 나도 모른다."

"어른이 아이보다 못 하는 것도 있나요?"

"어른들이 듣는 호랑이 소리와 아이들이 듣는 소리는 다르지."

"나를 잡아먹을 건가요?"

호랑이는 껄껄껄 웃었습니다. 그리고 앞다리를 들어 자기 낯을 긁었습니다. 제비나비 한 마리가 호랑이 얼굴 앞에서 팔랑팔랑 날아올랐습니다.

"혹시 또 늑대들이 나타날지도 모르니까, 집까지 데려다주마."

"정말요?"

"그럼, 등에 올라타거라."

호랑이는 배를 땅바닥에 깔고 앉았습니다. 정말 호랑이의 등에 올라타도 되는 것일까. 막상 올라타면 버럭 화를 내며 커다란 송곳니로 나를 덥석 무는 것은 아닐까. 아니면 나를 등에 태우고 자기 굴로 잡아가려는 것일까. 알 수 없었습니다.

나는 호랑이의 털을 조심스럽게 쓰다듬어보았습니다. 부드러워 보이는 것과 달리 털은 굉장히 뻣뻣했고, 냄새도 좋지 않았습니다.

288

그러니까 꿈이거나 동화 속의 이야기는 분명히 아니었습니다. 꿈을 꾼 것이라면 호랑이 털이 부드럽게 느껴졌을 테니까요. 내 말을 믿기 어려우시겠지만 사실입니다. 호랑이 털은 불에 타서 냄비에 달라붙은 음식 찌꺼기를 벗길 때 쓰는 주방 수세미처럼 뻣뻣했습니다.

"어서 타거라. 나는 사람들이 다니는 길에 오래 있을 수 없다."

내가 등에 올라타자 호랑이는 천천히 걷기 시작했습니다. 그 순간 숨죽이고 있던 새들이 지저귀기 시작했습니다. 어쩌면 녀석들도 나처럼 놀라서 숨죽인 채 상황을 지켜보고 있었는지도 모르겠습니다. 새들이 노래를 시작하자 이윽고 노란 꽃송이를 머리에 이고 길섶에 앉아 있던 금새우난이 벌떡 일어나 춤을 추었고, 고개를 숙이고 숨어 있던 윤판나물이 장단에 맞춰 까닥까닥 목 춤을 추었습니다. 허리가 이리저리 굽은 소나무들이 가지를 힘차게 흔들며 호랑이와 나를 반겼습니다. 나무둥치와 바위 밑으로 숨어서 흐르던 계곡물이 추임새를 넣었고요. 길 아래 핀 매화노루발의 하얀 꽃잎들이 무슨 재미있는 일이 생겼나 궁금했는지 뒤꿈치를 한껏 세우고 우리를 구경했습니다. 천천히 걷던 호랑이가 속도를 냈을 때, 나는 그 거친 목덜미 털을 꽉 움켜잡았습니다.

"더 꽉 붙들어라."

호랑이가 달리자 바람이 일어나 머리카락을 갈랐고, 이마가 드러났습니다. 부드럽고 시원한 바람이었습니다. 하늘은 푸르렀는데 먼 하늘에서 금빛 모래가 흘러내려 무지개 같은 다리를 만들었습

니다. 그 금빛 무지개다리를 건너 푸른 하늘로 뛰어들면 호랑이도
나도 푸른 하늘빛에 물들 것 같았습니다. 금빛 무지개다리는 내가
그때까지 한 번도 가본 적도, 생각해본 적도 없는 어느 먼 별에 호
랑이와 나를 데려다 놓을 것 같았습니다. 나는 엄마와 아버지가 있
는 집을 떠날 생각이 없었지만, 금빛 무지개다리 너머 먼 별에 가
보고 싶었습니다. 나를 태운 호랑이는 무지개다리를 향해 달렸습
니다.

그때 어디선가 뻐꾸기가 울었는데, 그 울음소리는 그때까지 듣
던 것과 달리 쓸쓸하거나 슬프지 않았습니다. 길게 펴진 호랑이 꼬
리가 넘실넘실 춤을 추었고, 그 꼬리를 따라 나비들이 날았습니다.
대기는 향기로 가득했습니다. 겨울 끝머리에 멀리서 아련하게 날아
오는 봄의 향기와 비슷한 느낌이었습니다. 마을의 집들이 보이는
언덕에 닿자 호랑이는 속도를 늦추고 천천히 걷기 시작했습니다.

"우리는 이전에도 만난 적이 있단다."

"우리가 만난 적이 있다고요?"

"네가 젖먹이였을 때."

나는 모르는 이야기였습니다. 이전에 호랑이를 만났던 기억은
없습니다. 설령 호랑이를 만났다고 하더라도 젖먹이 때니까 기억
할 수도 없었겠지요. 게다가 사람이 무시무시한 호랑이를 만나고
도 잡아먹히지 않았다는 이야기를 들어본 적도 없었습니다. 할머
니는 저녁마다 많은 이야기를 들려주셨고, 그중에는 호랑이와 늑
대에 관한 이야기도 많았지만, 내가 호랑이를 만난 적이 있다고 말

쓱하신 적은 없습니다.

"너를 키울까도 생각했지. 하지만 네가 어른이 될 때까지 키우기에 나는 늙었고, 너는 너무 어렸지. 그러니 나는 네가 어른이 될 때까지 지켜줄 수 없었단다. 사람은 호랑이보다 느리게 자라는 법이거든."

"어디서 나를 만났나요?"

호랑이는 물끄러미 나를 바라보다가 대수롭지 않다는 듯 말했습니다.

"당산나무 아래에서."

"내가 당산나무 숲에 있었나요?"

"그래."

"누가 날 거기 데려다 놓았나요?"

"그해에는 가뭄이 심했단다."

가뭄이 심했다면 무슨 말인지 알 것 같았습니다. 가뭄이 이어지고, 논밭이 거북등처럼 갈라지다 못해 파슬파슬한 흙먼지가 되어 날리면, 먹을 것이 없어진 호랑이가 마을로 내려와 아이들을 물고 간다는 이야기를 귀가 닳도록 들었으니까요.

"우리 집으로 내려와서 나를 물고 갔나요?"

"가뭄이 너를 숲으로 데려왔지. 하지만 다음 해에 또 가뭄이 오리란 법은 없으니까, 나는 너를 집으로 돌려보냈단다."

"가뭄이 또 닥치면 나는 숲으로 가야 하나요?"

"이제는 그런 일이 없겠지. 상류에 댐을 만들고 있으니까."

"늑대가 동네로 내려와 아이를 물어가는 일도 없겠군요?"

"우리가 다시 만나는 일도 없겠지."

"왜요?"

"자, 저기 너희 집이 보인다. 여기서부터 걸어가렴. 사람들이 사는 동네니까, 나는 숲으로 돌아가야 해."

"우리 집을 알아요?"

"우리는 만난 적이 있다고 하지 않았니? 그때 내가 너를 집에 데려다주었다."

"제가 길을 잃었던 거예요?"

"어른들이 길을 잃었던 것이지."

"어른들도 길을 잃나요?"

"길을 잃는 게 죄악은 아니란다."

나는 호랑이가 하는 말을 이해할 수 없었습니다. 우리 마을 어른들은 일 년에도 몇 번씩 당산나무 숲으로 갑니다. 좋은 일이 있을 때든 궂은 일이 있을 때든 당산나무 아래로 가서 빌곤 합니다. 그처럼 익숙한 곳에서 어른들이 길을 잃어버리는 일은 없었습니다. 어린아이인 나도 잘 아는 곳에서 어른들이 길을 잃었다니 도무지 내가 알아들을 수 없는 말이었습니다.

나는 호랑이 등에서 미끄러지듯 내려왔습니다. 호랑이의 털은 뻣뻣했고 느낌은 여전히 좋지 않았습니다.

"네가 자라서 어른이 되면 나와 이야기하는 법을 잊어버릴지도 몰라. 그날이 오면 모든 게 달라질 거야."

"천지가 변한다는 말인가요?"

"네가 변하는 거지"

"우리는 또 만나게 될까요?"

"글쎄."

호랑이는 숲속으로 사라졌습니다. 뛰어가지 않았는데, 내가 뒤를 돌아보았을 땐 사라지고 없었어요. 숲은 고요했고, 거기 어디쯤으로 호랑이가 스며들었는지 짐작조차 할 수 없었습니다. 어떤 소리도 들리지 않았거든요. 바람은 없었고, 숲은 아무런 흔적도 남기지 않았습니다.

눈앞에 병아리를 거느리고 나온 암탉이 느릿느릿 걸어가는 게 보였고, 골목 모퉁이 저쪽에서 소 방울 소리가 났습니다. 이윽고 암소 한 마리가 파리를 쫓으려고 머리를 흔들어가며 부지런히 풀을 뜯는 모습이 보였지요.

얼마 뒤에 황강 상류에 댐이 건설되었습니다. 강물이 줄어들고 강폭이 좁아졌습니다. 강물이 줄어들자 장마 때에도 홍수가 나는 일은 없었고, 더 이상 소나 돼지, 집이나 사람이 떠내려오는 일도 없었습니다. 황강은 얕아져서 어른들은 발을 둥둥 걷는 것만으로 충분히 건널 수 있게 됐습니다.

작살로 물고기를 잡던 청년은 그 이듬해 황강을 떠났습니다. 강물이 마르자 낭떠러지 아래에 있던 수중 동굴이 드러났고, 동굴 속에서 잠을 자던 늙은 메기들도 사라졌습니다. 메기가 떠난 동굴에서 아이들이 모닥불을 피우고 담배를 피웠습니다.

댐이 생기자 마을에는 빈집들이 늘어났습니다. 더 이상 가뭄도 홍수도 걱정할 필요가 없어졌는데, 사람살이가 더 좋아졌는데, 이상하게도 사람들은 하나 둘 마을을 떠났습니다. 트럭이 흙먼지를 일으키며 달려와 집 마당으로 들어가고 나왔습니다. '돌아오마' 악수를 나누는 사람들의 눈이 젖어 있었습니다. 그들은 떠날 때 '돌아오마' 약속했지만 돌아오지 않았습니다. 이제는 호랑이나 늑대를 걱정할 필요가 없어졌는데, 마을에는 아이들 뛰어노는 모습이 사라지고 없었습니다.

사람들이 떠나자 산자락의 다랑논은 다시 숲이 되었습니다. 도시로 유학 갔던 동네 형은 방학을 맞아 집으로 돌아왔는데, 당산나무 아래로 빌러 가는 노모의 등을 못마땅한 얼굴로 바라보았습니다.

"그 참 쓸데없는 일 하십니다."

대학생이 된 동네 형은 당산나무 아래로 가는 어머니에게 불만을 늘어놓다가 벌렁 드러누워 한숨을 쉬었습니다.

이제 산짐승이 동네 아이들을 물어가는 일은 없어졌습니다. 고와서 체로 칠 것도 없었던 황강가 모래밭은 키 큰 풀이 자라는 둔치로 변해버렸고, 늘 어딘가 한군데쯤 아프던 나는 더 이상 아프지 않았습니다. 아이들을 태우고 오솔길을 걷던 소들은 좁은 축사에 갇혀 지냈습니다. 걸을 일이 없어진 탓에 소들의 발굽은 길게 자라 휘어졌고, 일부러 깎아주지 않으면 부러졌습니다. 나는 꾸역꾸역 자랐고 호랑이와 말하는 법을 잊었습니다.

동물원의 뻐꾸기 사육장 앞에서 꽤 오래 기다렸지만 뻐꾸기는 끝내 울지 않았습니다. 내 아들은 쇠창살 앞에 붙여놓은 안내문을 유심히 읽었고 '모두 이해했다'는 듯 고개를 끄덕였습니다. 그리고 우리는 고라니 우리를 향해 걸어갔습니다. 나는 뻐꾸기 소리를 들었을 뿐 보지 못했고, 내 아들은 보았지만 소리를 듣지는 못했습니다. 내 아들과 나는 다른 뻐꾸기를 보았습니다.

　살아오면서 나는 여러 가지 잘못을 저질렀다. 그 잘못들 중 상당수는 세월과 함께 잊을 수 있었는데, 몇몇 잘못은 갈수록 죄의식이 커졌다. 세월을 되돌릴 수는 없었고, 아무리 후회를 해도 이미 저지른 잘못이 없어지지도 않았다.

　그렇게 세월이 지나는 동안 내 속에서는 그 잘못을 합리화하려는 얕은 생각들이 싹텄다. 그 싹들이 자라서 나무가 되고, 숲이 되자 내가 저지른 잘못들은 그늘에 덮여 쉽게 눈에 띄지 않게 되었다. 내 잘못을 모르는 사람들은 그 숲 아래 웅크리고 있는 '나의 잘못'을 모를 것이다. 내 잘못을 뻔히 아는 나도 일부러 찾지 않으면 발견하기 힘들 지경이니, 다른 사람은 더할 것이다.

　상대가 있는 잘못이었다면 사과하고 용서를 구했을 것이다. 그러나 내가 내게 저질렀던 잘못에 대해서는 용서를 구할 길을 찾을 수 없었다. 그러니 변명하면서 도망치는 것 말고는 내가 할 수 있는 일이 없었다. 변명하고 도망치는 것 또한 잘못이겠지만, 죄의식에 고통스러워하기보다는 그 편이 나았다. 소설 '진실한 고백'은 그런 마음에 관한 이야기들이다.

내 잘못은 '저질렀던 잘못'만이 아니었다. 나는 내가 마땅히 했어야 할 일과 했어야 할 말을 하지 않았다. 이것은 '저지른 잘못'과는 또 다른 성격의 잘못이었는데, 이 또한 나를 고통스럽게 했다. 이미 저지른 잘못과 달리 이제부터라도 행하면 죄를 덜 지을 수는 있겠지만, 나는 지금도 해야 할 일과 말을 하지 않고 있다. 그리고 앞으로도 하지 않을 것이다. 까닭에 나는 앞으로도 고통스러울 것이고, 별 수 없이 모르핀을 찾게 될 것이다. 근본적인 치유를 거부하고 진통제를 찾는 꼴은 우습고 어리석지만, 사람이 안다고 다 행할 수는 없다고들 하니 조금은 위안을 얻는다. 일생을 살면서 굳이 하지 않아도 좋을 일, 소설을 쓰는 까닭이기도 하다.

내게도 잘못을 저지르지 않았던 때가 있었다. 어떤 잘못도 없었기에 그 시절 나는 어제를 후회하거나 내일을 기다리지 않았다. 오직 오늘 이 순간이 전부였다. 그 시절 나는 걷지 않고 뛰어다녔다. 지금처럼 무표정한 표정을 짓지 않았고 언제나 웃거나 울고 있었다. 어렸던 날들, 나는 종일 뻐꾸기 소리를 들으며 뛰어디녔다. 세상에서 가장 아름다운 강, 황강가 작은 마을에서 살던 때였다.

내가 부모님께 받았던 것 중에 가장 좋아했던 것이 '황강가의 작은 마을'이었고, 내 아들에게 가장 주고 싶은 선물이 '강가의 작은 마을'이었다. 나는 진실로 뻐꾸기 소리를 들으며 뛰어다니던 내 어린 시절을 내 아들에게 주고 싶었는데, 이 또한 내가 행하지 못해 생긴 잘못이 되어버렸다.

– 조두진

진실한 고백

조두진 소설집

초판 1쇄 인쇄 2012년 11월 22일   초판 1쇄 발행 2012년 12월 5일

지은이 조두진   펴낸이 연준혁

출판 6분사 분사장 이진영
편집 정낙정 박지숙 박지수 최아영
디자인 조은덕
제작 이재승

펴낸곳 (주)위즈덤하우스   출판등록 2000년 5월 23일 제13-1071호
주소 (410-380) 경기도 고양시 일산동구 장항동 846번지 센트럴프라자 6층
전화 (031)936-4000   팩스 (031)903-3895
홈페이지 www.wisdomhouse.co.kr   전자우편 wisdom6@wisdomhouse.co.kr
종이 월드페이퍼   인쇄·제본 (주)현문

값 12,000원   ⓒ조두진   ISBN 978-89-5913-713-8 03810

- 잘못된 책은 바꿔드립니다.
- 이 책의 전부 또는 일부 내용을 재사용하려면 사전에 저작권자와
  (주)위즈덤하우스의 동의를 받아야 합니다.

국립중앙도서관 출판시도서목록(CIP)

진실한 고백 : 조두진 소설집 / 조두진. — 고양 :
예담출판사, 2012
p.;   cm
ISBN 978-89-5913-713-8 03810 : ₩12000
한국 현대 소설[韓國現代小說]
813.7-KDC5
895.735-DDC21   CIP2012005377